AF177444

Die Tat ist das einzige Mittel zu Widerstand und Umbruch, alles andere ist eine Lüge!

Die Clique feiert sich an jedem Freitag. In diesen Stunden gehört das Viertel allein denen, die es am meisten verdienen – wenn nur die Hitze des Badeofens, wildes Gelächter und fahriger Jazz durch das Dachgeschoss ziehen. Egal, wie schwer die Gier der Bonzen ihre Leben auch macht, die »Mäuse« halten zusammen, stürzen sich gemeinsam in den Tag und überleben mit dem billigsten Fusel, den es für Kleingeld zu kaufen gibt. Als die Wut über das ewige Verlieren dann aber doch unerträglich wird, bleibt der Clique schließlich nichts anderes übrig als zu verschwinden – mit einem letzten Knall!

Hey Palsson

Die Mäuse und der Übermut

1. Auflage

Copyright © 2021 Hey Palsson

Verlag & Druck: tredition GmbH,
Halenreie 40-44, 22359 Hamburg

Alle Rechte vorbehalten.

Illustration: Henriette Boldt
Lektorat: Moritz Siegel

ISBN: 978-3-347-26657-5 (Paperback)
ISBN: 978-3-347-26658-2 (e-Book)

Erstes Buch

Mira schlich ungeduldig um meine Füße, schnupperte in Halbkreisen über den Boden, um dann ihre verstaubte Nase von vorn zwischen meine Beine zu schieben. Sie wollte Wärme, so wie die meisten zu dieser Jahreszeit, denn der furchtbare Winter war mittlerweile allen zu viel geworden. Erwartungsvoll wankten ihre struppigen, fast blonden Augenbrauen abwechselnd auf und ab. Ich beugte mich nach unten, strich ein paarmal darüber und kraulte sie noch eine Weile hinter den Ohren. Das genügte schon – nun wusste Mira wieder um die Liebe, die ich für sie übrig hatte. Ein Wassertropfen glitzerte noch auf dem Nasenrücken, bevor ihr Kopf zurück unter den Tisch ging und sie zwischen den Stuhlbeinen hindurch zum Rand schlurfte. Vor der Heizung war der beste Platz in der ganzen Bar. Da hätte auch ich die grauen Wochen verschlafen können – so lange, bis es draußen endlich wärmer wäre als drinnen. Aus einem kaputten Ventil puffte leise etwas Dampf nach oben und schlug sich als Frost in den eisigen Ecken des Fensters nieder. Mira knabberte sich noch die letzten Schneereste aus den Pfoten, dann verschwand ihre Schnauze mit einem zufriedenen und tiefen Seufzer unter dem eingerollten Körper.

»Schlaf gut, meine gute Kumpanin«, murmelte ich vor mich hin.

Von der Seite kam Rezno mit seinem Tablett herangeholpert. Der Geschickteste war er nie gewesen und so hörte sich das Klirren der Gläser bei jedem Schritt immer wie ein ängstliches Raunen an. Wahrscheinlich hatten die Drinks genauso viel Angst vor dem Stolpern wie ihr wackeliger Träger.

Am Tisch angekommen, sah er lachend zu Mira. »Sie hat es am besten«, sagte er. »Gib mir einen solchen Zottelpelz, der mich durch den Winter bringt, und ein paar alte Steaks – schon folge ich dir, wohin du willst. Das wäre mein Leben!« Obwohl es sein Laden war und obwohl er ihn aus etwas Eitelkeit heraus sogar »Rezna« genannt hatte, sprach er oft davon, zu verschwinden. Das wäre ein echter Verlust gewesen, denn seitdem die Geldsäcke und Spekulanten im Viertel aufgeschlagen waren, konnten sich nur noch wenige die Miete für eine Bar leisten. Außerdem lag das Rezna im »Umkreis des Versackens« – also in demjenigen Abstand zur Wohnung, den man auch noch mit einem derben Rausch schaffte.

Die Kneipe war einfach gemütlich: Krumme ungehobelte Holzbretter an den Wänden färbten das ohnehin schon schwache Lampenlicht in ein herrliches Dunkelrot, fast wie in einer Höhle. Von der Decke hing ein Meer leerer Weinflaschen an Stricken herunter und schwankte im Strom aus Heizungsluft und wildem Gebrüll langsam vor sich hin. Unzählige Abende hatten wir hier über die Jahre verbracht und uns damit einen eigenen Tisch verdient, der jeden Mittwoch und Freitag für die Clique freigehalten wurde.

»Ach Rezno, alter Spinner«, rief ich lachend, »Miras Ruhe hast du doch gar nicht – kannst doch kaum eine Minute stillsitzen. Und überhaupt, wer sollte uns denn dann an zwei Abenden in der Woche aushalten?« Er zuckte mit den Schultern. »Dieser Platz hat dich schon gut gefunden«, fuhr ich fort und schob noch ein Kompliment hinterher, wenn auch ein recht halbseidenes: »Du bist der geborene Kellner und dazu noch der einzige, den ich kenne, dem zwölf Litergläser Bier auf dem Tablett nicht zu viel sind.«

Mit Schwung verteilte Rezno die Biere in der Runde. Im Augenwinkel sah ich die anderen schmunzeln. Meine Lobhudelei kam anscheinend gut an und ich fühlte mich fast ein wenig schlecht, weil es aus reinem Eigennutz war.

»Wir trinken auf dich!«, grölte Mill. Anscheinend konnte er den nächsten großen Schluck des Abends kaum erwarten. Alle hoben ihre Gläser und stießen an, dabei flogen kleine

Schaumwolken nach oben und klatschten auf den Tisch. Mit einer dankbaren Verbeugung ging Rezno wieder zurück zum Tresen.

»Wisst ihr, im Innersten ist er eigentlich ein echter Wolf«, sagte ich leise und wischte mir einen kleinen Rest Bier von meiner Oberlippe. »Läge unser Viertel näher am Wald – er hätte garantiert schon die Kurve gekratzt, weil ihn das Stadtleben auffrisst.«

Val, die mir gegenübersaß, strich ihre schwarzen Haare von der Stirn nach hinten und zündete sich eine Selbstgedrehte an. Den Rauch des ersten Zuges schickte sie unter den Lampenschirm und alles, was darunter keinen Platz fand, quoll wie Teig über den Rand in Richtung Decke. »Wären wir nicht alle in den Wäldern viel besser aufgehoben?«, fragte sie mit einem für diese Uhrzeit viel zu nachdenklichen Unterton. »Gerade jetzt, wo sie den Norden so grässlich teuer und unbewohnbar machen.«

Letztendlich waren die Dinge tatsächlich so tragisch – wir stimmten ihr wortlos nickend zu. Nach der letzten Wahl, die von den Bonzen natürlich ordentlich gefälscht worden war, hatten sie viele der alten Häuser abgerissen. Für die meisten hatte es dort günstige Zimmer gegeben, die man sich auch mit einem kleinen Auskommen leisten konnte, und im Kleinen waren alle zufrieden gewesen – egal, ob der Regen durch Wände und Fenster kroch. Nun sollten die Mieten mit Neubauten in die Höhe getrieben werden – damit wurden sie uns los und bekamen ausreichend Platz für ihren unbezahlbaren Schmu. Jeder hatte Angst, die eigene Wohnung könnte die nächste sein, denn vor der hemmungslosen Gier dieser Ausbeuter war niemand sicher.

Ich sah zu Lara. »Vielleicht sollten wir alle in deine Bude ziehen?«, fragte ich. »Die reißen sie bestimmt nicht ab, bei dem Blick auf den Mittelteich und das Schloss.«

»Von mir aus könnt ihr das gern machen«, antwortete sie lässig, »dann müssen nur ein paar von euch im Badezimmer oder auf dem Balkon schlafen.«

Lara hatte im Leben Glück gehabt, denn ihre Eltern zahlten für alles. So lag ihre Wohnung auch in einer echten Bonzengegend. Ich wusste nicht viel von ihr, weil sie eher selten dazukam und außerdem Mills Aufriss war. Wie es schien, trafen sich beide die meiste Zeit im Bett – wohl aus Angst, dass etwas Größeres daraus werden könnte. Für Mill passte es perfekt: So bekam er etwas Nähe, Bewunderung und dazu noch ausreichend Kleingeld für Fusel.

»Für mich kein Problem!«, rief er nun voller Begeisterung über den Tisch. »Im Gegensatz zu fast allen in unserer Gegend hast du wenigstens eine Wanne, in der man pennen könnte.«

»Wenn dir mein Bett nicht passt, brauchst du auch nicht mehr zu kommen«, maulte Lara.

Mit einer plumpen Umarmung versuchte er sie zu trösten und säuselte: »Ach was, ich schlauche mich gern bei dir durch. Nach einer Ladung Fusel schlafe ich ohnehin wie ein Stein – egal, wo.«

Lara boxte ihm gegen die Brust. »Als wenn du dazu erst saufen müsstest, du stinkender Sack!« Wie zwei linke Schuhe drehten sich beide voneinander weg. Tatsächlich konnte Mill in seinem Rausch fast überall wegdösen – selbst wenn es auf einer Parkbank war, während man auf den Bus wartete.

Ich wollte mir einen Spaß daraus machen und stand auf, denn gerade war mir eine der lustigsten Geschichten dazu eingefallen: »Trinken wir auf Mill, den sein Dusel schon an manch fremden Ort geführt hat!«

Val fing an zu lachen und musste sich sogar ihre Hand vor den Mund halten, um nicht zu spucken. Als sie glucksend hinuntergeschluckt hatte, hustete sie fürchterlich. Lara klopfte ihr auf den Rücken. Allmählich fing sie sich wieder und prustete:

»Ha, aber das ist wirklich zu lustig. Ihr kennt doch alle die Geschichte, oder?«

Man konnte spüren, dass es Mill etwas unangenehm war, als Lara zögernd ihre Hand hob, in die Runde blickte und sagte: »Also ich kenne sie noch nicht.«

»Ha«, rief ich schadenfroh »seinem Mädchen hat er das natürlich nicht erzählt – der eitle Hund!« Für gewöhnlich hatte Mill ein anständiges Maß an Selbstvertrauen und stand zu seinen Sauftouren, aber diese Sache war damals ziemlich nach hinten losgegangen.

Mit einem Arm um seine Schultern flüsterte Val ihm zu: »Mein lieber Mill, ist es für dich in Ordnung, wenn wir Lara an deinem Missgeschick teilhaben lassen und sie damit zum Lachen bringen?«

Wie ein bockiges Kind rümpfte Mill die Nase und starrte mit verschränkten Armen zu Boden. »Ihr seid schon ein paar echte Geier. Hätte ich euch das bloß nie erzählt!« Allmählich begriff er aber seine Ausweglosigkeit und sagte leise: »Na gut, ich habe ja keine Wahl! Aber ich will einen doppelten Kurzen als Sühne dafür!«

Wir warfen alle einen Fünfziger in die Mitte des Tisches, ich gab dem Tresen ein Zeichen. Aufgeregt klatschte Val in die Hände und beugte sich nach vorn; in meiner Vorfreude musste ich mir das Lachen verkneifen.

Val sah zu Mill. »Wie lange ist das eigentlich her?«

»Ich weiß es nicht mehr genau. Lass es im letzten Frühjahr gewesen sein.«

»Gut!«, sagte sie zufrieden und begann ihre Erzählung mit einer großen Geste: »Wir hatten einen ordentlichen Abend und machten uns in der Morgendämmerung gemeinsam auf den Heimweg. Unser Mill war gut dabei, aber auch ein bisschen mürrisch, weil er irgendein Kartenspiel verloren hatte. An der kleinen Kreuzung, bevor das Hallenviertel anfängt, wurde ihm dann alles zu viel und er verschwand einfach in die andere Richtung.«

Rezno brachte den Schnaps und kratzte mit einer Hand die Münzen zusammen. »Wer hat sich denn den verdient?«, fragte er.

»Ach, sie machen sich wieder auf meine Kosten lustig. Du weißt schon, der ungewollte Ausflug aufs Wasser im letzten Jahr.« Nun grinste auch Rezno vor sich hin. »Und damit es für mich ein bisschen gerecht bleibt, spendieren mir die drei den Fusel dafür.«

Schmunzelnd schob Rezno ihm das Glas hinüber. »Hast du dir verdient – war ja auch eine harte Nacht damals.«

»Hey, verrate nicht zu viel, ich mache hier die Erzählerin!«, zischte Val ihn an. Rezno nahm die Hände nach oben, als hätte sie ein Messer gezogen, und ging zurück zur Bar. »Wo bin ich denn jetzt stehengeblieben?« Lara klopfte ungeduldig auf den Tisch und sagte in langen Worten: »Na, als er verschwunden war.«

»Genau: Er ist ohne ein Wort in Richtung Hafen getorkelt. Irgendwann lief ihm ein streunender Hund hinterher, der konnte wahrscheinlich auch nicht schlafen – und jetzt stellt euch das mal vor: Der eine taumelte und fluchte über den verpatzten Abend – und sein neuer Begleiter, auf der Suche nach ein bisschen Spaß, trabte auf vier Pfoten neben ihm her.«

»Die beiden müssen irre lustig ausgesehen haben«, sagte ich.

»Im Hafen angekommen hatte Mill dann nichts Besseres zu tun, als ein Fischerboot loszumachen und damit auf den Fluss zu rudern – der Hund war natürlich mit drin.«

»Sag doch nicht immer ›der Hund‹!«, protestierte Mill, »sein Name war Bunker, dass hatte er mir selbst erzählt!«

Lara kicherte vor sich hin und klopfte Mill mitleidsvoll auf die Schulter. »Wenn er es dir selbst erzählt hat, dann muss es wohl stimmen.«

»Also, Bunker und Mill trieben nun brüllend, bellend und Sauflieder singend stromabwärts.«

Mill unterbrach sie wieder: »Wie du das sagst … Bunker traf immer den richtigen Ton! Und außerdem klang es großartig, wie unser Gesang von den Dämmen als Echo zurückgeworfen wurde. Als wären wir eine ganze Mannschaft!«

Mit genügend Fantasie konnte man sich die beiden wunderbar malerisch in ihrem Boot vorstellen, wie sie langsam und friedlich im Dunkel aus der Stadt fuhren: der Hund stolz mit seiner Nase im Wind und der Fährmann mit traurigem Blick, in Gedanken bei der langen ungewissen Reise. In Wirklichkeit waren es aber nur zwei Verrückte, die sich gesucht und gefunden hatten: Mill in der schäumenden Fröhlichkeit des Besoffenen, endlos weit vom »Umkreis des Versackens« entfernt, die Ruder übermütig ins Wasser schlagend und aus vollem Hals »Frisch auf, ihr Matrosen« grölend – und neben ihm Bunker, der einfach nur aus Langeweile mit aufgesprungen war und sich einen Dreck um die Melodien scherte, weil Hundegejaul eigentlich zu allem passt. So fuhren die beiden unüberhörbar zu zweit in den Sonnenaufgang.

»Eure Reise hätte echt schön werden können, wäre da nicht kurz nach der Stadtgrenze diese Schiffsschleuse gewesen«, entzauberte ich den Augenblick und nahm damit den Höhepunkt der Geschichte vorweg.

Mill schüttelte den Kopf und beruhigte Lara, die schon etwas ängstlich dreinschaute und eine Hand vor den Mund hielt. »Das klingt viel schlimmer, als es war. Schau mal, ich sitze ja immer noch hier.«

»Na, ihr hattet ganz schönes Glück, weil du den Kahn vorher aus Versehen gegen die Schwimmtonne gesteuert hast«, erläuterte ich. »Welche Farbe hatte die noch mal?«

»Grün, die hat grün geblinkt«, brummelte er genervt.

Wieder beugten alle anderen lachend die Köpfe nach unten. Auch Lara wischte sich inzwischen schon Tränen von den Wangen und fragte ungläubig: »Darauf haben sich die beiden gerettet?«

»Ja, das Boot fuhr einfach ohne Besatzung davon und krachte in die Schleuse«, erzählte Val weiter. »Bis zum Morgen, als dann endlich ein paar Arbeiter vorbeikamen, mussten Bunker und sein betrunkener Kapitän schwankend unter dem kleinen Blechdach ausharren – hin und her, auf und ab, und dabei von oben beleuchtet. Aber ich glaube, weitergesungen habt ihr trotzdem, oder?«

»Na, was glaubst du denn? Wir mussten doch das Beste daraus machen. Außerdem war das unsere Insel.« Er hielt den Schnaps gegen das Licht. »Genauso klar, wie mein verdammter Geist an diesem Morgen! Ich trinke auf Bunker und unsere Rettung! Auf Bunker!«

Wir hoben die Gläser und riefen: »Auf Bunker!«

Von dem vielen Lachen tat mir mittlerweile schon mein Bauch weh. Mit einer Hand darüberstreichend lehnte ich mich zurück und stellte fest: »Zum Glück war es nicht Mira, die du entführt hast. Sie hasst Wasser – schau dir ihr speckiges Fell doch an!« Als meine liebe Hündin ihren Namen hörte, blickte sie mit großen Augen erwartungsvoll zu mir. Ich winkte ab.

»Ach, das hätte ihr schon gefallen«, entgegnete Mill, »sie mag es bestimmt, zu singen.«

Sein Interesse für Musik kam nicht von ungefähr – ohne Frage hatte er ein gewisses Talent dafür. Gemeinsam spielten wir oft in unserer Küche Gitarre und Val sang dazu. Für eine Band reichte es allerdings nie, weil keiner von uns die nötige Geduld und den Ehrgeiz aufbrachte. Einmal sagte ein Mädchen zu Mill: »Die Musik steht dir gut und eine Gitarre kleidet dich.« Sie hatte Recht. Ein Instrument macht jeden ein bisschen ansehnlicher und geschliffener. Mill war zudem gut gebaut, einen Kopf größer als ich, und hatte Arme, die jeden in die Flucht schlagen konnten. Alles in allem überwog bei ihm eine gewisse körperliche Grobheit – und genau das mochten die Mädchen! Wenn er nicht trank, dann blieb er ruhig, machte einen auf Brummbär und redete nur das Nötigste; davon ließen sich die meisten täuschen. Schon nach dem ersten Drink aber war er nicht mehr wiederzuerkennen und wurde zum Lautesten der ganzen Runde – eben ein Ausgeflippter in stiller Hülle.

Im Unterschied zu Val, die an jedem Morgen blind in ihren übervollen Kleiderschrank griff und das trug, was ihr gerade zwischen die Finger kam, gab es Mill immer in der gleichen Kombination: mit weißem Shirt und einem offenen Hemd darüber. Genau wie er machte auch ich mir nicht viel aus Klamotten, krempelte aber immerhin meine Ärmel zur Hälfte nach oben und steckte ein Notizbuch in die Hemdtasche, wie es richtige Schriftsteller tun. So gaben wir drei an manchen Tagen zumindest äußerlich ein ziemlich gegensätzliches Trio ab: zwei farblose Krähen an den Seiten und in der Mitte ein bunter Papagei. Wenn Val es mit den Farben mal wieder übertrieben hatte, sangen ihr sogar die Kinder im Treppenhaus ein Lied: »Herr Vogelscheuche hatte 'ne Frau und die war so gar nicht grau. Sie war so dünn als wie ein Wurm und flog davon im Wintersturm.« Das machte ihr gar nichts aus – im Gegenteil: Lachend und mit den Armen wedelnd rannte sie hinter den Kleinen her, schnappte sich einen und rief dabei: »Jetzt fliegst du auch gleich bis zu den Wolken!« Die Kinder fanden einen solchen Spaß daran, dass sie mit der Zeit gar nicht mehr wegliefen, sondern gleich in die Luft geworfen werden wollten.

Mittlerweile war es nach eins und Rezno schielte fragend von der Bar in unsere Richtung. Da Val und ich am Morgen wieder arbeiten mussten, schüttelten wir die Köpfe und tranken aus.

Mit den letzten Scheinen gingen wir zum Tresen, zahlten und verabschiedeten uns einer nach dem anderen von Rezno.

Der war über unser Verschwinden alles andere als glücklich, denn jetzt blieben ihm nur noch die alten Geister, die ohnehin jeden Abend an der Theke saßen. Mit flinken Schritten huschte er zwischen den Tischen hindurch und tat alles, um uns zum Bleiben zu überreden: »Na, kommt schon, wenigstens bis zwei. Ich gebe auch eine Runde aus – lasst mich nur nicht allein mit diesen Saufköpfen.« Ausgerechnet diese Worte hatte einer von ihnen gehört. Schwankend drehte er sich um, fiel dabei fast vom Stuhl und schnaufte mit gesenktem Blick durch seine wie ein dunkelrotes Herz aufgequollene Nase: »Ey, wir bezahlen dir dein Leben – alles was du machst, ist, dafür unseres zu nehmen! Mal etwas mehr Respekt, Bitteschön!« Danach folgte ein Husten und Würgen.

Im gewohnten Grimm eines Barkeepers fuchtelte Rezno mit der flachen Hand durch die Luft, ging wieder hinter den Tresen und zischte: »Ja, ja, beglückt ihr mich mal weiter mit Kleingeld und eurer Suche nach dem Glasboden, ihr Faulpelze!« Am liebsten hätte er sie wohl rausgeworfen und wäre mit uns gekommen, um wie ein Gammler zu leben, denn wahrscheinlich warf der Laden ohnehin nicht viel ab. Aber aus irgendeinem Grund konnte er nicht loslassen.

Mill versuchte, ihn aufzumuntern: »Durchhalten, mein Lieber! Am Freitag bringen wir wieder etwas Glanz in deinen Schuppen.«

An der Garderobe wurde es eng. Die Schuld dafür trug natürlich der widerliche Winter, der einfach nicht verschwinden wollte und jeden dazu zwang, Unmengen von Klamotten anzuziehen. Wir wickelten die Schals nach oben, zogen die Mützen nach unten und ließen zwischen beiden nur einen winzigen Spalt für unsere Augen. Nur so konnte man den Heimweg einigermaßen überstehen. Mira kratzte aufgeregt über den Boden. Im Gegensatz zu uns konnte sie es kaum erwarten, nach draußen zu kommen – kein Wunder bei diesem Fell. Als ich die Tür nur einen Spalt breit öffnete, schob sie sich gleich hindurch. Wir folgten ihr eher missmutig, schon auf der Treppe schlug einem die scheußliche Kälte ins Gesicht.

Draußen preschte ein eisiger Wind vorbei, jagte altes Laub und Schneefetzen in weiten Bögen über das Pflaster; an der nächsten Kreuzung verfing sich alles in den Büschen. So verrückt wie die Straßenlaternen an ihren Seilen schaukelten, hätte man meinen können, sie wären genauso besoffen wie wir. Ich sah zum Park auf der anderen Straßenseite hinüber – viel mehr als die Umrisse von Stämmen und Baumkronen war nicht zu erkennen. Wie ein dunkles Meer rauschten sie vor dem sternenklaren Himmel hin und her – ihre Äste froren sich sicher auch einen ab. So nahe bei diesem ganzen Theater zu stehen, hatte schon etwas Beunruhigendes – aber gleichzeitig fühlte es sich auch unglaublich gut an, denn in der Stadt bekam man die Kräfte der Natur viel zu selten zu spüren. Mira hetzte wie eine Verrückte durch den Schnee und kam erst nach einigen lauten Pfiffen zurück.

Ich sah noch einmal durch das Schaufenster zu Rezno hinein. Mit einem langen Handtuch, das über seiner Schulter hing, trocknete er die Gläser ab – müde, vielleicht auch ein bisschen traurig. Es fehlte einfach allen an Wärme. Für einen Augenblick gaukelte der Gedanke daran mir tatsächlich ein paar Sonnenstrahlen vor. »Was für ein Glück«, dachte ich – bei genauerem Hinsehen war es jedoch nur ein Lichtschimmer, der durch das Fenster auf den Gehweg fiel und die vereisten Granitplatten orange leuchten ließ.

»Kommst du endlich?«, rief Mill von vorn. Ich konnte ihn kaum verstehen – sie waren schon weitergegangen und rissen mich nun lauthals aus meinem kleinen Traum. »Der Wind bläst uns hier gerade die Köpfe weg!«

Mira und ich rannten los. Ihr fiel das nüchtern natürlich viel leichter. Obwohl der Sturm nun von hinten schob, war der Weg trotzdem beschwerlich, denn immer noch schwirrte mir eine Wolke aus Schnee um den Kopf und brannte in meinen Augen. Als wir die anderen fast eingeholt hatten, stellte ich fest, dass sie mittlerweile zu viert waren und an der nächsten Kreuzung warteten. Ab hier brannte um diese Uhrzeit nur noch jede dritte Laterne – so war das kurze gelbe Blinken einer Ampel die einzige Beleuchtung dieser Szenerie. Mira war ein ganzes Stück vor mir da und sprang so lange um die vier Schatten herum, bis zwei von ihnen mit ihr herumzutoben begannen.

Endlich angekommen, erkannte ich, dass es Ari war, die neben Val stand. »Was machst du denn hier?«, fragte ich erstaunt.

»Konnte eben nicht schlafen und bin rumgelaufen«, sagte sie etwas bedrückt. Ihr Trenchcoat war irrsinnig lang und wischte mit seinem Saum in Wellen über den Boden. Alles in allem sah er wie ein Morgenmantel aus.

»Geht es dir gut?«, fragte ich.

»Ach, weißt du, es ist die Stadt, die mich traurig werden lässt.« Gedankenverloren schob sie etwas Schnee mit ihrem Schuh von einer Seite zur anderen. »Wie schön es hier einmal war, und nun wird alles bis zum Ende ausgebeutet. Auch wir gehen langsam unter.« Ich vermutete, dass sie zu viel getrunken hatte und aus diesem Grund ein wenig gefühlsduselig war.

Val, die bis jetzt kein Wort gesagt hatte, schaute zur Seite und blies eine dünne Rauchfahne in den Wind. »Die schmeißen Ari tatsächlich aus ihrer Bude!«, schimpfte sie und spuckte voller Wut in den Schnee.

Ari schüttelt verzweifelt den Kopf: »Wo soll man denn hin? – Unter den Brücken findet man inzwischen auch keinen Platz mehr. Die Geldsäcke nehmen sich einfach alles, um ihre

Schränke zu füllen. Eigentlich könnte man ja darauf hoffen, dass sie irgendwann voll sind, aber leider ist das Schlimmste daran, dass die gar keinen Boden haben.«

Sie sprach von der endlosen Gier der Bonzen, denen unser Viertel gerade recht kam, um sich die Taschen vollzuschlagen. Für ein paar Scheine bekamen sie die alten Buden und Brachen nachgeworfen, dann machten sie nach und nach alles platt und zogen unbezahlbare Prachtbauten in die Höhe. An einigen Ecken waren auch schon riesige Bäume und Wiesen dafür draufgegangen. Immer mehr Lücken verschwanden, alles wurde verdichtet und immer weiter aufgetürmt. Sie griffen nun nach den Gegenden, in die sich die Müßiggänger, Künstler und Gammler gerettet hatten, wo sie in verfallenen Häusern ohne Besitz lebten und trotzdem glücklich waren als eine große Gemeinschaft, die füreinander einstand und aus Ruinen ihr Zuhause geschaffen hatte. Jeder fühlte wie Ari: Der Norden, der einmal so bunt und leicht gewesen war, verlor seine Farbe und schmiss uns allmählich raus.

»Um einen Kampf werden wir nicht herumkommen«, stellte ich fest. »Die Frage ist nur, wie und wann.«

Ari stimmte mir zu: »Die Hauptsache ist doch, sich nicht zu ergeben – das macht es aus. Selbst wenn wir verlieren, wird man noch Jahre später an uns denken.« Dann schaute sie nach unten und sagte müde: »Aber was kann ich schon dazu beitragen, mit den schwachen Armen?« Diese Frage stellten sich viele und aus Mangel an Antworten oder Plänen versackten sie lieber – so auch meine Clique.

Ich sah zu den anderen, die ausgelassen mit dem Hund durch den Schnee tollten. Ihnen fiel das Verdrängen leichter – eine Gabe, um die man sie fast beneiden konnte. Mill hob Lara auf seinen Rücken und schlitterte mit ihr über die blanke Mitte der Kreuzung. Dabei sprang Mira ständig von der Seite an seinem Bein hoch, fast wären sie umgefallen.

Val lachte und versuchte damit, Ari ein bisschen von ihrer Angst zu nehmen. »Keine Sorge!«, rief sie, »schau doch, wie viele wir sind: Da hat immer jemand ein Bett übrig. So kommt man auch über die Runden und findet einen Platz zum Schlafen – selbst wenn es Laras Badezimmer ist.« Sie strich mit der Hand über Aris Rücken und kramte gleichzeitig mit der anderen Hand in ihrer Tasche. Kurz darauf kam daraus eine kleine Flasche Parfait Amour zum Vorschein. »Schaut her, das macht selig«, rief sie voller Freude, »und später wird es uns obendrein noch schön träumen lassen.«

Jeder zog seinen Schal unter das Kinn und nahm einen Schluck. Es schmeckte wunderbar süß, nach Blumen und Sommer. Langsam floss die Wärme in unsere Bäuche. Für einen kurzen Moment dachte ich an die herrlich warmen Strände der Westküste, die man leider viel zu selten sah. So wie es schien, machte sich dieses wohlige Gefühl auch bei Ari breit: Mit einem winzigen Lächeln leckte sie den klebrigen Likörrest von ihren Lippen. Wir waren wie Kinder: Die brauchen auch nicht mehr als eine Umarmung, liebe Worte und etwas Zucker. Wenig genügte, um uns alle glücklich zu machen.

»Seht ihr, wie gut der tut?«, flüsterte Val von der Seite. »Ich habe immer eine Flasche dabei, gerade jetzt.«

Plötzlich hallte ein lautes Kreischen über die Kreuzung. Die zwei Verrückten hatten es mal wieder übertrieben und rutschten in diesem Moment unaufhaltsam in Richtung Gehweg. Mill versuchte, das Gleichgewicht zu halten, aber Lara hatte sich von hinten ängstlich um seinen Kopf geklammert. Anscheinend hielt sie ihm die Augen zu, denn keiner würde bei dieser Geschwindigkeit absichtlich so zielstrebig auf den Bordstein zusteuern. Im nächsten Augenblick sahen wir hilflos mit an, wie die beiden an der Kante hängenblieben und mit viel Glück kopfüber in einem Schneehaufen landeten. Noch ein letztes Quieken, dann wurde es still. Ich machte mir allerdings keine wirklichen Sorgen, denn immerhin schauten noch vier wild hin und her zappelnde Beine heraus. Mira sprang aufgeregt herum und bellte.

Als wir hinübergerannt waren, stand Mill schon wieder aufrecht und zog Lara gerade an den Füßen heraus. Während sich beide gegenseitig den Schnee von den Mänteln klopften, konnten wir nicht aufhören zu lachen. Unsere Gesichter waren knal!rot.

»Was für eine Fahrt!«, brüllte Mill übermütig. »Habe ich nicht auch mit zugehaltenen Augen noch fabelhaft gelenkt? Wir hätten es schlechter treffen können!«

»Wirklich?«, rief Lara genervt. »Der verdammte Schnee ist mir in jede Ritze gekrochen und läuft gerade über meinen Rücken bis in die Unterhose!« Sie versuchte, ein Taschentuch unter den Mantel zu schieben, um sich damit abzutrocknen. Ihre Verrenkungen sahen ziemlich lustig aus; keine Frage, wir hatten unseren Spaß.

Mill machte einen auf Draufgänger: Mit Schwung griff er Lara bei den Hüften, gab ihr einen Kuss auf die Stirn und fragte überschwänglich: »Soll ich dir diese Nacht etwas von meiner Wärme abgeben?«

»Hau bloß ab«, entgegnete sie bockig und stieß ihn zur Seite. »Da schmeißt du mich nur in den nächsten Schlamassel rein.« Natürlich war das kein wirklicher Streit – sie musste die Gekränkte spielen, um ihr Bild der »Unnahbaren« aufrechtzuerhalten. Ich fragte mich, wer das glauben sollte, denn ihrem Blick nach fiel es ihr unglaublich schwer, Mills Vorschlag abzulehnen.

Bevor wir uns verabschiedeten, rauchten wir noch eine von Laras Gitanes. Eigentlich waren mir diese kurzen »Braunen« immer ein bisschen zuwider gewesen, aber ich mochte das dunkelgelbe Maispapier, in das sie gedreht waren. Zum Abschied umarmten wir uns, drückten die kalten Wangen gegen noch kältere Ohren und wünschten einander schöne Träume.

Lara und Ari hatten den gleichen Weg und gingen Arm in Arm zur Haltestelle. Vielleicht blieben sie auch heute Nacht beieinander – für Ari wäre es nicht das Schlechteste, und so hätte Mills Rausschmiss auch etwas Gutes gehabt. Ich drückte ihnen die Daumen, dass der Nachtbus pünktlich käme.

Der übliche Rest – also Val, Mill, die unbändige Mira und ich – ging zu Fuß. Unser Weg führte in die entgegengesetzte Richtung, nach Osten, und nur eine Seitenstraße weiter. Wir liefen auf einer gestreuten Sandspur in der Straßenmitte und hatten die Ampel nun im Rücken. Sie ließ unsere Schatten für die Länge eines Blinkens aufleuchten – drei Gestalten, aufgelöst in schmale Flächen und wie die Gitanes von einem ockerfarbenen Schein umhüllt. »Man könnte uns rauchen«, dachte ich, vermutete aber, dass wir mit all unserer Schwermut dem schwarzen Tabak der Gitanes in nichts nachstünden und für die meisten zu stark wären. Miras kleiner Schatten zuckte munter am Rand hin und her, ich warf ihr ein paar Schneebälle zu und vor Freude quietschend konnte sie es kaum erwarten, ihnen hinterherzurennen und danach zu schnappen.

Als alle zu Matsch zerkaut waren, wurde es still. Keiner sagte etwas, das wenige Knirschen des schon flachgefahrenen Schnees unter unseren Schuhen verklang und der Wind hatte sich runter zum Fluss verzogen. Da hätte er von mir aus bis zum Frühjahr bleiben können.

Ich grübelte über Ari und ihre Sorgen nach. Das Bild von bodenlosen Schränken, die niemals voll genug sein würden – damit brachte sie es auf den Punkt. Das Weglaufen blieb unser einziger Ausweg – nur an anderen Orten gab es noch Hoffnung auf ein freies Leben. Es war also an der Zeit, nach einer neuen Heimat Ausschau zu halten. Allerdings machten wir es den schlechten Menschen so recht einfach, sich alles ohne großen Aufriss unter den Nagel zu reißen.

Als hätte Mira meine Gedanken gelesen, trabte sie auf einmal zielstrebig mit flach gesenkter Nase über den Boden. Vielleicht wollte sie uns dabei helfen, eine neue Bleibe zu suchen? »Schön wäre es schon«, dachte ich, »aber das nächste Stadtkaninchen würde dich wohl ziemlich schnell überzeugen, lieber hinter ihm her zu jagen.« Der Grund für ihr Schnüffeln war einfach: Sie wusste, dass wir fast zu Hause waren, und wollte so schnell wie möglich in ihr warmes Bett. An der nächsten Kreuzung blieb sie stehen und schaute ungeduldig in unsere Richtung.

Auf der linken Seite erkannte man schon die Umrisse des Strahlbads, das unerschütterlich wie ein schlafender Riese in die Nacht ragte. Es war ein gewaltiges Gebäude, mit flachem Dach und kleinen schmalen Fenstern, dessen Außenwänden jeder Schmuck fehlte. Die dunkelbraune Fassade verschluckte jedes Licht, das ihr zu nahe kam – selbst der Schein der Straßenlampen verschwand in ihr. Vier Säulen stützen das ausladende Vordach, unter dem eine breite Treppe zum Eingang führte. Sie ließen das Ganze wie einen Tempel ausse- hen. An den Seiten stiegen aus kurzen Rohren Dampfsäulen nach oben und je näher man kam, umso mehr roch es nach Reinigungsmittel und Schimmel.

»Ha, seht ihr – das verdammte Bad raucht wieder!«, rief Val lachend. »Was meint ihr, hat es genug Kohle für Gekaufte oder muss es wie wir selber drehen?«

Mill blieb stehen und hielt grübelnd eine Hand unter sein Kinn. »Wenn du mich fragst, ist das Strahlbad ein Rüpel! Es klaut sich einfach die Kippen von den alten Häusern. Wer nicht mitmacht, bekommt ein paar auf die Ohren.« Dann zeigte er auf die gegenüberliegende Straßenseite, wo die gute alte Großbäckerei friedlich aus zwei hohen Schornsteinen vor sich hin paffte.

Niemand in dieser Gegend mochte das Strahlbad – zu viele schlechte Absichten steckten in diesem Klotz aus grobem Beton. Nur ein paar Jahre bevor wir zusammenzogen war es gebaut worden und hatte erstmals die Willkür der Reichen offenbart: Denen genügten die mickrigen Mieten, die sie für Altbauten verlangen konnten, schon damals nicht mehr. Man überlegte sich also eine neue Ungerechtigkeit und beschloss, Wasser nur noch auf Zuteilung und in begrenzten Mengen an die Bewohner auszugeben. Außerdem ließen sie aus allen Badezimmern die Wannen herausreißen. Jeder Wohnung wurde nun ein Wochentag zugeteilt, an dem es Wasser gab – uns hatte man den Freitag gegeben. Die Klempner kamen jeden Morgen, gingen in den Keller zum Absperrraum, der hinter dicken Stahltüren lag, und drehten die Ventile auf. Nach einer bestimmten Menge schlossen die sich wieder von allein. So mussten alle, die an einem anderen Tag frisches Wasser oder überhaupt baden wollten, ins Strahlbad gehen. Dort verlangte man einen Fünfer Eintritt – eine ganze Menge Geld! Dafür gab es auch reichlich Brot, Butter und ein paar Bier. Den Läden hatten sie im Übrigen auch verboten, Wasser zu verkaufen. Einige sammelten den Regen, wenn er in Strömen aus den kaputten Dachrinnen tropfte, und die meisten füllten am Wassertag alle möglichen Eimer und Flaschen, um damit eine Woche lang über die Runden zu kommen.

Die Rechnung der Vermieter ging trotzdem auf – binnen kurzer Zeit hatte das Strahlbad ihnen wieder Gewinn beschert. Uns machte es das Leben ein ganzes Stück schwerer. Man fühlte sich ihrer Selbstsucht völlig ausgeliefert – immer in der ständigen Ungewissheit, was als nächstes kommen würde.

Aber manchmal ist der glückliche Zufall doch größer als gedacht und bringt auch den Kleinsten etwas. Zwar konnten wir den Wassermangel nicht umgehen, aber mit der anderen Sache wurden wir fertig: Im Abrissrausch hatten sie eine Wanne vergessen. Ob mit Absicht oder nicht, das war egal – jedenfalls hütete unser Badezimmer den vielleicht besten Schatz des Viertels. Nur gute Freunde und die Bewohner aus dem Haus wussten davon. Vor den Vermietern brauchten wir keine Angst zu haben, denn die ließen sich so gut wie nie blicken, außer man zahlte die Miete nicht pünktlich. Natürlich hätten Val, Mill und ich dieses Kleinod geheim halten können, aber so lief es hier nicht: Man stand zusammen, war füreinander da und teilte das Wenige mit einem Lächeln noch einmal.

So machten wir den Freitag kurzerhand zum Badetag für alle. Wer kommen wollte, musste seinen Namen bis Donnerstag auf einen Zettel im Hausflur schreiben, und es kam eine Menge Leute. Leider wurde das Wasser nicht mehr und konnte deshalb nur einmal gewechselt werden – den Rest brauchten wir für unseren Wochenvorrat. Natürlich wollte niemand gerne der Letzte in der Wanne sein und im Dreck aller anderen baden. Damit es fair blieb, losten Val und ich am Vorabend die Reihenfolge aus. Dazu schrieben wir alle Namen auf kleine Zettel, legten sie im Kreis aus und drehten in der Mitte eine Flasche. So bekam jeder seinen Platz, ganz ohne zu schummeln.

Gegen acht Uhr morgens kam das Wasser. Mill begann schon zwei Stunden vorher, wie ein Verrückter den Badeofen anzufeuern. Mit fast kindlicher Freude schob er eine Kohle nach der anderen hinein und rief dabei: »Volle Kraft voraus! Wenn ich so weitermache, fährt die Wanne aus eigener Kraft über die Straße bis zum Fluss.« Er sah aus, als wäre an ihm ein echter Heizer verloren gegangen. Das Ganze ging so lange, bis das Ofenrohr glühte und sogar der Dampf daran zu neuem Dampf verpuffte. Eine unfassbare Hitze waberte dann im Bad vor sich hin, denn ein Fenster gab es nicht.

Den Kessel hatten wir so umgebaut, dass man über einen Metalltrichter auch von der Seite Wasser nachfüllen konnte. Jeder goss, wenn er fertig war, immer wieder etwas aus der Wanne hinein. So gab es für den nächsten auf jeden Fall genug Warmwasser, obgleich es dadurch natürlich nicht sauberer wurde. Das machte uns nichts – alles war besser, als sein Geld im Strahlbad zu verschleudern!

Außerdem waren die Freitage immer wieder ein wahres Fest: Nacheinander schlugen Freunde und Hausbewohner auf und brachten Wein, Essen oder ein paar Kohlestücke als kleine Bezahlung mit. Jeder hatte schon das Wochenende im Kopf und war gut gelaunt. Oft waren es so viele Leute, dass man gar nicht mehr wusste, wer mit wem gekommen war. Ich wurde nie müde, immer wieder daran zu erinnern, kein Wort über unseren Badetag zu verlieren. Egal ob Kinder, Mütter, Gammler oder Künstler – alle bekamen nach einer Weile wunderbar gerötete Wangen, entweder von der unglaublichen Wärme oder vom Fusel. Letzteren verteilte Mill in großen Schwüngen den ganzen Tag lang und bis zum Nachmittag war alles und jeder zu einer furiosen Masse verschmolzen, die sich schwofend und zappelnd durch die Räume wälzte. Dann drehte Mill erst richtig auf und gab auf unserem Küchentisch den singenden Tambourmeister. An diesem Tag hatte man gewonnen und jeglichen Gram einfach herausgeschwitzt – ein kleiner Sieg, den keiner auf der Straße zu sehen bekam, der aber unter dem Dach unendlich groß erschien.

Damit alles so blieb und niemand unser Geheimnis erfuhr, öffneten wir nur die Fenster zum Innenhof. Das brachte allerdings fast nichts und so blieb der Dunst in seiner Hartnäckigkeit einfach im Flur stehen. Die Scheiben waren noch bis zum nächsten Morgen beschlagen und sabberten dicke Wassertropfen auf die Fensterbretter. Ich war immer traurig, wenn ich darüberwischte, denn nun würde es wieder eine Woche dauern, bis diese wunderbare Gemeinschaft durch das Dachgeschoss flöge. Meistens hatte eine Handvoll Glut in der Resthitze des Badeofens die Nacht überlebt und wärmte im Herd zum verkaterten Morgen dann den ersten Kaffee.

Val machte einen Schneeball und warf ihn zischend über den Zaun in Richtung Strahlbad. »Ich hasse dich, du Fatzke!«, rief sie wütend hinterher. »Nicht nur das, für was du stehst, sondern auch deine elende Fresse: deine unverschämte Höhe, mit der du unserem Spielplatz schon ab Mittag die Sonne nimmst!« Etwas außer Atem stellte sie ihre Arme in die Hüften. »So ist es doch! Im Sommer leuchtet die Kreuzung noch ewig in den Abend, nur auf den Bänken ist es schon dunkel!«

Unser Haus lag direkt gegenüber. Von der Küche konnte man durch die Bäume hinab zum Park sehen, auf den das Strahlbad einen fast ewigen Schatten warf. Das grüne Fleckchen war eine eigene kleine Welt, in der sich Nachbarn und Vorbeigehende trafen, wo sie feierten oder schlicht etwas Zeit miteinander teilten. Ich verbrachte unzählige Stunden auf unserem Fensterbrett, Kaffee trinkend, die Beine angewinkelt und den Rücken fest an die Laibung gelehnt, und beobachtete das bunte Gewusel. Ein wunderbar lebendiger Lärm zog durch die Straße, wenn die Kinder kreischend über die Klettergerüste sprangen. Den Streben hatte der Rost schon ordentlich zugesetzt, aber mit ein bisschen Fantasie gaben die abgewetzten Dinger immer noch eine Eisenbahn oder Ritterburg ab. Wie ein Sturm schraubte sich das Geschrei durch die Kronen der Platanen nach oben, als könne nichts es aufhalten.

Auf den Bänken am Rand saßen die Mütter und Künstler, schliefen ein paar Trinker. Man erzählte sich die neuesten Geschichten und trank dabei Kaffee oder Whisky aus Blechkannen. Die Schriftsteller hofften auf den Durchbruch und kritzelten wie wild auf ihren Notizblöcken herum; versuchten, alle Bilder und Stimmungen so gut es ging festzuhalten.

Vielleicht landete der ein oder andere, ohne dass er es wusste, so für immer in ihren Geschichten. Wer seine Ruhe haben wollte, ging zur Stadtbibliothek gleich nebenan und legte sich anschließend mit Dostojewski auf den Rasen, um sich daran die Zähne auszubeißen. Die Clique und ich hatten unzählige Wochenenden da unten verbracht. An warmen Tagen schien es, als wäre dieser Platz eine eigene Stadt, die im fiesen Blick des Strahlbads trotzig ihren Spaß hatte und sich einen Dreck um Geld oder die Bonzen scherte. Wenn es heiß genug war, entzündeten sich manchmal die Kohlen von selbst, die hinter dem Strahlbad zum Beheizen der Kessel unter großen Planen lagerten. Das ganze Viertel roch dann wie im Winter und für die Kinder war es ein Riesenspaß, weil die Feuerwehr am Schluss dann auch sie mit Löschwasser nassspritzte.

Mit all diesen wunderbaren Bildern im Kopf sah ich sehnsüchtig zur anderen Straßenseite hinüber, während Mill die Haustür aufschloss. Der Park hielt Winterschlaf und alles, was auf der kargen Wiese herumlungerte, waren Laub und die widerlich leblose Stille des Februars. »In spätestens zwei Monaten ist es wieder unser Platz!«, drohte ich dem Winter.

Mit einem Ruck sauste die Tür in den dunklen Hausflur. »Ich finde schon wieder den verdammten Lichtschalter nicht«, lallte Mill, und stieß gegen ein Fahrrad.

»Taste dich doch an den Briefkästen vor«, zischte Val ihn an. Das war nicht der beste Ratschlag, denn nun schlug Mill im Gehen mit einer Hand gegen die Blechtüren – vermutlich hatte dieser Lärm jetzt auch die letzten im Haus munter gemacht.

Es dauerte eine Weile, bis das Relais endlich klickte. Vom ersten Stock fiel nun etwas Licht über die Stufen in den unbeleuchteten Eingang. Mira rannte vornweg; wir schlichen, so gut es in unserem Zustand noch ging, hinterher und hofften, nicht noch Schläge von schlaftrunkenen Müttern zu kassieren.

Das Dachgeschoss war ordentlich durchgewärmt und roch nach Kohl und Steckrüben. Val hatte am Nachmittag für alle eine herrliche Suppe gekocht. Mill sagte immer: »Zu dieser Jahreszeit ist ein warmer Bauch die einzige Wahrheit.« Das stimmte – denn wenn der zufrieden war, dann galt dies auch meist für den Kopf. Das Beste an Vals Eintopf waren die Backpflaumen, die sie am Ende hineinschnitt. Kaum zu glauben, aber ihre schwarze, herbe Süße passte perfekt zum Gemüse, das eine Menge erdige Würze vom Winter in sich trug. Und im Mund wurde alles zusammen dann zu einer Sensation. Natürlich befürchtete jeder, der andere hätte mehr von dem herrlichen Trockenobst in seinen Teller bekommen – manchmal zählten Mill und ich sogar nach, es schmeckte einfach zu gut.

Jetzt schob ich den Topf wieder auf den Herd, in dem es immer noch ein bisschen glühte. Als der Dampf den Deckel klappern ließ, schenkten wir große Kellen aus, setzten uns an den Tisch und löffelten die heiße Mitternachtssuppe. Eigentlich war es eher schon Morgen als Nacht – die Küchenuhr zeigte fünf nach zwei.

Mill hatte noch drei Bier aus der Vorratskammer geholt. Nach einem großen Schluck rülpste er mit geschlossenem Mund und lehnte sich zufrieden zurück. »Es geht uns doch echt gut: Bier, eine heiße Suppe – und die elende Kälte bleibt vor der Tür. Eigentlich könnte man fragen: ›Wer kann uns so schon etwas anhaben?‹«

Ich nickte, denn im Moment fühlte ich mich sorgenfrei und hatte die Arbeit, das frühe Aufstehen, beinahe vergessen.

»Keiner!«, antwortete Val lächelnd auf Mills Frage. »Ich bin froh, dass wir die kleinen Sachen zu schätzen wissen – leichtes Gepäck, Freunde! Damit kann man nicht viel verlieren und geht achtsamer durchs Leben. Außerdem: Nur so erfahren wir die Seligkeit der Dinge – das hat sogar Buddha gesagt!« Sie zog ihren Pullover über die Finger, nahm die Flasche in beide Hände und trank. Das sah recht lustig aus.

Ich schielte zu Mill hinüber und auch der grinste schon. Dann hob er seinen Zeigefinger und sagte mit erhabener Stimme: »Auf jeden Fall hat er gesagt: Greife nicht nur mit einer Hand, wenn dir zwei gegeben sind.« Ich stieß lachend mit ihm an.

Val verzog keine Miene und maulte nur: »Ihr seid alberne Spinner, mir ist einfach nur kalt.«

»Ach, Val, alles ist gut«, sagte ich, und erinnerte sie an die Arbeit: »Lass uns lieber die Segel streichen, wenn du und ich morgen nicht zu spät kommen wollen.«

Wir sogen die Schaumreste von den Flaschenböden und standen auf, Mill blieb in der Küche.

»Na dann, einen schönen Schlaf euch beiden!« Er zündete sich eine an, stellte das Radio auf Klassik und kippte langsam mit dem Stuhl gegen die Wand.

Nun ging es ihm wirklich gut, denn die Musik tauchte die Küche in tiefe Schwermut. Darin konnte man herrlich herumgrübeln – und ohne eine Arbeit … hatte er die Freiheit, auszuschlafen. Vom dunklen Flur aus sah ich ihm zu. Abwesend murmelte er im Dusel vor sich hin, kratzte am Ende der Kippe herum und schaute dem Rauch hinterher, der durch die undichten Fenster nach draußen verschwand. So wie er da saß, hatte er wirklich etwas Sanftmütiges – den Geist in warmes Kerzenlicht und einen Satz von Brahms eingehüllt. Wie ein Stillleben, nur ohne die Blumen und Früchte.

Val kam aus dem Bad und blieb neben mir stehen. »Mill träumt schon wieder«, flüsterte ich. »Wo er wohl seine bunten Gedanken gerade hat?«

»Na, wenn ich mir den zufriedenen Blick so anschaue, wird es ein Besuch an der Westküste sein. Wahrscheinlich vergräbt er gerade seine Zehen im warmen Sand.«

In diesem Augenblick wäre das auch mein Traum gewesen. Ich wünschte Val eine gute Nacht und ging in mein Zimmer. Mira lag schon mit der Schnauze zwischen den Pfoten auf ihrer Decke. Im Halbschlaf ließ sie sich nur zu einem Blinzeln hinreißen, denn mein Schatten war auch durch schmale Augen zu erkennen. So wie sie vor sich hin schmatzte, ging es ihr ebenfalls gut. Ich holte mein Bett vom Kachelofen, das seit dem Nachmittag darauf gelegen hatte. Nun war es fabelhaft warm – besser kann man nicht einschlafen. Von draußen war noch leise das Radio zu hören und mit den Gedanken an die traurige Ari und den Morgen, der schon durch das Fenster schielte, dämmerte ich langsam weg.

Nur ein paar Stunden später wurde es hell. Die Fensterläden waren im letzten Herbst bei einem Sturm draufgegangen und so leuchtete der Tag ungehindert in mein Zimmer. Ein Ausschlafen war unmöglich geworden, zumal auch Mira immer zeitiger über die Dielen lief. Dabei klang das Geräusch der Krallen fast wie der klickende Sekundenzeiger eines Weckers. Ich war froh, nie einen besessen zu haben, denn ihre Schritte waren schon anstrengend genug. Nun stand sie vor der geschlossenen Balkontür, drückte den Kopf dagegen und beobachtete die Krähen, denen das Aufstehen auch nicht schwerfiel. Bei jedem Ausatmen beschlug die Scheibe um ihre Nase und als sie an mein Bett kam, blieb nur dieser feuchte Kreis auf dem Glas zurück.

Wie immer begrüßte mich Mira mit unbeschwerter und ehrlicher Freude, wie es nur Hunde können, vielleicht auch Kinder. Wir gingen in den Flur, wo man Val schon durch die Badzimmertür mit den Eimern klappern hörte. Am Donnerstag war es immer schwer, noch genügend Wasser zusammenzubekommen. Mir genügte eine Handvoll, denn es war so widerlich kalt, dass es einen schüttelte. Immerhin wurde man wach.

In der Küche legte ich ein wenig Spaltholz in den Ofen, um zwei Tassen mit altem Kaffee von gestern warm zu bekommen. Die Lust auf den Tag hielt sich immer noch in Grenzen und beim Blick nach draußen verging sie einem erst recht. Frierend lehnte ich den Kopf gegen die Scheibe, dachte an mein Bett und stellte fest: »Obwohl er schon in den letzten Zügen liegt, ist der Februar wirklich der elendeste Monat.« Auf der Straße zogen lange Nebelschwaden als bleiche Suppe vorüber und blieben selbstgefällig an Sträuchern und Bäumen hängen: Als wäre der graue Himmel nicht schon schlimm genug, trieben sich die Wolken nun auch auf den Gehwegen herum.

Ich hörte, wie Val vom Bad in die Küche schlurfte und in ihr Handtuch seufzte. Ohne mein Gesicht zu sehen, spürte sie schon meine schlechte Laune: »Sag nichts, dein Blick spiegelt sich im Fenster! So trüb wie du dreinschaust, bist du noch nicht mal annähernd ausgeschlafen. Du beneidest Mill, nicht wahr?«

»Natürlich!«, rief ich und drehte mich um. »Er hat es auch verdient, wie jeder Mensch. Immerhin bleibt uns lauwarmer Kaffee als Trost – ohne den würde ich nicht überleben. War deine Nacht denn lang genug?«

»Hast du die Schreibmaschine nicht gehört? Bis um vier war alles gut, aber dann wurde ich von einem irren Traum wach, den musste ich gleich aufschreiben. So verrückt wie der war, könnte daraus mein neues Buch werden.«

»Mira hat dein Tippen bestimmt gehört, aber ich hatte die Decke über dem Kopf. Worum ging es denn?«

Val setzte sich mit ihrer Tasse an den Tisch. »Ich stand auf einer Wiese und spuckte so lange in die Luft, bis mir etwas davon wieder in den Nacken klatschte. Das riss mich mit einer unbeschreiblichen Wucht nach unten und ich landete mit dem Gesicht im Gras. Da hörte ich, dass die Pflanzen zu sprechen gelernt hatten – aber alles, was sie konnten, war schreien;

kein verständliches Wort kam dabei heraus. Es war ohrenbetäubend, jeder Halm brüllte schriller und lauter als der andere. Mir fehlte die Kraft, um aufzustehen, also blieb mir nur ein Ausweg – nämlich zuzubeißen. Verstehst du, ich habe einfach alle aufgegessen!«

Verwundert runzelte ich die Stirn und wusste nicht, was ich dazu sagen sollte. Vals Geschichten waren schon immer verrückt gewesen – dafür liebten sie die Bühnen und Dichterkeller –, aber das hier war nun ziemlich verdreht. »Du hast sie gegessen?«, fragte ich ungläubig und hob die Stimme am Ende sogar ein bisschen an. »Wie schmeckten die denn?«

»Keine Ahnung, aber darum ging es ja auch nicht. Das Schreien sollte doch aufhören. Ich habe immer weiter gekaut. Irgendwann hatte ich mich so tief in die Wiese verbissen, dass ich auf eine Wasserader traf. Die flüsterte: ›Das Gute ist: Wir gehen uns nichts an.‹ Dann füllte sich das Loch, in dem ich lag, und in dieser Flut bin ich dann ertrunken.«

Kopfschüttelnd nippte ich an meinem Kaffee und dachte: »Das ist keine Geschichte für einen so frühen Morgen.« Ihr Verleger stand aber auf solches Zeug. »Du kannst bestimmt etwas daraus machen«, sagte ich. »Mit diesen ausgeflippten Sachen bekommt man sie doch immer.«

»Je verrückter, desto besser. Vielleicht habe ich Glück und es wird mal eine größere Auflage, über die Stadt hinaus. Bis jetzt waren es ja immer nur dreißig Stück.«

Ich würde ihr es gönnen, denn von dem Kleingeld, das sie bisher dafür bekam, konnte man nicht leben. So wie Val ging es allen, die mit ihrer Kunst auskommen wollten. Darum hatte jeder nebenbei noch eine einfache Arbeit, die nicht zu viel Zeit fraß, aber das Leben bezahlte. Ich sah auf die Uhr und verschluckte mich fast: »Oh, Mann, wir müssen los!«

Wenn wir heute zumindest ein wenig Geld verdienen wollten, musste es jetzt schnell gehen. Während ich mich wusch, machte Val ein paar Brote, füllte die Thermoskanne und gab Mira den Rest der Suppe zum Frühstück. Halb sieben klackte die Wohnungstür ins Schloss – natürlich leise, damit Mill nicht wach wurde. Im Hinterhof schnappten wir die Räder, kratzten das Eis von den Sätteln und sausten los – vor uns lagen fast acht Kilometer.

Val fuhr vornweg. Ihr Mantel aus gelbem Vlies leuchtete zwischen dem ganzen Grau wie eine Laterne, obwohl es schon so hell war, dass die Straßenlampen ausgeschalten waren. Sie mochte Sachen mit starken Farben und machte sich einen Spaß daraus, alles durcheinander zu tragen. Schwarz waren bei ihr meistens nur die Schuhe, die Haare und ihre geschminkten Augen. Mit etwas Puder milderte sie die ihrer Meinung nach zu hohen Wangenknochen ab – ich fand aber eigentlich nie etwas Schlechtes daran.

Auf Feiern zog sie immer eine Menge Blicke auf sich, denn den Typen gefiel, was sie sahen. Anders als Ari und Lara, machte sich Val nur nichts daraus: Mit ihrem Herzen ging sie wählerisch um und nach ein paar Enttäuschungen hielt sie es damit wie Pavese: Der hatte das Zusammenleben von Mann und Frau zu einer widerlichen und unmöglichen Sache erklärt, die nichts als Leiden mit sich bringe. In seinen Zwanzigern sah er verdammt gut aus und wäre genau Vals Typ gewesen. Wahrscheinlich hätte eine einzige Begegnung ausgereicht und die beiden hätten ihre Ansicht über die Liebe noch retten können. So aber blieben sie lieber allein und Pavese ging daran sogar zugrunde.

Mit schweren Tritten stieg Val in die Pedale. Im Fahrtwind wedelte der Schal wie die Arme eines alten Freundes hinter ihrem Hals. Wir fuhren so schnell, dass die Reifen in ihrem Schwung eine breite Spur in der Schneedecke zurückließen. Mira rannte neben uns her; oft verschwand sie kurz hinter Büschen oder Vorsprüngen, um dann eine Straße weiter wie aus dem Nichts wieder aufzutauchen. Sie kannte Abkürzungen, die man zu dieser menschenleeren Zeit noch nehmen konnte, bevor alles erwachte. Nur ab und zu war überhaupt jemand auf dem Gehweg zu sehen. In den leeren Bussen zogen die Fahrer grimmige Gesichter, denn obwohl keiner mitfuhr, mussten sie trotzdem an jedem Wartehäuschen halten.

Als wir am Fluss ankamen und nun langsam aus der Stadt fuhren, war niemand mehr zu sehen. Nur Schnellstraßen und Bahnhöfe, von denen keiner jemals schlief, riefen noch hinter uns her. Dann begannen die Felder. Als gäbe es eine unsichtbare Wand, wurde es auf einen Schlag unglaublich still. Ich mochte diesen Moment, in dem der eigene Atem so wahnsinnig nah wurde und es in den Ohren nur noch rauschte. Nebel stand in den flachen Senken, umspülte die Heuballen und die Beine der Kühe, um dann gemächlich in den Fluss zu ziehen. Wir fuhren auf den Damm. Von hier oben hatte man einen weiten Blick, beinahe bis ans Ende des Tals. Die Ufer sahen aus, als hätten sie weiße Flecken bekommen. Dabei waren es Hunderte von Möwen, die eng beieinanderstanden, um in der Nacht nicht zu erfrieren.

Langsam wurde die Fahrt ungemütlich: Die Bruchsteine rüttelten uns ordentlich durch und von der Kälte waren meine Finger inzwischen fast taub. Vor einer Weile hatte ich das einzige Paar Handschuhe verloren und trug seitdem zwei Wollsocken als Ersatz, aber die hielten dem Fahrtwind nicht wirklich stand. Zum Glück gingen wir nur zweimal die Woche arbeiten. Mira zeigte sich von der Kälte und dem Wind ziemlich unbeeindruckt – überschwänglich hüpfte sie durch das Flachwasser am Ufer, kletterte auf Steine und schnappte sich ein mürbes Stück Treibholz nach dem anderen – die wunderbare Hitze der Hunde eben. Auf einmal wurde es auch an meinem Rücken ein bisschen wärmer. Ich drehte mich um – und tatsächlich: Hinter uns ging die Sonne auf – natürlich schwach, vom Dunst verschleiert und ziemlich flach, aber ab jetzt war es nur noch eine Frage von Stunden, bis es wärmer würde.

In diesem Moment war ich so glücklich, dass ich Val zurief: »Hey, Val! Es wird ein sonniger Tag werden!« Sie schaute nach hinten, lachte mit roten Wangen und hob ihren Daumen.

Rechts von uns tauchten schon die ersten Gewächshäuser auf: runde, mit klarer Folie bespannte Stahlgerippe, innen von warmer Nässe undurchsichtig beschlagen – so sahen sie wie eingegrabene halbierte Schneebälle aus. Aus jedem dieser Zelte ragte ein Schornstein, durch den grauer Kohlerauch nach oben stieg. Frieren musste man hier also nicht – das war aber auch schon der einzige Vorteil, den diese Arbeit im Winter mit sich brachte.

Dann hatten wir es endlich geschafft und rauschten über die Böschung auf einen Feldweg, der weiter zum Haupthaus führte. Sie nannten es »Haupthaus«, allerdings war es nicht viel mehr als eine Baracke mit Wänden aus gepresster Holzwolle.

Als wir ankamen, drehte Mira bellend ein paar Runden auf dem Vorplatz und wurde von allen wie eine alte Bekannte begrüßt: »Da ist sie wieder!«, »Die Schönste!«, »Komm her, mein Stern!« Ich war jedes Mal überrascht, wie eitel Mira doch sein konnte. Selbstgefällig lief sie nur zu denen, die sich nach ihr bückten und ihr die Hand hinhielten.

Val und ich gingen nach drinnen. Auf dem Tisch standen Thermoskannen wie ein silberner Wald um eine Schüssel mit Gebäck. Es duftete nach Kaffee und der kleine Kanonenofen heizte ordentlich vor sich hin; durch die Ringe der Kochplatte schlugen ab und zu hellgelbe Flammen auf. Die anderen saßen im Kreis und redeten im Durcheinander über die Stadt, ihr einfaches Dasein und den Spaß, den man trotz alledem haben konnte. Die meisten waren wie wir: Künstler auf der Suche nach etwas Erfolg, Irre oder einfach nur Gammler, denen der

Tag zum Leben eigentlich schon reichte. Man kannte sich von Lesungen oder aus Kneipen. Die Arbeit in der Gärtnerei war beliebt, denn hier nahmen sie einen nicht aus und zahlten einigermaßen anständig.

Wir begrüßten alle mit Handschlag und setzten uns dazu. Ich goss zwei große Tassen ein und damit mir wieder warm wurde, nahm auch ich sie diesmal in beide Hände.

Als Val das sah, knuffte sie mich in die Seite: »Siehst du: Heute Nacht hast du dich noch über mich lustig gemacht – und jetzt?«

Ich gab klein bei. Mit meiner Nase im Kaffeedampf war es wie im Sommer, wenn wir am Morgen nach dem Feiern gar nicht erst schlafen gingen und vom Balkon aus noch ewig lange in den Himmel starrten. Dann stand Val oft mit einer Kanne Kaffee in der Tür und flüsterte: »Ihr Schlafmützen, die Nacht verschwindet, aber hier habe ich sie euch eingefangen – genauso schwarz, heiß, bitter und tragisch, wie wir sie erlebt haben.« Das war genau nach Mills und meinem Geschmack – und eine Tasse davon machte so munter, dass man damit durch den ganzen Tag kam. Bestimmt hatte Val auch etwas Geheimes aus ihrer Pulverdose dazugemischt. In kleinen Schlucken holte ich mir jetzt fast genau die gleiche Wärme zurück in meinen Magen. Es tat wirklich gut. Bald war ich munter und freute mich unbändig auf den sonnigen Morgen.

Um Viertel nach sieben nahm uns der Vorarbeiter mit ins Gewächshaus. Hier mussten wir für die nächsten Stunden Stecklinge aus kleinen Pappbechern in Tontöpfe umpflanzen. Über ein Förderband rutschten immer neue Stiegen auf unseren Tisch – einige schnell, einige langsam. Am Abend tat einem natürlich der Nacken weh, weil man acht Stunden lang nur nach unten geschaut hatte. Das Beste war, wenn im Frühjahr die Gemüsepflanzen kamen. Dann nahmen wir immer heimlich ein paar für unsere Fenster und den Balkon mit. Dort war es warm genug, dass alles wunderbar wuchs. Mill und ich hatten eine Apparatur zur Bewässerung mit Regenwasser gebaut; so brauchten wir nicht an unseren Vorrat zu gehen. Neben den Stängeln rankten damit also auch alte Schläuche und Drähte von Fenster zu Fenster. Im August konnten wir dann Tomaten, Gurken und Kräuter ernten.

Val stand mir gegenüber. Nach einer Weile dachte ich an ihren Traum von letzter Nacht, in dem die Natur nichts anderes konnte als zu schreien. Vorsichtig nahm ich einen Ableger, klopfte die Erde aus seinen Wurzeln und hielt ihn an mein Ohr. Nichts war zu hören. »Hey, Val! So wie es aussieht, reden die nicht mit mir.«

Sie sah auf und lachte. »Würde ich auch nicht, wenn du mich gerade aus meinem Bett gezogen hättest und nackt zwischen zwei Fingern halten würdest.«

»Auch nicht, wenn ich Cesare Pavese wäre?«

»Nein, auch dann nicht«, sagte sie bockig, zupfte das Pflänzchen aus meiner Hand und lauschte daran. »Hier, mich brüllt es an wie ein Kind! Es hat Angst, weil du so ein Wirrkopf bist und manche Dinge eben nicht verstehen kannst!«

Ihr Gesicht lief rot an und mir war klar, dass ich ein wenig zu weit gegangen war. »Ich wollte dich nicht aufziehen. Tut mir leid.«

»Es gibt an Pavese nichts auszusetzen!«, sagte sie bestimmt. »Er macht das Gleiche durch wie ich, aus diesem Grund mag ich seine Bücher: Man wird des Lebens langsam überdrüssig, sieht seine Einsamkeit als einzigen Ausweg – und dabei waren es die Geliebten, die einen erst dazu brachten.« Mit dem Pflanzholz bohrte sie ein Loch in die feuchte Erde und drückte den Steckling hinein. »Ganz schön tief«, dachte ich und fürchtete, beim nächsten Gießen könnte er darin ertrinken. Val hatte einfach zu viel Kraft, nach innen wie nach außen, und konnte manchmal nur schwer damit umgehen.

»Allein zu sein ist nichts Schlechtes!«, erwiderte ich. »Den Überdruss kannst du auch loswerden, indem du dich mal außerhalb der Kränkungen betrachtest, alles dem Abstand überlässt … deine Grenzen und deine Einzigartigkeit begreifst.«

»Ich weiß! Oft denke ich daran, wie du mir im Sommer Antares gezeigt hast. In dieser Entfernung wird alles nichtig und das Universum interessiert sich ohnehin einen Dreck für unsere Leben. Es ist egal, wer jemals in meinem Bett aufgewacht ist und sich dann verdrückt hat.«

»Die Regel sollte immer sein, mehr Bücher als Männer in sein Zimmer gelassen zu haben, oder?«, fragte ich lachend.

»Ja, na klar! Du weißt, dass mir das Ganze immer schwergefallen ist. Schon als wir beide uns im Diora kennengelernt haben.«

»Diese gemeinsame Nacht war aber kein Problem für dich?«

»Nein, du hast mir ja auch nichts versprochen – außer deinen Bildern.«

Val meinte damit ein paar Bleistiftskizzen, die ich im Suff von ihr gemacht hatte. Sie hingen immer noch an ihrer Wand und waren ein kleiner Gefallen dafür, dass ich an diesem Abend bei ihr bleiben durfte. Der gemeinsame Heimweg in strömendem Regen einige Stunden zuvor trug natürlich dazu bei, schnell unter die Decken zu kommen. Für uns beide war es in Ordnung, es dabei zu belassen, und am Ende schafften wir es sogar, Freunde zu werden. Die meisten Typen machten ihr allerdings etwas vor; sie wollten sie besitzen, um eine Künstlerin in ihrem Leben zu haben und sie auf Feiern herumzeigen zu können. Leider fehlte Val ein Gespür dafür, diese Wolkenschieber zu erkennen.

»Bist du eigentlich außer den schreienden Pflanzen gerade an einer neuen Geschichte dran?«

»Ja, ein wenig. Diese neue Platte, die Mill von Ager bekommen hat, ist ziemlich inspirierend gewesen. Kennst du sie?«

Ich schüttelte den Kopf. »Perrey heißt der Typ. Seine Musik kommt aus einem elektrischen Klavier – unglaublich dicht, präsent, alles schwingt und schimmert. Manchmal ist es nur eine leichte Vibration und später klingt es wie dumpfe Glocken. Ich habe so etwas vorher noch nie gehört.« Ihre Augen strahlten vor Begeisterung, als wäre diese Platte eine echte Offenbarung gewesen. Ich wurde richtig neugierig. Val hob ihre Hände, als ob sie eine Kugel vor sich halten würde: »Wenn du es im Halbdunkel hörst, glaubst du ein Stück über dem Boden zu schweben. Alle Töne fließen genau durch die Mitte deines Körpers, wie auf einer Reise in die Ewigkeit.« Mit einem nüchternen Wisch durch die Luft brachte sie es auf den Punkt: »Man spürt einen absoluten Frieden: So möchte ich auch schreiben.« Diese Vorstellung klang spannend und genauso aufregend wie die Beschreibung der Songs.

»Wo Ager diese Scheiben immer herbekommt?«, fragte ich.

»Na, von seinen Eltern. Die sind doch überall unterwegs und sehen Orte, die wir wahrscheinlich niemals zu Gesicht bekommen.«

»Ja, stimmt – die haben ja auch Kohle ohne Ende. Ich glaube, sie zahlen ihm die ganze Bude, samt dem Fusel.«

Auf einmal stoppte das Band. Am Eingang winkte der Vorarbeiter und brüllte wütend: »Hey, macht mal ein bisschen schneller. Fürs Rumstehen werdet ihr nicht bezahlt!« Bei dem ganzen Gerede hatten wir gar nicht bemerkt, dass sich inzwischen unzählige Paletten auf dem Förderband übereinandergestapelt hatten. Ich gab ihm ein Zeichen, dass es jetzt wieder zügig weiterginge.

Bis zur Frühstückspause hatten wir aufgeholt und bestimmt zweihundert Pflanzen umgetopft. Auf Vals Stirn glitzerten kleine Schweißperlen. Es war inzwischen ziemlich warm geworden, denn jetzt schien die Sonne gleißend hell durch die Folie. Ich hatte keine Ahnung, wo Mira sich gerade versteckte, aber ein Pfiff genügte und schon huschte sie unter einem der Tische hervor. Anscheinend hatte sie dort die letzten Stunden gedöst. Zu dritt gingen wir nach draußen. Da wuselten bereits die anderen über den Platz. Es sah lustig aus, wie jeder seine Arme streckte, den Rücken verbog und auf der Stelle sprang. Diese Arbeit konnte einen schon schaffen. Dazu kam noch das Gähnen, das äußerst ansteckend war und genau wie der Dampf aus den Tassen als weiße Hauchfahne träge nach oben stieg.

Mittlerweile roch die Luft schon ein klein wenig nach Frühling und die Sonne hatte gute Arbeit geleistet: Kein Nebel und keine Wolke hingen mehr vor dem blauen Himmel. Ich fühlte mich gut und streckte die Hände nach oben, so weit es ging. Das Wetter gab neue Kraft, ließ einen durchatmen und auf den schnellen Abgang des Winters hoffen.

Wir setzten uns auf einen Stapel Metallrohre, die zum Bewässern der Felder verwendet wurden. Auf dem matten Aluminium spiegelte sich die Sonne in langen Streifen und hatte es sogar schon ein wenig aufgeheizt. Mira saß vor uns und starrte auf die Butterbrote. Wir gaben ihr jeder eine Hälfte, die sie in hastigen Bissen hinunterschlang. Vom Geschmack sichtlich enttäuscht, ging sie zu den anderen und hoffte dabei wahrscheinlich auf ein Stück Wurst. Wir hatten nur die trockenen Scheiben aus einem alten Brotkanten, den die Bäckerei immer am Freitag verschenkte, weil er zu hart für den Verkauf war. Dieser lag also schon fast eine Woche in unserer Küche. Val wusste sich zu helfen und tauchte ihr Stück so lange in die Tasse, bis es aufgeweicht war. Mir dagegen machte das nichts aus: Ich war satt – allein das zählte!

Nach einem großen Schluck Kaffee lehnte mich nach hinten, schlug die Beine übereinander und sah zufrieden in den Himmel. Wir hatten es schon gut getroffen: Der große Spaß lag im einfachen Leben, das aus Freunden, Fusel, Kunst und zwei Tagen Arbeit pro Woche bestand. Von mir aus hätte es immer so weitergehen können, wären da nicht die Bonzen gewesen, die einem alles im Handumdrehen versauen konnten. Ich dachte an gestern. »Glaubst du, Ari steht das durch?«, fragte ich Val, die sich gerade ein paar Brotkrümel von den Fingerspitzen leckte. »Der Ausverkauf des Viertels setzt ihr ganz schön zu und mir geht es da nicht anders. Es ist eigentlich das erste Mal, dass ich ihre Ängste wirklich teilen kann.«

»So schnell kommen die nicht«, sagte sie schmatzend. »Wir sind locker, wir können uns anpassen. Wir warten einfach auf den Sommer und verschwinden in den Süden! Mein Bruder wohnt da schon einige Jahre neben den Bahngleisen. Dort kann er machen, was er will, und keiner der Bonzen wird sich jemals zu ihm verirren.«

Ich kannte den Süden nur flüchtig: staubiges flaches Land, voller Fabriken und Güterbahnhöfe. Wenn man vom Überland in die Stadt kam, fuhr der Bus auf einer breiten Straße direkt hindurch. Dabei hatte ich weder Bäume, Geschäfte oder Kneipen gesehen, noch war mir jemals irgendjemand bekannt gewesen, der dort wohnte. Die meisten kamen am Morgen dorthin, arbeiteten bis fünf und waren froh, mit dem Abendverkehr wieder weg zu können. Dann war es da wie ausgestorben, nur wenige Gaslaternen brachten etwas Licht in die Nacht. Es gab Gerüchte von Aussteigern, die in den Kellern und Ruinen lebten, im Untergrund sogar Bars hatten. Mir erschien diese Gegend genauso unwirklich wie Vals Bruder, den bis heute noch keiner von uns zu Gesicht bekommen hatte.

»Von deinem Bruder erzählst du so gut wie nie«, sagte ich.

»Das ist auch nicht so einfach. Wir sehen uns vielleicht zweimal im Jahr. Was soll ich sagen … Er ist seltsam, aufbrausend und kauzig, glaubt an Verschwörungen und so einen Mist. Meistens wird mir das bald zu viel. Außerdem dauert es keine drei Stunden und wir fangen an, zu streiten. Versteh mich nicht falsch: Ty ist nicht verrückt und manchmal ist er sogar ziemlich lustig, aber hin und wieder … na ja, da musst du dir mal selber ein Bild von ihm machen.«

Für mich hätte seine Beschreibung auf die Hälfte unserer Clique gepasst – von denen war auch keiner wirklich normal. Auf jeden Fall hörte sich die Story ziemlich spannend an. »Wir könnten ihn im Süden also besuchen?«

»Glaube schon«, sagte Val zögerlich. »Wenn du willst, kann ich versuchen, ihn heute Abend mal anzurufen. Dann fragen wir ihn, ob er am Samstag Zeit hat und in der Stimmung für Besuch ist.«

»Du denkst, der Süden wäre etwas für uns?«

»Ich glaube, wenn genügend andere mit dabei sind, könnte das ein neues Viertel für alle werden. Deine Ruhe hast du da auf jeden Fall!«

Die Pause war vorbei: Mit großen Schritten lief der Meister über den Platz und klatschte dabei in die Luft. Es konnte ihm gar nicht schnell genug gehen, dass jeder zurück an seinen Tisch kam. Im Gewächshaus war es nun so warm, dass wir die Tür offenließen. Dann standen wir wieder am Band und gaben den kleinen Pflanzen ein größeres Zuhause, mit Wänden aus hartgebranntem rotem Ton. Ich glaube, es waren Chrysanthemen. Ihr ganzes Leben war behaglich: Einmal am Tag wurden sie kräftig abgeduscht, bekamen etwas Dünger und konnten irgendwann den ganzen Sommer auf einem Balkon verbringen. Den Winter verschliefen sie dann ganz. Das klang alles in allem nicht so schlecht, fand ich.

Bis zum Nachmittag hatten wir bestimmt fünfhundert von ihnen umgetopft. Die Sonne war einmal über uns hinweggezogen und färbte sich nun langsam orange. Jetzt musste es wieder schnell gehen, damit der Feierabend nicht gleich im Dunkel verschwand. Wir waren die Letzten. Nur der

Vorarbeiter wurde dafür bezahlt, die ganze Woche über hier draußen zu bleiben; er hatte ein kleines Zimmer über dem Haupthaus. Scheppernd krachte er das Tor hinter uns zu und verschloss es mit einer dicken Eisenkette.

Müde schoben wir die Räder zurück auf den Damm. Die Luft hatte sich wieder abgekühlt, roch aber trotzdem unglaublich gut nach Holz, feuchter Erde, Blättern – eben den Dingen, die der Tag aufgewärmt hatte. Man konnte es fühlen: Es fehlte nicht mehr viel, damit Knospen und Keimlinge endlich aufspringen würden. Die ersten, noch winzigen Zeichen des Frühlings waren immer die besten und selten übermannten mich Gedanken an kurzärmlige Hemden und laue Abendspaziergänge so unbändig wie zu dieser Zeit. Ich konnte es kaum erwarten, mit genügend Fusel im Kopf für Stunden in die Sterne zu schauen; dazu ein milder Hauch, der einen auch in der Nacht noch schwitzen ließ – und das alles so lange, bis der Herbst kam.

Jetzt aber war der Winter noch viel zu nah, und außerdem ging mir das Klappern der Schutzbleche auf die Nerven. Mira dagegen fand es gut, denn es scheuchte die Möwen am Ufer auf: In großen Sätzen hetzte sie hinter ihnen her, bekam aber keine zu fassen. Nach einer Weile lief sie enttäuscht wieder neben uns her.

Val fuhr wieder als erste voraus. Inzwischen war es so kalt, dass ihr Atem als Hauch an ihrem Kopf vorbeizog – fein und dünn, genau wie die Nebel, die jetzt vom Fluss zurück auf die Felder zogen. Das Klappern verschwand, als die Straßen breiter wurden. Am Stadtrand übertrumpften die letzten Sonnenstrahlen schon sämtliche Farben. Alles glühte nur noch orange bis dunkelrot unter einem Himmel, der jeden Blauton in sich trug – und vielleicht gab es am Rand auch noch ein wenig violett. Von vorn kam der Abend und blickte in den Sonnenuntergang. Wir warfen ihm Schatten entgegen, die mittlerweile auf die doppelte Länge gewachsen waren und nur aus dem Schwarz der kommenden Nacht bestanden. Über uns gluckste und krähte es in den Baumkronen um die Wette. Dann kamen der Verkehr, die Ampeln, die Busse und das Gedränge der Gehwege, in dem schimpfende Mütter ihre müden Kinder hinter sich herzogen. Der Geruch der Felder war verschwunden – hier lagen Diesel, Kohlenrauch und der viel zu kurze Feierabend in der Luft.

Val blieb an unserer Kreuzung stehen und sagte: »Mill wird das Haus heute nicht verlassen haben. Wollen wir gleich noch für ein paar Bier und was zu essen bei Feyo vorbeifahren?« Ich stimmte zu und zwei Straßen weiter strahlte »Feyos Welt der besten Dinge« über dem Eingang. Die Großbuchstaben waren mit viel zu viel weißer Farbe gemalt, sodass sie an den Enden in Tropfen heruntergelaufen war – auch im Sommer sah das Ganze aus wie Eiszapfen. Die Glasscheibe in der Tür hatte einen langen Sprung und war von innen mit Zeitungen zugeklebt.

Feyo war ein bunter Typ Mitte sechzig und wohnte schon seit seiner Kindheit im Viertel. Die wenigen Haare, die ihm noch geblieben waren, kämmte er trotzig mit Pomade über seinen Kopf. Seit Jahr und Tag sah man ihn in einem karierten Hemd mit Ärmelhaltern, darüber trug er eine blaue Kittelschürze. Sein Geschäft war einer dieser Gemischtwarenläden, in denen sich das Viertel traf und jeder das Neueste von den Straßen erfuhr. Obendrein bekamen wir hier für wenig Geld Konserven, Gemüse oder eine Ladung Bier. Als ich die Tür nur einen Spalt breit geöffnet hatte, drängelte sich Mira schon an mir vorbei. Sie wusste, dass eine kleine Überraschung auf sie wartete: Feyo hob immer ein paar alte Wurstzipfel für sie auf, die sich ohnehin nicht mehr verkauften.

»Na, da seid ihr ja«, rief er. »Ich wusste doch, dass mein Mädchen heute noch mal vorbeischaut!« Freudig kam er um den Tresen gelaufen – in seiner Hand ein vertrocknetes Stück

Salami. Nun musste Mira ihm abwechselnd beide Pfoten hinhalten, sich einmal um sich selbst drehen und genau dreimal bellen – das Bellen geriet in ihrer Vorfreude eher zum Quietschen. Ich wunderte mich jedes Mal darüber, wann und vor allem wie er ihr diese Kunststücke beigebracht hatte – wahrscheinlich gerade dann, wenn wir vorm Bierregal unser Kleingeld zählten. Mit wedelndem Schwanz und der Wurst zwischen ihren Zähnen verdrückte sich Mira in eine Ecke.

»Feyo, mein Bester«, sagte Val mit klimpernden Augen, »wir haben zusammen leider nur einen Fünfer. Was können wir denn dafür bei dir schießen?«

Er lachte, murmelte etwas vor sich hin und verschwand im Lager. Ich sah über die Theke: Wie in einem wilden Gemälde quollen die Fächer der Regale von bunten Kleinigkeiten über. Dazu war auch die Auslage mit Unmengen von Süßigkeiten und Krimskrams gefüllt. Ein schwerer Geruch nach Kaffee, süßem Obst, Tabak, Bohnerwachs und viel zu blumig duftendem Scheuerpulver stand im Raum und ließ einen an früher denken: Jedes Mal erinnerte ich mich ein kleines Stückchen mehr daran, wie ich als Kind von all den Reizen in diesen Läden einen richtigen Rausch bekommen hatte.

Kartons, Kisten und Flaschen stapelten sich bis zur Decke. An die obersten kam man nur mit einer Schiebeleiter ran, und darin lagerten die besten und teuersten Dinge. Vor der Wand hingen ein paar dunkelbraune Würste, deren Buchenholzduft bis nach draußen vor die Tür zog. Mill hätte sich wie ein König darüber gefreut, aber leider fehlte uns das Geld dafür – Val und mir war es egal, wir machten uns sowieso nichts aus Fleisch.

Neben der Kasse surrte ein Hungerturm, der hinter der Plastikscheibe stolz ein paar Pasteten vor sich her drehte. Am Rand der Theke stand etwas versteckt auch ein großes Glas mit Salzeiern. Im Dusel hatte sich Mill einmal eins davon gekauft.

Ich glaube, es dauerte ganze fünf Sekunden, bis das saure Ding im Ganzen wieder ausgespuckt wurde und anschließend über die Kacheln bis zu den Bottichen mit Eingemachtem rollte. Seit diesem Abend konnte Feyo ihn nicht mehr leiden. Wer mag schon auf seinen Boden gerotzt bekommen? – Für gewöhnlich wartete Mill nun immer vor der Tür.

Val holte sechs Bier und eine Flasche Schnaps aus dem Regal. Im Hinterzimmer rumpelte es und kurz darauf kam Feyo mit einer Pappkiste wieder nach vorn geschlurft. »Passt auf, ich habe Kartoffeln, gute Butter und Eier hineingepackt. Aber ich gebe euch auch noch ein paar saure Gurken dazu.« Er öffnete ein altes Holzfass und fischte mühsam mit seiner Zange darin herum. Sofort strömte ein köstlicher Geruch nach Essig und Lorbeer in unsere Richtung. »Du bist der beste«, sagte Val und klopfte ihm von hinten auf die Schulter. »Irgendwann kaufen wir bestimmt auch eine von den teuren Flaschen da oben.«

»Macht euch mal keine Gedanken – in denen ist doch sowieso das Gleiche wie in den billigen«, brummte er. »Bei dem, was man so hört, ziehen ja bald die Reichen hierher. Dann kann ich die ordentlich abziehen, denen ist es ja egal und was anderes haben die ohnehin nicht verdient bei ihrer Gier! Sie zahlen also Stück für Stück den Nachlass ab, den ihr immer von mir bekommt!« Die Kasse klingelte und Feyo wünschte uns einen schönen Abend.

Draußen packte ich den Schatz auf meinen Gepäckträger. Zufrieden schoben wir unsere Räder nach Hause – für die nächsten Tage war gesorgt. Val summte vor sich hin und ich freute mich schon auf morgen, wenn die Meute wieder zum Badetag aufschlagen würde. Mit so vielen guten Leuten und einem vollen Bauch konnte der gar nicht schlecht werden. Außerdem war die Woche fast durch und am Samstag würden Val und ich vielleicht in den Süden fahren. Was für ein wunderbares Gefühl, den ganzen Spaß noch vor sich zu haben.

Als wir den Hausflur betraten, hörte man Mill bereits von oben: Er hatte in einer ziemlichen Lautstärke »Let's Get Lost« aufgelegt und sang dazu. Chet war genau mein Ding – mit tragisch tiefen Augenhöhlen und diesem Blick, als gehöre er nicht in diese Welt: wie ein Wanderer, der von Küste zu Küste zieht und dessen wehmütige Erscheinung es schafft, sogar den kältesten Regen noch trauriger aussehen zu lassen. Trotzdem war er in diesem Song so leicht, gefällig und verführerisch wie ein erster lauwarmer Abend im Mai – zugleich aber auch so heiß, dass man das Knallen von ein paar jungen Herzen hören konnte. »Komm, lass uns verschwinden!« – Was gibt es besseres, das man einander ins Ohr flüstern kann, wenn die Bäuche und Köpfe voller Liebe sind?

Genau das hatte Mill immer gefehlt: Den Mädchen gegenüber gab er sich viel zu rau und brüllte im Suff viel zu laut. Lara war eine der wenigen, die darauf standen. Ich hatte ihm diese Platte an seinem Geburtstag geschenkt in der Hoffnung, er würde sich vielleicht etwas von diesem sanften Schwung annehmen. Leider ließ der Wandel aber noch immer auf sich warten und auch im Moment klang es ganz und gar nicht danach: Mit jeder Stufe, die wir weiter nach oben stiegen, mussten wir mehr lachen. Für Mills überdrehte Laune hatte der Song viel zu wenig Text, also jaulte er gleich noch die Melodie der Trompete mit. Schief und krumm dröhnte seine Stimme durch das Haus. »Diesen Verrückten bekommt man nicht gezähmt«, dachte ich und schmunzelte vor mich hin. »Der wird auch in fünfzig Jahren den Mädchen die Gedichte noch vorrülpsen.« Gerade als der Song zu Ende war, schlossen wir die Tür auf.

Sofort stürmte uns Mill mit freiem Oberkörper und halbvollem Glas entgegen. »Da seid ihr ja! Ihr glaubt nicht, wie langweilig es heute war. Hättest du mir nicht wenigstens den Hund dalassen können?«

Sofort kam mir sein Bootsausflug in den Kopf und ich stammelte: »Ja, schon … das wollte ich eigentlich, aber Mira war ganz froh, auch mal raus zu sein.« Mill machte eine Drehung und streckte ausladend seinen Arm zur Seite. Dann schwankte er in die Küche. »Du bist gerade ziemlich aufgedreht, was?«, fragte ich und setzte mich zu ihm.

»Diese Scheibe ist wie Honig!«, rief er. »Einfach echt, alles fließt schön zäh und golden über den Boden. Ein gutes Geschenk hast du mir da gemacht!« Mit Schwung schob er mir sein Glas über den Tisch.

»Klarer?«, wunderte ich mich.

»Natürlich, Klarer! Ist doch nach sechs! Damit bekommst du deinen Kopf wieder runter.«

»Stimmt«, dachte ich und trank den Rest. »Warum erst mit Bier anfangen?«

Val stellte die neue Flasche auf den Tisch. »Jungs, wartet aber mal bitte noch mit dem Durchdrehen. Ich will uns erst etwas kochen.«

Mill stützte sein Kinn auf die Hände und seufzte: »Ach Chet, du verdammter Träumer, deine Haut ist viel zu blass für den Tag – aber deine Wangenknochen hätte ich gern.«

»Ha!«, rief Val von der Seite, »du kannst gern meine haben!« Sie warf gerade kleine Kohlestücke durch die Kochplatte in den Ofen und wich den Funken aus, die nach oben flogen.

Ich goss die Gläser voll und stimmte Mill zu: »Mit Chets Wangen hat man es geschafft. Die geben dir erst den Sound, den es braucht, um hier raus zu kommen.«

Val schüttelte den Kopf. »Ich glaube, die allein reichen nicht. Passt mal auf!« Sie nahm einen Schluck Fusel, beugte sich nach hinten und spuckte etwas davon in die Luft. Als es wieder nach unten flog, fing sie alles mit offenem Mund wieder auf. Kein Tropfen ging daneben. »Damit kommst du hier raus!«, rief sie selbstgefällig und knallte das Glas auf den Tisch. Sprachlos sahen wir uns an und klatschten Beifall.

»Das habe ich ja noch nie gesehen!«, johlte Mill begeistert.

Zufrieden lehnte sich Val an die Spüle und verschränkte die Arme. »Ihr kennt eben noch nicht alles von mir. Man muss nur seinen Kopf einsetzen können – selbst wenn es für so etwas ist.«

Natürlich versuchten wir sofort, ihren Trick nachzumachen. Das gelang uns mehr schlecht als recht und nach einer Weile war der Klare überall, nur nicht in unseren Mündern. Mill bekam etwas in seine Augen und hatte gleich Angst, blind zu werden. Wie ein Irrer rieb er sich mit einem Tuch über sein Gesicht.

Vor Lachen hielt sich Val schon ihren Bauch. »Zwei Schwachsinnige und eine Flasche Schnaps – mehr braucht es nicht, um durchzudrehen!«

Zum Glück war das Essen schnell fertig, bevor es noch wilder wurde. Wie Kinder saßen wir nun um die dampfende Schüssel. Das war das richtige Gericht für ein einfaches Leben. Jeder nahm sich ein paar geschälte Kartoffeln heraus, strich einen großen Klecks Butter darauf und sah zu, wie sie in der Hitze langsam dahinschmolz und goldgelb nach unten lief. Dann stießen wir mit den geschenkten Bieren an. »Auf Feyo!«

Zufriedene Stille zog durch die Wohnung. In den Mündern hörte der Klare auf zu brennen und nichts außer dem weichen Geschmack von Butter und ein wenig Salz blieb darin zurück. Wir aßen die eingelegten Gurken dazu, die herrlich nach Dill schmeckten. Jeder war bei sich und in seinem Feierabend angekommen. Nur das Knacken der Senfkörner war hier und da noch zu hören. Dieses kleine Glück brachte einen dazu, sich im Augenblick mit den Sorgen zu versöhnen – auch wenn sie beim nächsten Gang auf die Straße wieder über einen hereinbrachen.

Ich zog die letzten Kartoffelstücke durch einen See aus flüssiger Butter, der sich am Boden des Tellers gesammelt hatte, und dachte an den Süden – daran, ob wir in ihm besser aufgehoben wären. Wahrscheinlich hatte Val Recht: Freunde konnten jeden Ort in ein Zuhause verwandeln – egal, wie widrig er auf den ersten Blick auch schien.

Als er fertig war, ging Mill gähnend nach draußen. »Keine Angst, ein paar Scheiben spiele ich euch noch vor dem Schlafengehen«, sagte er. »Die Bude soll schön in Stimmung bleiben.«

»Leg doch mal Agers neue Platte auf«, rief ich ihm hinterher. »Val hat mir heute in großen Tönen davon erzählt.«

»Ach, die von Perrey. Ja, die passt – gerade jetzt, wo wir sowieso ein bisschen schläfrig sind.« Er kramte in seinem Zimmer herum. Nach dem dumpfen Knacks vom Aufsetzen der Nadel tönte kurz darauf das erste Surren durch den Flur. Am Anfang waren es wenige Töne, die mit der Zeit immer lauter wurden und sich brummend übereinanderlegten. Mit der Zeit verschmolz alles immer mehr zu einer richtigen Klangsuppe, die in ihrer Dichte wirklich unglaublich war – genau so, wie Val es beschrieben hatte. Ich fühlte mich, als wäre jeder meiner Knochen gegen eine Schwingung ausgetauscht worden.

»Es hat tatsächlich etwas Erlösendes«, schwärmte ich, »wie der Blick aufs Meer oder über ein weites Feld – einfach wunderbar! Also, wenn du es schaffst, diese Stimmung aufs Papier zu bringen, kauf ich dir gleich zwei Bücher davon ab!«

Eine halbe Stunde später war die Seite zu Ende. Aus Mills Zimmer tönte nichts mehr außer einem schweren Atmen – er war wie so oft einfach eingeschlafen. Der Song hatte aber für alle funktioniert, denn auch ich wurde nun langsam müde.

Das nächste Bier trank ich fast in einem Zug, damit mein Bauch wieder etwas zu tun bekam und mich munter machte. Schließlich mussten wir ja noch die Reihenfolge des Badetages auslosen: Zwölf Leute hatten sich eingetragen. Manchmal waren es schon zwanzig gewesen – besonders im Herbst, wenn die Tage kalt wurden. Wir schrieben jeden Namen auf einen kleinen Zettel, dann kroch Val unter den Tisch, legte sie im Kreis aus und drehte die leere Flasche in der Mitte. Wenn sie stehen blieb, rief sie mir die Namen zu auf die der Flaschenhals zeigte: »Vido?«

»Hab ich!«

»Fae?«

»Hab ich!«

»Less und ihre Kinder?«

»Hab ich!«

Val war Vorletzte und der arme Mill sogar Letzter geworden. Ich hatte Glück und bekam die Sieben. Damit war ich der Erste nach dem Wasserwechsel am Mittag. Die fertige Liste kam in den Hausflur.

»Kommst du noch mal mit zur Kreuzung?«, fragte Val. »Ich will meinen Bruder wegen unserem Besuch anrufen – geb dir auch eine aus!«

»Klingt gut«, sagte ich.

Draußen steckte Val zwei Selbstgedrehte an.

»Weißt du, der Trick mit dem Schnaps von vorhin«, sagte ich, »der ist genau wie in deinem Traum.«

»Stimmt«, sagte Val überrascht. »Vielleicht sollte ich den das nächste Mal auf einer Wiese machen.«

»Da musst du den Mund aber ordentlich voll nehmen, damit es dich auch weit genug runterzieht.«

Less kam uns mit zwei Papiertüten auf dem Arm entgegen und lächelte. »Na, welchen Platz habt ihr uns denn für morgen ausgelost?«

»Gleich früh, nach Vido.«

»Oh, das ist gut«, lachte sie erleichtert, »dann kommen wir zeitig. Vido hat ja gerade keine Arbeit und wird wohl sowieso verschlafen – dann wären wir sogar die Ersten.«

»Steuerst du etwas zum Frühstück bei?«, fragte Val mit ungeduldig großen Augen. Less war eine ziemlich gute Köchin und hatte oft selbstgebackenen Kuchen oder süßes Brot dabei. Damit wurde der Morgen ein richtiges Fest.

»Na klar, der gute Feyo hat mir Zitronen geschenkt. Das wird ein schöner Kuchen werden. Du freust du dich wohl schon darauf?«

Aufgeregt sprang Val von einem Bein aufs andere. »Was denkst du denn? Ich kann es kaum erwarten!«

Wir verabschiedeten uns mit einer Umarmung und wünschten ihr einen guten Heimweg. Als Val in der Telefonzelle verschwunden war, lehnte ich mich mit dem Rücken an die Scheibe. Es war ruhig geworden: Die Fußwege schlummerten schon, weil nur noch ein paar Leute darüber gingen, und das Rattern der wenigen Autos auf dem Kopfsteinpflaster verklang auch allmählich. Der wolkenlose Himmel hatte jede Wärme des Tages ins All abziehen lassen und die Kälte des Winters war zurück.

Ich schaute nach oben – vorbei an Fenstern, gelben Laternen und Baumkronen. Nur einen Stern musste ich finden, dann ging es mir gut: Beteigeuze, das kleine orange Leuchten an der Schulter von Orion. Heute entdeckte ich ihn gleich neben der Giebelspitze des Eckhauses. Das Flackern – wie immer endlos und so viel kleiner als die Funken, die vorhin aus unserem Ofen geflogen waren. Es in genau diesem Abstand zu wissen, brachte die eigene Winzigkeit zutage. Jedes Mal, wenn ich es sah, begriff ich, wie egal jede Sorge und jeder Erfolg auf dieser Erde eigentlich waren. Wir haben lediglich Glück gehabt und wahrscheinlich lacht sich das Universum einen Ast über all die

Spinnereien der Menschheit. Irgendwann hatte ich in meine Kladde geschrieben: »Alles, was dem schwarzen Loch beim Verschlucken der verkommenen Erde entweichen würde, wäre ein kurzes ›Ach, ne!‹« Das brachte es ganz gut auf den Punkt: Nur dem Zufall hatten wir es zu verdanken, dass wir auf diesem Planeten saßen. Blöderweise, vergaßen das die meisten und sahen sich als Krone der Schöpfung; sie strebten, rackten und wuselten wie blöde herum. Dabei überstanden das eigene Getane und man selbst bestenfalls zwei Generationen in der Erinnerung der anderen; egal, wie groß die Dinge auch erschienen.

Je öfter ich darüber nachdachte, desto klarer wurde mir, was mich für den Augenblick glücklich machte. Am Ende war es das Abendessen: mit den besten Freunden um eine Schüssel dampfender Kartoffeln zu sitzen. Ich drückte den Zigarettenrest so lange gegen die Scheibe, bis keine Glut mehr nach unten fiel. Val legte gerade auf und öffnete die Tür.

»Geht klar«, sagte sie, »Ty war gut drauf. Ich glaube, er hat wieder angefangen zu trinken. Schon komisch: Was unsere Eltern und die anderen immer für das Problem hielten, hilft ihm, über die Runden zu kommen. Er freut sich auch, dich endlich mal kennenzulernen, und will dir unbedingt seine Schwärmer zeigen.«

»Schwärmer?«

»Das sind kleine Raketen, die er aus allen möglichen Dingen selber baut. Meistens fliegt dabei irgendetwas in die Luft.«

Das hörte sich aufregend an – besonders, wenn man wie Ty ordentlich einen im Tee hatte. Ich war gespannt.

Auf dem Rückweg, sammelte ich noch ein paar leere Flaschen vom Straßenrand auf, denn für das Pfandgeld von zehn Stück bekam man bei Feyo schon ein halbes Brot – wir konnten uns ja nicht immer nur durchschlauchen. Zurück in der Küche tranken wir weiter, bis sie im Radio um Mitternacht die Nationalhymne spielten. Val fiel fast vom Stuhl, als sie sich daraufstellte, um mitzusingen. Danach überzeugte ich sie, dass es nun wirklich Zeit zum Schlafen wäre. Das Zähneputzen musste ausfallen, weil wir nicht mehr genügend Wasser zusammenbekamen.

Im Bett lag ich noch eine ganze Zeit lang wach und starrte in die Dunkelheit. Winzige Punkte begannen vor meinen Augen zu tanzen – bunter Fuselstaub, der den Kopf vorm Wegnicken noch einmal auf Touren brachte. Ich dachte an die Sterne, denen ich gerade noch von der Straße aus nachgesehen hatte. Alles flog vorbei – und wir saßen auf dieser kleinen Welt fest, blickten nach oben und warteten.

Plötzlich kratzte Mira im Schlaf mit ihren Pfoten auf den Dielen. Bestimmt rannte sie gerade einem Kaninchen hinterher. So wie es schien, hatte sie es auch geschnappt, denn schon kurz darauf wurde ihr Atmen wieder ruhig und tief. Das brachte auch mich runter und allmählich versank ich endlich im weichen Frieden der Matratze. Wenn der Schlaf mich erst mal im Griff hat, ist es immer wunderbar, wie leicht das Loslassen fällt. In diesem Moment gab es keinerlei Ängste mehr und so kam diese Nacht sanft, auf ganz leisen Sohlen, und schickte einen seltsamen Traum:

Darin bestieg ich gemeinsam mit Mill ein Dach. Wir trugen schwere Stiefel und er ging voraus. Allerdings rutschten wir immer wieder von den glatten Schindeln ab, dabei schlugen Funken unter den Sohlen hervor. Mill war zu schnell für mich und verschwand irgendwann in den Wolken. Dann war nur noch das Reiben seiner Schritte zu hören – immer lauter, krächzend, wie das Öffnen und Schließen von hundert quietschenden Türen. Ich hielt mir die Ohren zu. Auf einmal fuhr eine gewaltige Windböe über meinen Kopf und stieß mich rückwärts nach unten. Am Anfang strampelte ich wie ein Verrückter und versuchte, mich festzuhalten – bis der Nebel einsetzte. Alles färbte sich weiß und roch nach Morgenluft. Dann wachte ich auf.

Mein erster Blick ging wie immer zur Balkontür, vor der genau wie gestern schon meine liebe Mira stand und ihren Kopf so angestrengt gegen die Scheibe drückte, als wolle sie gleich durch das Glas steigen. Sie hatte ein Auge auf die Krähen geworfen, die auf dem Vordach hockten und mit ihren Schnäbeln in der Regenrinne wühlten, um unter dem Laub etwas Fressbares zu finden. Hintereinander rieselten die Blätter am Fenster vorbei und landeten auf dem Balkon. Mir war es egal, denn seit dem Herbst wurde sowieso alles Mögliche darauf geweht und vorm Frühling würden wir uns ohnehin nicht darum kümmern.

Das Kratzen aus meinem Traum war immer noch da. Es war Mill, der draußen wie ein Irrer mit dem Feuerhaken über den Ofenrost rieb, die Asche durchrüttelte und die gusseiserne Tür auf und zu klappte. Allmählich kam mein Kopf in die Gänge: »Ja, genau – heute ist Freitag!«, dachte ich. Die restliche Woche über sah man Mill niemals um diese Zeit. Umso beachtlicher war sein freitäglicher Schwung – wie in dem Matrosenlied, das er dann jedes Mal sang: »Volle Kraft voraus, ihr Elenden, ihr elend faulen Leichtmatrosen!« Nur mit einer Unterhose bekleidet ging ich in den Flur, wo Mill so schnell mit dem Aschekasten an mir vorbeiflitzte, dass ihm eine braune Staubwolke hinterherflog.

»Bist du nicht etwas zu früh aufgestanden?«, fragte ich und hielt mir müde den Kopf.

»Es ist kurz vor sieben – wir müssen anfeuern!«, rief er aufgeregt. »Heute soll die Bude doch wieder dampfen und in einer Stunde kommen schon die Ersten.« Die letzten Worte hallten von draußen herein, während er durch den Hausflur nach unten trampelte. So kalt wie der Flur gerade war, gab es gegen das Heizen nichts einzuwenden.

Ich klopfte an Vals Tür. »Willst du auch Kaffee? Mill ist schon in Fahrt und fackelt gleich wieder das Bad ab.« Niemand antwortete.

Auf einmal knallte irgendetwas von innen gegen ihre Tür. »Verdammte Idioten!«, brüllte sie. »Ich will schlafen und mir nicht eure Macken anhören. Sag Mill, wenn ich noch einmal dieses verfluchte Lied höre, landet er selber im Ofen!«

Ich verkniff mir ein lautes Lachen, denn Vals Stimme war noch viel zu kratzig, um wirklich zornig zu klingen. Die Satzenden verschwanden sogar ganz in einem fast tonlosen Pfeifen. Während ich leise in die Küche schlich, fluchte sie immer noch. Mit etwas Spaltholz zündete ich ein paar in Zeitungspapier eingewickelte Kohlen an. Stück für Stück fraß sich das Feuer durch die Überschriften, bis der schwarze Kern zu glühen begann. Den Rücken zum Fenster, die Beine auf dem Tisch, dazu die Wärme des Ofens und Kaffee von gestern, der gerade wieder heiß wurde … So konnte der Tag beginnen! Und bald würden noch die Freunde kommen, denen die Gläser ab Mittag gehörten und die bis zum Abend blieben.

Mill kam die Treppe heraufgestampft. Bevor er im Bad verschwinden und ein nächstes Mal das Lied der Leichtmatrosen schmettern konnte, warnte ich ihn vor. Völlig unbeeindruckt knallte er den Aschekasten auf die Fliesen und brüllte: »Hab dich nicht so, Val! Mein Gesang hat schon so manchen in den Schlaf gebracht. Wenn es gerade bei dir andersrum ist, kann ich nichts dafür!«

Ich hörte, wie das Streichholz über die Zündfläche zischte. Dann quietsche der Türverschluss. »Na los, Mill, setzt dich zu mir und nimm dir was vom Schwarzen. Der Ofen brennt auch alleine durch.«

»Aber nur für eine Minute!« Er nahm zwei große Tassen und füllte sie bis zum Rand. Das Ofenrohr knackte – langsam wurde die Küche gemütlich warm. »Schau mal nach draußen, es wird ein wunderbarer Tag: keine Wolken, nur die Schleier vom Morgen – die ziehen aber auch noch weg!«

Ich drehte mich um und sah aus dem Fenster. Die Dächer und ihr Schwarm aus Antennen hatten die Nacht überstanden. Im windstillen Morgen hing der Dunst als dichte Hülle über dem Viertel, dahinter schimmerte blass orange und schon ein wenig blau der Himmel. Aus den Schornsteinen stieg der Rauch fast senkrecht nach oben, erst in der Höhe raffte er sich zu so etwas wie Wolken zusammen. Es war ein friedliches Bild, obwohl das Leben für meinen Geschmack viel zu früh erwachte – und das nur, weil es musste. Alle schlurften jetzt durch ihre kalten Wohnungen, die Gesichter genau wie Haare und Atem noch verwühlt und mürrisch. Nur wenn man auf Zehenspitzen über die Fliesen ging, froren einem die Füße nicht zu Eis. Von Osten fiel etwas Sonne als schmale glühende Spur auf die Traufe des Strahlbads. Langsam wurden die Strahlen immer kräftiger, breit und haltlos – ohne Mühe holten sie mit der Zeit den Frost von den Schindeln. Da, wo man Schwarzkohle heizte, war der Rauch so dunkel, dass er nun sogar einen Schatten warf. Ich nahm einen Schluck Kaffee und ließ ihn gedankenverloren in meinem Mund hin und her wandern.

»Erinnerst du dich noch daran?«, fragte Mill und tippte auf einen Spruch an der Wand. Zum Einzug hatten wir sie mit billiger Farbe blau gestrichen. Mit der Zeit hatten so viele Rücken und Stühle daran gescheuert, dass der Putz an vielen Stellen hervorschien wie die Macken auf einer alten Hose. Irgendwann hatte jemand bei einer Feier »Riesling vergoldet jeden Tag – nie wieder euren Riesling!« hineingeritzt. Wir fanden es witzig und ließen von da an eine Kuchengabel von der Decke hängen – damit konnte jeder seine Gedankenblitze verewigen. Im Nu war die halbe Wand vollgeschrieben: »Tora, Tora, Tora«, »701348«, »Bonzen in die Fabriken«, »Mill hat wieder in die Wanne gepinkelt!« und ähnliche Auswüchse. Die letzte Behauptung hat Mill natürlich immer nach Kräften bestritten. Beinahe hätten wir ihm geglaubt, wäre da nicht das kleine Zucken in seinem Mundwinkel gewesen. Egal ob Zitate, Telefonnummern oder grimmige Sprüche – es war eine wunderbar wirre Mischung von Stimmungen und Gedanken, die alle einmal durch diese Küche geflogen waren. Bei einigen wusste ich sogar, wann und von wem sie geschrieben worden waren: »Eine intelligente Frau ist manchmal gezwungen, sich zu betrinken, um den Trottel neben sich zu ertragen.« Das hatte die gute Lara an ihrem Geburtstag mit Mühe im Suff hineingekratzt: Es war eher ein Strich mit kleinen Hügeln und Kringeln, den fast niemand entziffern konnte.

Mill klopfte immer noch mit seinem Finger an die Wand: »›Mit dem Rücken zur Sonne‹ – das sind deine Worte, mein Freund!« Ich hatte mir nichts weiter dabei gedacht, es damals aber recht lustig gefunden, weil darüber Vals »Habt ihr die Schlagzeilen gelesen?« stand.

»Mit deinem Spruch hast du doppelt Recht«, stellte Mill fest, »denn gerade geht die Sonne hinter meinem Rücken auf, aber hinter deinem kann ich sie sehen. Der Spruch ist also wahr und unwahr zugleich.«

Für diese Art von Logik war es mir noch zu früh, also sagte ich einfach irgendetwas Abgedroschenes: »Dann haben wir heute die Sinnlosigkeit der Schlagzeilen erlebt und bewiesen, dass es eigentlich keine Wahrheit gibt.«

Mill lachte. »Genau, zur Hölle mit den Sprüchen!« Wir stießen mit unseren Tassen an.

In diesem Augenblick ging Val gerade ins Bad, blieb aber in der Tür stehen und warf einen schiefen, verschlafenen Blick in unsere Richtung. »Ihr habt also die Wahrheit zum Teufel geschickt?« Ich nickte stolz. »Hättet ihr das nicht ein paar Stunden später machen können?«

Mill drehte sich um. »Guten Morgen, liebe Val. Vielleicht haben wir dir damit das Leben gerettet, bevor du es im Ganzen verpennt hättest. ›Es gibt keinen größeren Dieb als den Schlaf‹ – das ist im Übrigen auch eine Schlagzeile von heute!«

Gähnend streckte sie uns den Mittelfinger entgegen und schlug die Tür hinter sich zu. Mill und Val hatten schon immer Spaß daran gehabt, sich gegenseitig aufzuziehen. Für andere klangen ihre Sprüche oft viel schlimmer, als sie gemeint waren. Ich kannte beide lange genug, um zu wissen, dass es nur ein Aufreißen zum Spaß war, denn Gewinner gab es ohnehin keinen dabei.

Kurze Zeit später kam Val in die Küche und boxte Mill gegen die Schulter. »Du und dein dämliches Heizen am Freitagmorgen!«

»Ha«, rief er und sprang auf, »das ist mein Stichwort: Ich muss Kohlen nachlegen!« Im Vorbeigehen, gab er Val einen Kuss auf die Wange. Grinsend und ohne ein Wort zu sagen ging sie wieder in ihr Zimmer.

Allmählich quoll die Hitze aus dem Bad durch die ganze Wohnung – obwohl Mill die Tür geschlossen hatte. Irgendwann stand er mit rotem Kopf in der Küche. Sein Hemd war klatschnass und klebte auf der Brust, dicke Schweißperlen liefen ihm über die Nase und den Mund. Es sah aus, als hätte er schon gebadet.

»Der Dampfer ist auf seinem Weg. Es ist eingeheizt!«, sagte er erschöpft, die Hände in die Hüften gestellt. Ich klatschte Beifall.

Mira verzog sich gleich in mein Zimmer. Sie wusste, was nun kommen würde: Ab jetzt wurde das Dachgeschoss richtig munter.

Zehn Minuten nach acht klingelte es, ich öffnete die Tür. Wie erwartet war Vido nicht aus dem Bett gekommen und so stand Less mit ihren beiden Kindern vor mir. »Es ist so furchtbar kalt da draußen!« Sie schlotterte und in ihren Haaren hingen sogar kleine weiße Frostperlen. Ich bekam ein Gefühl dafür, wie die Luft auf den Straßen war, denn ein eisiger Schwall davon zog über die Türschwelle. Dank Mill hatte die Wohnung inzwischen jedoch die Temperatur eines Sommertages und so war die Abkühlung eher angenehm. Die Kinder kamen auf mich zugerannt, umklammerten zur Begrüßung kurz meine Beine und verschwanden gleich in der Wohnung.

Less balancierte eine graue Pappschachtel auf der Hand und sah mich lachend an. »Da stehst du nun im Februar mit blankem Oberkörper vor mir und bist dazu noch der erste Mann, der mir heute begegnet – ich hätte es schlechter treffen können!«

Etwas verlegen fuhr ich mir durch die Haare und versuchte, alles mit einem Spruch herunterzuspielen: »Lass dich bloß nicht von meinen Armen täuschen – die können viel weniger tragen, als du denkst.«

Wir gingen in die Küche. Val kam aus ihrem Zimmer, jetzt in einem braunen Kleid mit weißem Kragen – es passte wunderbar in den Tag. Auch Less hatte sich unter ihrem Mantel eher leicht angezogen. Jeder wusste, wie heiß es noch werden würde.

Mit ungeduldigen Fingern zupfte Val an dem Päckchen herum. Als sie endlich den Deckel öffnen durfte, stieg ein sagenhaft süßer Duft von Zitronen und Vanille in unsere Nasen. Zusammen mit der Wärme war es auf einmal wie im August, wenn der Spätsommer das Letzte aus den Blüten zieht, die Bienen berauscht vom vielen Nektar durch die Luft taumeln und das Kreischen der Kinder den Verkehrslärm in den Hinterhöfen übertönt. In diesen Monaten findet das Leben nur in Parks, auf Balkonen und auf Wäscheplätzen statt.

»Du lässt gerade in unserer Küche die Sonne aufgehen«, sagte ich zu Less. Sie hatte ihren Kuchen mit kandierten

Zitronenscheiben verziert, an deren Rändern sich der Zucker in Kristallen abgesetzt hatte und die nun wie gefroren aussahen. Alle standen im Kreis um den Tisch, als hätte man einen goldenen Schatz gefunden. Die Kinder versuchten ihre Köpfe über die Kante zu schieben. Etwas verlegen traute sich niemand, das erste Stück herauszuschneiden.

Dann platzte Mill herein: »Was steht ihr denn rum wie die Zwerge um einen Klumpen Gold? Vom Schauen ist noch niemand satt geworden!« Beherzt teilte er den Kuchen mit einem großen Messer in zwölf Teile, dann leckte er die klebrigen Reste von der Klinge.

Kurz darauf ging ein Raunen durch die Küche, denn es schmeckte einfach fantastisch: Jeder Bissen hatte etwas Süßes und Herbes, schien auf der Zunge einfach davonzuschmelzen. Das Beste aber war, am Ende die Finger in den Mund zu stecken, um wirklich alles vom Sirup zu erwischen. Keiner sagte ein Wort. Es war wie an dem Abend, als wir mit Ari an der Flasche Parfait Amour nippten: Alle wurden zu Kindern, die still und froh für diesen Augenblick im Glück versanken.

Einer der Kleinen sah mich mit großen Augen an und wollte auf die Schultern gehoben werden. Zusammen gingen wir auf den Balkon. Die Sonne stand bereits über den Dächern, schaffte es aber trotzdem nicht, Wärme in den Tag zu bringen. Es war immer noch kalt genug, dass unser Atem zu sehen war.

»Wir sind Drachen!«, rief er hinter meinem Kopf und beugte sich nach vorn. Mit weit geöffneten Mündern pafften wir den Hauch in großen Wolken heraus, brüllten und drehten uns im Kreis – so wie es Drachen in Märchen eben taten.

Als Less ins Bad wollte, setzte ich den Kleinen ab. Fauchend rannte er nach draußen. Ich legte mich zu Mira, die am Boden vor sich hin döste, und sah zum Fenster. Ein Schwarm aus Staubkörnern tanzte im Eifer der elektrischen

Anziehungskräfte um sich selbst. »Zusammenstoßen, die Ladungen tauschen und wieder losfliegen«, dachte ich müde, »die Feier der Teilchen als kleines Universum in meinem Zimmer.« Nur Kaffee oder eine von Mills Geschichten hätten mich vielleicht noch wach halten können, und das sanfte Atmen des Hundes machte es nicht gerade leicht, gegen das Dämmern anzukommen. Draußen klapperte Geschirr, gefolgt von ausgelassenem Gelächter. Ich döste kurz weg.

Für einen Traum reichte es nicht, denn kurz darauf klingelte es schon wieder. Mira sprang auf und trabte in den Flur, um nichts zu verpassen. Mit dem Abdruck des Teppichs auf meinem Gesicht folgte ich ihr.

Im Bad hatten sie einen Riesenspaß: Die Kinder kicherten, kreischten und planschten das Wasser gegen den heißen Ofen, der immer wieder zischte. Wie aus einer Wolkenfabrik quollen richtige Dampfschwaden durch das Lüftungsgitter am Boden der Tür heraus. Die anderen saßen in der Küche um den Tisch und machten sich über den gerade angekommenen Vido lustig, weil er wieder verschlafen hatte. Seine Haare standen zerzaust in alle Richtungen – offensichtlich steckte ihm die Nacht noch in jeder Faser.

Ich klopfte ihm auf die Schulter. »Da hattest du endlich mal den ersten Platz und stehst jetzt trotzdem wieder in der Schlange. Nimm dir zum Trost erst mal ein Stück Kuchen – Less hat uns da einen ganzen Sommer gebacken.«

Nach einem großen Bissen beschwerte er sich mit vollem Mund: »Um acht Uhr habt ihr mich ausgelost? Ihr seid doch verrückt!« Mira freute sich über die Krümel, die während seines Meckerns auf den Boden fielen. »Ich glaube, mein Wecker geht auch gar nicht richtig.«

»Ach, so ist das«, sagte Mill, »dein Wecker schläft also auch immer bis zehn und fängt erst ab da an, zu laufen. Darum wirst du nie vorher wach!«

Alle lachten, denn sie wussten, dass Vido genau aus diesem Grund auch seine Arbeit als Kartenabreißer im Theater losgeworden war: Aus Mitleid hatte er im Winter immer die Schnorrer von der Straße nach Bühnenschluss im großen Saal übernachten lassen. Keiner merkte etwas davon, weil Vido am nächsten Morgen ohnehin wieder der Erste war. Leider hatte er an einem Abend die Türen für ein paar echte Krawallbrüder geöffnet, die sich im Suff über den gesamten Fundus hermachten. Und gerade am darauffolgenden Morgen vergaß sein Wecker das Klingeln. So schloss der Pförtner den Saal auf und staunte nicht schlecht, als er einen Berg Gammler grunzend und schwitzend seinen Rausch auf der Bühne ausschlafen sah. Jeder von ihnen trug Schminke und Kostüme; die restliche Garderobe lag zwischen den Gängen und Sitzen verstreut. Ich kann mir gut vorstellen, wie das Dutzend im Kummer des Morgens die gepuderten aufgedunsenen Gesichter hob. Vido erzählte, dass sie sich wohl als erstes über die Uhrzeit beschwert hätten. Daraufhin schmiss eine Kolonne Bullen die kostümierte Truppe raus. Der Stadt brachte das den Spaß des Jahres, denn an diesem Morgen zogen eine Julia, zwei Papagenos und ein ganzes Heer von Piraten, Laufburschen und Dreispitz-Trägern durch die Straßen – ein tragischer bunter Haufen, dem das Taumeln und Fallen nichts mehr ausmachte. Bis zum Abend bekam man immer wieder einen von ihnen zu sehen – die Zeitungen hatten ihren Aufmacher! Vido kam zum Glück recht glimpflich davon, aber seit diesem Tag verschlief er erst recht. Als hätten wir uns nicht schon genug über ihn lustig gemacht, nahm sich Mill jetzt eins von den Bieren, die wir zum Kühlen zwischen die Doppelfenster gestellt hatten, und begann das Trinklied aus La Traviata zu singen. Den Text kannte er natürlich nicht, also wurden es unglaublich viele »La, La, La«, von denen sich jedes endlos in die Länge zog. Wie ein echter Bariton schleuderte Mill die

Flasche hin und her und zeigte mit ihrem Hals in die Runde, um die Einsätze zu geben. Alle stimmten ein. Jubelnd und schwitzend standen wir nebeneinander, unsere Arme eingehenkelt und im Takt schwankend. Wahrscheinlich hörte man den Gesang durch die geschlossenen Fenster bis auf die Straße. Am Ende streckte Mill seine Arme weit auseinander, dann führte er sie langsam von außen in einem Kreis zusammen. Für das letzte »La« legten wir die Köpfe nach hinten und brüllten die Decke an. Kurz bevor uns die Luft ausging, ließ Mill den Schnappverschluss von seinem Bier knallen. Eine Schaumfontäne spritzte nach oben und landete in unseren Gesichtern. Gegenseitig schenkten wir uns einen tosenden Applaus und die Flasche machte die Runde.

Das war der Auftakt – nun begann der Freitag endlich zu glänzen: Einer raus, einer rein, dazu das ständige Klingeln und eine wahnsinnige Wärme – bis zum späten Nachmittag ging es immer so weiter. Wir bekamen Kohlen, Fusel und Essen geschenkt, Hitze stieg in die Köpfe und die Wangen, verschütteter Kaffee stand in runden Flecken auf dem Tisch und der Kuchen war aufgegessen bis auf ein paar Krümel, die jemand noch zu einem Herz zusammengelegt hatte. Ich genoss eine Wanne voll frischem Wasser und wartete dann ewig darauf, dass meine Haare trockneten. Am Abend konnte man die Luft schneiden – es war, als bestünde sie nur aus Rauch, Schweiß und Dampf. Alle Scheiben waren so dicht beschlagen, dass jedes darauf gemalte Gesicht gleich wieder verschwand.

Bevor Less losmachte, schrieb sie noch einen Spruch an die Mauer: »Was haben wir schon in der Hand?«

Gegen sechs legte Mill wieder seine geliebte Chet-Baker-Platte auf, holte den Klaren vom Fensterbrett und füllte jedes Glas bis zum Rand. »Was für ein Traum«, dachte ich und fand es furchtbar, dass beim Eingießen so viel davon auf dem Tisch landete. Mittlerweile waren alle gegangen bis auf Val, Mill, Fae, die im Hinterhaus wohnte, und mich. Die Üblichen hielten wieder aus – ewige Gesichter, mit denen man fabelhaft durchdrehen konnte und die Zeit bis zum Schlafen totschlug. Im Bad hörte ich noch Vido, wie er Wasser nachgoss und dabei fluchte, weil ihm der Dampf über die Hand schoss. Wir lachten und stießen an. Die Kälte rauschte in den Magen und hinterließ in ihrer Spur nichts als wunderbare Zufriedenheit und ein kleines Brennen. Mit unseren Füßen wippten wir in kurzen Stößen zum Jazz, der wild und fahrig durch den Flur dröhnte.

Vido kam dampfend und tropfend aus dem Bad, nur ein Handtuch um seine Hüften. »Für mich hat sich das Warten gelohnt – es war großartig!«, schwärmte er. »Wer ist denn als nächster dran? Ich habe ordentlich heißes Wasser gemacht.«

»Das haben wir schon gehört«, murmelte Val und hob ihre Hand. Im Aufstehen goss sie noch die nächste Runde ein und nahm die Flasche mit nach draußen.

Vido grinste ihr zu. Er stand auf sie und erhoffte sich das gleiche von ihr – allerdings war er viel zu jung und sein Blick, genau wie die Stimme, viel zu weich. Außerdem hatte ich mich schon immer über seine blasse Haut gewundert.

»Sei vorsichtig, manche sind schon mit einer Flasche Fusel übers Meer bis an irgendeine Küste getrieben«, flüsterte er ihr zu. Dabei zog er seine Schultern nach oben. »Da gab es dann alles für sie, außer dem Aufwachen! Wenn du willst, begleite ich dich.«

Mill senkte den Kopf und rieb verlegen mit der Hand über seine Stirn. Dann sah er zu mir und verzog das Gesicht, als wäre er gerade auf einen Nagel getreten. Ich kniff die Augen zusammen. Wir verstanden uns wortlos und dachten das Gleiche: »Nein, Vido, keine Sprüche zu Val, wenn sie betrunken ist. Die ist in solchen Augenblicken einfach eine Nummer zu groß!« Ich hatte ehrliches Mitleid mit ihm, denn die Abfuhr ließ nicht lange auf sich warten.

Val blieb vor ihm stehen. »Damit werde ich schon allein fertig!«, fauchte sie und tippte bei jedem Wort mit dem Zeigefinger auf seine Brust. »So einen wie dich brauche ich vielleicht noch zum Rückenwaschen!« Dann knallte sie die Tür hinter sich zu und brüllte: »Im Übrigen, das nennst du heiß? Mein Lieber, da muss ich dir wohl erst mal zeigen, wie das richtig geht!«

Zu ihrer Verteidigung muss man sagen, dass ihr der Suff anzusehen war, und wer Val nur ein bisschen kannte, der wusste, dass eine Anmache wie die eines jungen Hundes in einem solchen Moment nicht das Klügste war. Trotzdem traf es Vido anscheinend überraschend und ziemlich hart. Niedergeschlagen setzte er sich an den Tisch.

»Nimm es nicht so schwer und lieber einen großen Schluck hiervon«, sagte ich und schob mein Glas rüber. »Sie hatte heute einfach zu viel vom Klaren und in ihrem Leben zu wenige gute Männer gehabt. Da wird man eben ein richtiger Stein. Kennst du Pavese?«

Er schüttelte den Kopf und trank das Glas auf einmal aus. Es schien ihm gutzutun. Mill schlug mit der Faust auf den Tisch und brüllte: »Bier! Vido, ach was, wir alle brauchen Bier! Zum Teufel mit dem verdammten Trübsinn!« Wie ein Irrer sprang er auf und rannte aus der Wohnung. »Zum Teufel mit dem Trübsinn!«, hallte es immer wieder durch den Hausflur – so lange, bis unten die große Tür ins Schloss krachte.

Ich bemerkte, dass Fae Vido die ganze Zeit von oben bis unten musterte. »Schau dir Fae an!«, sagte ich zu ihm. »Sie trägt viel mehr Wärme in sich als die verrückte Val. Außerdem hat sie ein Grundvertrauen in das Gute – in der Nacht bleiben sogar ihre Vorhänge auf!«

Von meinem Balkon aus konnte ich direkt über den Innenhof in Faes Zimmer sehen. Oft saß sie mit einem dicken

Pullover am Schreibtisch, drehte gedankenverloren Stifte in ihre roten Locken und zeichnete oder schrieb. Nur eine tuchbedeckte Lampe warf etwas Licht auf das Ganze. Vor dem Schlafengehen freute ich mich jedes Mal, wenn ich sie entdeckte – das einsame Mädchen in gelbem Licht, friedlich und nur von der Stille des Abends umgeben. Dieses Bild war unglaublich beruhigend und gab mir Zuversicht, dass einige Dinge für immer so bleiben würden, wie sie waren.

»Mich stört es nicht«, sagte sie mit weicher Stimme, »es freut mich, dass meine offenen Fenster dir so eine Freude bereiten. Ich sehe dich auch oft am Fenster stehen.«

»Ja, ich schaue dir einfach gern dabei zu, wie du mit deiner kleinen Lampe da sitzt – das hat schon etwas Seliges und macht ein gutes Gefühl, bevor man schlafen geht.«

»Vido, was meinst du?«, fragte sie beiläufig und hielt dabei das Glas an ihre Unterlippe. »Komm doch morgen Abend einfach bei mir vorbei, wir lesen ein paar Gedichte und schauen uns den Zaungast von Gegenüber an.«

»Was für ein elender Glückspilz«, dachte ich. Der Moment war kurz davor, ganz herrlich in dieser kleinen Liebelei zu versinken, als plötzlich die Wohnungstür aufsprang und ein langgezogenes »So, liebe Freunde!« durch den Flur rauschte. Noch ehe wir etwas darauf antworten konnten, stand Mill nach Luft schnappend mit einem Metalleimer voller Bier vor uns.

»Schnell, holt Gläser, bevor der ganze Zisch raus ist!«, rief er. »Der gute Feyo hat uns diesen Schatz vom Fass spendiert. Ich musste unterwegs schon abtrinken, weil er so voll war.« Das kaufte ihm natürlich niemand ab. Wir tauchten unsere Gläser ein und stießen an, dann ging ich in sein Zimmer, um eine neue Platte aufzulegen.

Da rief Val aus dem Bad: »Was habt ihr denn für einen Spaß da draußen? Stellt lieber die Musik wieder an!«

»Bin schon dabei! Mill macht uns hier gerade den großherzigen Bierbesorger mit Eimer.«

In der ganzen Unordnung fand ich unter einer Topfpflanze tatsächlich »Kind of Blue« von Miles Davis. Dieses Album war einer von Mills größten Schätzen. In der Küche klatschten sie Beifall, als die ersten Akkorde erklangen.

Wir tranken weiter, aber schon beim nächsten Song forderte Fae Vido zum Tanz auf. Der nahm ohne zu zögern ihre Hand und im nächsten Augenblick drehten beide langsam und eng umschlungen im Flur ihre Runden, den Kopf auf der Schulter des anderen – so lässig, als wäre es der letzte Tanz vor der Sperrstunde. Der war für gewöhnlich das Maß der Dinge, denn hatte man zu dieser Zeit ein Mädchen im Arm, dann gab es nichts mehr zu verlieren. Jeder ihrer Schritte verwirbelte den Dunst am Boden in kleine Strudel.

Mill hielt mir die flache Hand hin und ich schlug ein: »Da haben sich dann doch zwei gefunden! Sag, was du willst – es sind die Songs! Die Scheibe hat den Abend wieder schön rund gemacht.«

Später kam Val geläutert aus dem Bad und entschuldigte sich mehr oder weniger bei Vido mit einem einfachen »Mich kann man doch nach all dem Saufen nicht mehr ernst nehmen!« Im Grunde war sie nicht der harte Klotz, für den man sie hielt – lediglich etwas spröde, vielleicht ein bisschen kantig, aber das war es auch schon.

Wir tranken weiter, pafften und machten uns über Mill lustig, der nun als Letzter in die Wanne ging und vermutlich wieder ins Wasser pinkeln würde, weil es heute sowieso keiner außer ihm mehr mitbekam. Natürlich schüttelte er mit der größten Unschuldsmiene seinen Kopf, als Val ihn danach fragte.

Anschließend drehten wir völlig besoffen noch eine Runde durch das Viertel. Wie in einem Liebesfilm gingen Vido und

Fae Arm in Arm, ich sprang an einer Laterne nach oben und drehte mich mit einer Hand in der Luft. Obwohl es kurz vor Ladenschluss war, erwischten wir Feyo noch immer in Spendierlaune: Als wahrer Heiliger schenkte er Mira einen Wurstzipfel und uns einen zweiten Eimer. Wir tranken ihn gleich vorm Laden. So bekamen alle an diesem Abend ihren Frieden – die Kinder den Rausch, der Alte die Bewunderung und ein Hund seine Wurst. Dann ging ich ausgiebig betrunken und mit Vorfreude auf die morgige Fahrt schlafen.

Obwohl die Morgensonne schon gegen halb acht in einer Begeisterung strahlte, die kaum auszuhalten war, fiel mir das Aufstehen recht schwer. Glücklicherweise hatte Val noch gestern Nacht einen Rucksack mit Broten und einer vollen Thermoskanne Kaffee gepackt, den wir nun in der Hektik einfach greifen konnten. Draußen empfing uns eiskalte Luft unter einem strahlend blauen Himmel – das ließ jeglichen Rest vom Kater verschwinden.

Hals über Kopf rannten wir zum Bahnhof. Das Trampeln der Stiefel hallte in kurzen Abständen von den Häuserwänden zurück. Ganz bestimmt zogen wir damit den Zorn der Nachbarn auf uns, weil die um ihr verdientes Ausschlafen am Wochenende gebracht wurden. An jeder Ecke musste man furchtbar aufpassen, um nicht im Schwung eine vereiste Pfütze zu treffen – die Knochen hätten einem die Landung garantiert nicht verziehen. Vals Beutel schleuderte hinter ihrem Rücken hin und her und ich bekam schon Angst, dass der gute Kaffee uns verloren gehen könnte. Die einzige, der das Hetzen wie immer nichts ausmachte und die souverän jede Kurve meisterte, war Mira. Sie schien sogar Spaß daran zu haben – »Das Leben auf vier Beinen ist eben ein leichteres«, dachte ich.

Am Bahnhof war der Zug gerade eingefahren und so konnten wir ohne anzuhalten mit einem Satz durch die Tür in den

Waggon springen. Von den wenigen, die noch dazustiegen, setzte sich jeder gleich auf einen eigenen Platz und drehte den müden Kopf zur beschlagenen Scheibe. Wir nahmen uns ein Abteil. Völlig außer Atem ließ ich mich auf die Sitzbank fallen. Der Lüfter darunter machte ordentlich heiße Luft.

»Eine Affenhitze ist das hier drin«, fluchte Val. »Man könnte meinen es ist wieder Freitag und das hier ist Mills hochgeheizter Badeofendampfer. Zum Glück fahren wir nur eine halbe Stunde.«

Nachdem sie ihren Mantel und die Schuhe ausgezogen hatte, begann sie so lange wie eine Verrückte am Fenster zu rütteln, bis es widerwillig ein Stück nach unten rutschte. Nun blies der Fahrtwind herein und allmählich wurde es angenehm. Während ich immer noch wie ein Sack Kartoffeln auf dem Lederpolster hing, saßen meine Begleiterinnen mir gegenüber und teilten sich ein Brot mit Butter. Dann schraubte Val den Verschluss von der Kanne: Sofort vermischte sich ein fantastischer Kaffeeduft mit der Wärme und machte das Abteil in unserer Erschöpfung richtig wohlig. Val gab mir den halbvollen Becher, aus dem ich kleine Schlucke schlürfte.

Draußen spiegelten sich Sonnenstrahlen in kurzen Blitzen an den Fassaden der Hochhäuser, die schlank und ohne jedes Gemüt vor sich hin standen. Darin saßen sie nun, die Bonzen – handelten, machten Geschäfte und entschieden über die Welt. Unsere Leben sollten klein gehalten werden, das war klar. »Nehmt ihnen nicht alles, nur so viel, dass sie weiter daran glauben, etwas in der Hand zu haben.« – Das sagten sie wohl hinter den polierten Fenstern und schauten dabei auf unseren Zug. Wahrscheinlich sahen wir einander jetzt sogar in die Augen – um den anderen erkennen zu können, war der Tag aber schon zu hell.

»Nichts haben wir in der verdammten Hand!«, sagte ich zornig zu mir selbst.

»Antwortest du auf die Frage von Less?«

»Ja, genau das mache ich! Sicher, überleben werden wir immer, weil wir geschickt und munter sind, weil wir uns anpassen können – aber wer hat denn denen erlaubt, die Regeln dafür zu bestimmen? Das Universum macht sie – für alle, verflucht nochmal!«

Val hielt mir ein Brot hin. »Nimm erst mal einen Happen, das beruhigt.« Ich nickte und biss ab. »Sie werden immer da sein, also schaff sie dir einfach aus deinem Blick!«, sagte sie gelassen, während sie Mira über den Kopf strich. »Darum fahren wir doch gerade in den Süden – um uns eine neue Heimat zu suchen ... und falls sie uns die auch irgendwann nehmen, bleiben immerhin noch zwei andere Himmelsrichtungen übrig. Wie du schon sagtest: Wir werden immer überleben, weil wir uns anpassen können!«

Es war nicht das erste Mal, dass wir darüber sprachen. Meistens ging mir Vals unsägliche Friedseligkeit, die sie aus welchen Gründen auch immer bei diesen Fragen an den Tag legte, nach einer Weile ziemlich auf die Nerven: Wenn sie versuchte, alles mit einem Lächeln zu glätten und die Dinge einfach so hinnahm, ohne sich dagegen aufzulehnen. Gerade tat sie es wieder: »Das Kämpfen frisst dich auf! So wie es wahrscheinlich auch die Schlange mit der Maus macht, während die noch darüber nachdenkt, wie sie der Schlange die Zähne ziehen könnte, um für immer Ruhe vor ihr zu haben. Was kümmert es uns, ob es eine Kapitulation ist!«

»Mir ist das alles zu schwach!«, widersprach ich wütend und biss in mein Brot. »Keine Ahnung, ob ich meinen Krieg mit diesen Typen aufgeben kann, auch wenn er mich auffrisst. Mir ist es einfach wichtig, ihnen auch in die Suppe zu spucken!« Wir könnten nun endlos weiter streiten – dafür war ich allerdings zu müde. »Aber ja, dein Weg ist der bessere wenn es darum geht, gelassen ans Ziel zu kommen«, schob ich hinterher, um die Wogen etwas zu glätten.

Plötzlich machte der Zug einen kräftigen Ruck. Dabei rutschte mir das Brot aus der Hand und fiel zu Boden. Mira hechtete los, schnappte zu und hüpfte danach wieder auf die Sitzbank. Während sie sich ohne schlechtes Gewissen die Schnauze leckte, sah es aus, als würde sie mich angrinsen.

»Was für ein unersättlicher Hund du doch bist!«, maulte ich. »Man kann froh sein, dass du keinen Kaffee magst.«

Val zuckte lachend mit den Schultern. »Mira, mein gutes Mädchen! Du hast nicht lange überlegt, sondern die Chance genutzt, die sich ergab. Deinem Herrchen habe ich gerade auch erklärt, wie das geht, aber du … du hast mir zugehört!«

Ich winkte ab. »Na, ihr, habt euch auch gefunden, was?«

Die Stadt wurde flacher. Manchmal konnte man jetzt sogar den Horizont sehen. Allmählich verschwanden die Gassen und die engen Wege. Auf Asphaltstraßen, die wie verschütteter Kaffee breit und schwarz durch die Ebenen flossen, raste der Verkehr von hier aus in das Überland. Wir waren noch einen Halt von der letzten Station entfernt, von da aus ging es ausschließlich für Güterzüge weiter.

Der Süden hatte begonnen: Über allem hing eine eisige Dunstglocke und nahm auch der Morgensonne jegliche Kraft, die feine Schneeschicht aufzuschmelzen. Hier hatte der Winter es leichter, alles und jeden mit seiner Verbitterung zu überziehen – nichts stand ihm im Weg. Die vielen Garagen, Lagerhallen und Fabriken waren weit verstreut, sodass Wind und Kälte unaufhaltsam hindurchfegen konnten. Vor den Eisentoren standen Arbeiter in kleinen Gruppen beieinander und hielten dampfende Kaffeebecher und Zigaretten in ihren Händen. Hinter den mürrischen Gesichtern erkannte man nur einen Wunsch: so schnell wie möglich zurück in die warmen Betten zu kommen. Ich sah kein einziges Wohnhaus.

»Schlafen die hier draußen?«, fragte ich.

»Nein, sie kommen nur für die Arbeit und fahren am Abend wieder zurück«, sagte Val und zeigte in Fahrtrichtung. »Da vorn erst beginnen die Häuserstraßen! Wie du siehst, sind es nicht so viele, aber das ist auch gut so. Hier bleiben nur die, die mit dem ganzen Schmu des Nordens nichts anfangen können.«

Langsam tauchten einzelne Ziegelbauten mit flachen Dächern auf. Jeder stand für sich und war nicht höher als zwei Stockwerke. Ringsherum wuchsen kleine Bäume, Büsche und Sträucher. Als wir daran vorbeifuhren sah man allerlei Krempel, der um die Häuser verstreut lag: Klappstühle, leere Fässer, einmal auch die gammligen Reste eines Autos. Vereinzelt gab es kleine Gewächshäuser und Hochbeete, die Fenster waren mit bunten Tüchern verhangen. Alles in allem sah es ziemlich gemütlich aus. Außerdem stieg Rauch aus den Schornsteinen – das hieß, es gab Öfen und man musste nicht frieren. Ich mochte diese Häuser, denn sie waren genauso heruntergekommen wie die Buden in unserem Viertel: Man sah ihnen von außen ihr Leben an. Das beruhigte mich, weil es den Anschein machte, dass die Bonzen niemals hierherkommen würden. Nun tauchten sogar einige Geschäfte auf.

»Die habe ich vom Bus aus nie gesehen«, staunte ich.

»Der biegt auch schon ein paar Straßen vorher ab. Das wurde so beschlossen, damit niemand sieht, dass hier auch gewohnt werden kann – etwas Besseres konnte dem Süden gar nicht passieren. Jetzt ist es wie eine eigene Stadt.«

Das klang ausgezeichnet. Ich stellte mir vor, wie entspannt das Leben ohne die Angst vor einem Rausschmiss wäre, und wenn es dazu noch Wasser in Hülle und Fülle gäbe – Letzteres würde an jedem Morgen eine wunderbar heiße Dusche bedeuten! Val erzählte außerdem, dass sich die meisten hier selbst versorgten, Geld verachteten und einen beachtlichen

Tauschhandel aufgebaut hatten. Es klang fast zu schön, um wahr zu sein.

Der Zug bremste ab und rollte quietschend in den Bahnhof, der eigentlich gar keiner war: Es gab lediglich einen schmalen Betonsteg, der nicht mal eine Überdachung hatte. Hier draußen pfiff uns ein ordentlicher Wind um die Ohren, der aber zusammen mit der Sonne gar nicht so schlimm war. »Nicht schlecht – keine Wolke am Himmel«, dachte ich, steckte mir eine Selbstgedrehte an und stellte den Mantelkragen hoch. Die Luft war viel klarer als in der Stadt – es fehlte der Geruch von Abgasen, Diesel und wahrscheinlich auch von schlechter Laune.

Wir folgten einem schmalen Weg an den Gleisen entlang. Immer wieder fuhren schwere Diesellokomotiven vorbei und machten einen Höllenlärm, wenn sie die endlosen Schlangen von Kesselwagen und Waggons hinter sich herschleppten. Wenn wir die roten Schlusslichter sahen, war der Anfang schon gar nicht mehr zu erkennen. Zum Glück hatte der Wind gedreht und kam nun von hinten. In Böen fegte er uns den Schneestaub durch die Beine, um ihn anschließend auf das offene Feld zu jagen. Mira rannte den Wirbeln hinterher, bellte und schnappte danach. Bestimmt hielt sie sie für weiße Kaninchen.

»Siehst du die Bäume und den Metallmast?«, rief Val mit dampfendem Mund und zeigte geradeaus. »Da müssen wir hin!«

In einiger Entfernung erkannte ich mühsam ein kleines Wäldchen, aus dessen Mitte ein hoher Stamm ragte. Je näher wir kamen, desto lichter wurden die Bäume. Am Ende waren es vielleicht zehn Tannen, die im Kreis um ein verfallenes Häuschen standen. Vom Tor aus sah man nun auch, dass der Stamm ein Metallmast war, an dessen Spitze ein brauner Plastikhirsch baumelte. Ich sah ungläubig zu Val.

Die zuckte mit den Schultern. »Hab es ja gesagt: ein bisschen ausgeflippt, aber entspannt! Liegt anscheinend in der Familie.«

Sie zog an einem Seil, das vom Briefkasten über Rollen durch den Garten, bis zum Haus gespannt war und rief: »Achtung, nicht erschrecken!«

Kurz darauf knallte es unter dem Vordach. Ich zuckte zusammen und Val schien das überaus komisch zu finden. »Ha, ist das nicht lustig? Beim Klingeln explodiert immer ein kleiner Böller«, sagte sie und zog noch einmal – es knallte wieder. Jetzt flogen sogar einige Funken durch die Luft und eine kleine Rauchwolke stieg nach oben. Mira hatte sich ängstlich hinter meinem Bein versteckt. »Ty ist nicht anders aus dem Bett zu bekommen, aber meistens reichen zwei Mal.«

Plötzlich surrte die Klinke und das Tor sprang auf. Aus Angst vor Minen oder anderen Verrücktheiten ging ich hinter Val, denn sie sollte den richtigen Weg kennen. Überall lagen verbeulte Fässer herum, außerdem klafften eine Menge Löcher im Boden. Mira steckte ihre Nase in ein paar von ihnen, aber anscheinend gab es darin nichts Interessantes zu finden. Vielleicht lag es aber auch am Schwefelgeruch, der immer noch in der Luft stand. Die Bäume ließen nur wenig Sonne auf das Grundstück durch, aber wie an Weihnachten hingen unzählige bunt leuchtende Lichterketten in den Wipfeln. Am Boden entdeckte ich dann auch den Rest des Plastikrudels, das starr in einem Meer aus vertrockneten Tannennadeln stand. So wie es aussah, hing der Hirsch mit dem größten Geweih am Mast.

Wir waren noch ein paar Schritte vom Eingang entfernt, da kam Ty schon mit einer Flasche in der Hand von drinnen auf die Veranda gestürzt und rief: »He, Ho! Das waren zwei laute Knaller eben, was? Sollte wohl in Zukunft doch die kleineren nehmen.«

Mit weit ausgestreckten Armen sprang er auf das Treppengeländer und rutschte darauf herunter. Obwohl er uns recht überschwänglich begrüßte, hielt Val ihre Umarmung eher kurz und beiläufig. Tys Stimme hatte ein tiefes unterschwelliges Brummen, wie von Postflugzeugen, und wollte so gar nicht zu dem großen, schlaksigen Typen passen, der wie ein Storch hochbeinig durch den Garten stieg. Sein Arbeitsanzug strahlte wie der Himmel in einem ausgewaschenen Hellblau.

Er zeigte mit dem Finger auf mich. »Ah, du bist also der Besuch?« Als ich gerade antworten wollte, entdeckte er den Hund. »Na, schau sich einer dieses Fellknäuel an. Was für schöne Augen! Wie heißt du denn, meine Kleine?«

»Mira«, antwortete ich.

Nachdem sie ihn ausgiebig beschnuppert hatte, hob er sie in einem Ruck nach oben an seine Brust. Ich war wirklich überrascht, dass Mira sich das gefallen ließ. Darüber hinaus wog sie bestimmt über zwölf Kilo – Ty schien wirklich mehr Kraft zu haben, als sein Aussehen den Anschein machte.

Den Kopf in Miras Fell vergraben, rief er: »Du könntest meine Freundin werden. Du könntest meine echte Freundin werden!«

»Val hatte Recht«, dachte ich. »Ein bisschen ausgeflippt, aber entspannt!«

Dann begrüßte er auch mich mit einer langen Umarmung. »Was hast du denn mit deinem Antennenmast gemacht?«, fragte Val und zeigte nach oben.

»Den habe ich zum Hirschbaum umgebaut. Sollen gleich alle sehen, wer hier das Sagen hat. Aber wenn euch das schon umhaut, ohne dass ihr ihn überhaupt sprechen gehört habt …« Er machte eine kleine Pause. »… dann passt mal auf!«

Neben dem Mast stand ein Kasten, aus dem sich ein schwarzer Gummischlauch durch die gekreuzten Gitterstreben bis nach oben schlängelte; dort war er am Kopf des Hirschs festgebunden. Mit einem Trichter füllte Ty nun schwarzes Pulver in den Kasten und schaltete den Apparat ein. Sofort begann es darin zu dröhnen, wie in einem Staubsauger. Der Schlauch zitterte und nach einer Weile sprudelte das Pulver am oberen Ende heraus.

»Bis jetzt nur Staub und nichts dahinter, was?«, rief Ty aufgeregt. »Aber gleich hat er wirklich was zu sagen!«

Er zog an einem langen Draht, der ebenfalls bis zur Spitze des Masts ging. In einer schlechten Vorahnung hielt ich mir vorsichtshalber schon meine Ohren zu. Es war die richtige Entscheidung, denn auf einmal knallte es wieder und eine riesige Qualmwolke schoss über uns in den Himmel. Es war kaum zu glauben: Nun sprühte eine Fontäne mit gelben und weißen Funken aus dem Gummischlauch und damit aus der Schnauze des Hirschs, als wäre er zum Drachen geworden, dessen feuriger Atem ihn jetzt selbst durch die Luft schleuderte. Sprachlos schauten Val und ich nach oben.

Ty klatschte sich vor Lachen auf die Oberschenkel und brüllte: »Ha! Das ist die richtige Ansage! Der hat eine Meinung zu den Dingen!«

Er lachte weiter und wir nun mit ihm. Mit der Zeit fing die Spitze des Schlauchs an zu brennen und Tropfen aus geschmolzenem Gummi sausten pfeifend nach unten. Ty schaltete die Kiste wieder aus.

»Du bist ein Typ!«, rief ich voller Begeisterung. »So etwas muss einem erst mal einfallen!«

»Ach, hier draußen hast du Zeit, da kommen einem die verrücktesten Dinge in den Sinn. Im Sommer habe ich Schnaps da durch gejagt und dann darunter getanzt … Aber dafür ist es heute viel zu kalt, gehen wir rein. Willst du mal?«

Er hielt mir die Flasche mit dem milchig braunen Fusel hin. Ich war skeptisch, wollte aber nicht gleich seine Gastfreundschaft ausschlagen – also nahm ich einen kleinen

Schluck. Im Grunde genommen schmeckte das ekelhafte Zeug wie eine Mischung aus Whisky, Wein und schwarzem Tee. Einen Preis für das beste Getränk würde er damit auf keinen Fall gewinnen, aber immerhin wärmte es durch.

Im Haus gab es nur einen einzigen großen Raum, der Wohnzimmer, Bad, Küche, eben alles in einem war. Der kleine Ofen in der Mitte legte ordentlich los und glühte an den Seiten schon leicht. Es roch nach billigem Bauerntabak, der selbst uns Mittellosen zuwider war. Genau wie draußen in den Bäumen hingen auch hier eine Menge Lichterketten – allerdings an der Decke und blinkend. Aus einem kleinen Kofferradio auf der Kommode dudelte leiser Jazz. Ich war mir nicht sicher, tippte aber auf Getz – auf jeden Fall war es einer der Klassiker. Wir zogen unsere Mäntel aus und setzten uns jeder, auch Mira, auf einen der vielen Sessel. Es gab weder Stühle, noch einen Tisch – als wäre man in einem Laden für Polstermöbel gelandet.

»Steckt euch ruhig eine von meinen an«, rief Ty, der nach irgendetwas in der Spüle kramte. »Die sind gar nicht so schlecht – das Kraut dafür ziehe ich selber im Garten. Für die letzte Ernte war es ein guter Sommer!«

Ich sah fragend zu Val. Sie nickte und zündete in ihrem Mund zwei auf einmal an. Ich legte meine Beine nach oben und paffte in die bunten Lichter. Der Knaster schmeckte gar nicht so übel, hatte aber eine ordentliche Stärke. Alles in allem wurde es jetzt richtig gemütlich – die herrliche Wärme, der Jazz und das matte Licht gaukelten uns einen Nachmittag im Sommer vor, obwohl es gerade erst gegen zehn und draußen zehn Grad unter null war. Ich glaubte, frischen Kaffee zu riechen und tatsächlich kam Ty kurz darauf mit einer großen Kanne zu uns herübergewackelt.

Als ich es mir gerade mit einer dampfenden Tasse in meinen Händen noch gemütlicher machen wollte, donnerte plötzlich ein unglaublicher Krach durch die Außenwände und ließ das Geschirr in den Schränken rasseln. Mira sprang aufgeregt von ihrem Sessel. Unter meinen Schuhen konnte ich die dumpfen Schläge sogar fühlen.

»Ach, ihr braucht keine Angst zu haben!«, brüllte Ty und zog den Hund wieder nach oben. »Das ist der fünf nach zehn, Richtung Gebirge – Öl und Maschinen für den Bergbau. Kommt an jedem Samstagvormittag, das ist nur einer von vielen heute.«

Es war mir ein Rätsel, wie es Ty schaffte, bei diesem Lärm so lange zu schlafen – und überhaupt: Wie konnte man damit leben? Als der Zug vorbei war, wurde alles wieder ruhig.

»Wie kommst du bloß mit solch einem Tumult klar?«, fragte ich.

Er lachte. »Alles Gewöhnung und Anpassung. Ach ja, und der hier …« Er zog einen riesigen, mit Schaumstoff und Klebeband bezogenen Kopfhörer unter seinem Sessel hervor. »Mit dem bekommst du nichts mehr mit. Nach einer Weile hält man die Schienenstöße nur noch für Windböen. Leider braucht es dann auch so eine besondere Klingel wie da draußen!«

»Er hat Recht«, sagte Val, »ich habe mal eine Weile mit hier gewohnt. So schlimm ist es gar nicht.«

»Warum bist du dann nicht geblieben?«, fragte ich.

»Ty ist nicht der einfachste, wenn es darum geht, zusammenzuleben«, antwortete sie etwas abgeklärt.

Ihre Meinung schien ihm nichts auszumachen – im Gegenteil, mit einem entschlossenen zustimmenden Nicken fügte er hinzu: »Es reicht doch, wenn man die Betten der Kindheit miteinander teilen musste. Jede gemeinsame Nacht über den Stimmbruch hinaus ist zu viel … Wir haben es ja versucht.«

Trotz all dieser Nüchternheit glaubte ich, dass beide – auch über die Tatsache hinaus, dass sie Geschwister waren

– füreinander einstanden. Sie brauchten eben einen gewissen Abstand und wollten diesen auch auf Teufel komm raus aufrechterhalten. Val schaute zu Ty und streckte ihm ihre Tasse entgegen. Schmunzelnd stand er wortlos auf, holte eine Flasche Whisky aus dem Küchenschrank und goss damit großzügig in unseren Kaffee. »Na also«, dachte ich, »es sind einfach zwei Starrköpfe, die wissen, wie sie am besten miteinander auskommen.«

Ich brachte die Unterhaltung auf den Süden: »Du bist also aus unserem Viertel abgehauen und hier gelandet?«

»Ja«, antwortete Ty in einem langen Atemzug. »Es ist ein gutes Leben hier draußen! Schau, die Typen, denen die Häuser und Grundstücke gehören, sind in Ordnung. Ihnen ist dieses Land am Ende der Stadt viel zu staubig und trocken. Sie sind froh, wenn darin ein paar Verrückte wie ich wohnen und etwas Geld dafür geben. Keinen interessiert, was du machst oder wie oft du einen Plastikhirsch in Brand setzt.«

»Du hattest ohnehin keine andere Wahl«, entgegnete Val.

»Stimmt genau! Die hätten mich sonst verknackt, weil ich zwei Bullen die Ärsche angezündet habe.« Er drehte sich zu mir und flüsterte: »Was soll man machen? – Ein Mann kann sich diesen Typen nicht kampflos ergeben. So bekamen sie eben, als sie mich aus meiner Bude schmeißen wollten, ein paar Schwarzpulverbeutel mit angezündeten Lunten in die Hosen gesteckt.« Die Erinnerung daran schien ihn glücklich zu machen. Lachend und kopfschüttelnd grölte er: »Oh verdammt, die sind wirklich schnell gerannt, als das Zeug hochging!«

Ich schaute wieder ungläubig zu Val, denn von dieser Geschichte hatte sie noch nie erzählt – dabei wäre genau das der Brüller an jedem Tisch gewesen. Sie nickte wieder. Zufrieden lehnte sich Ty nach hinten und schlug die Beine übereinander. Wie ein König saß er da, die Kippe am ausgestreckten Arm.

»Im Süden hat mich die Kavallerie noch nicht gefunden, und das werden sie wahrscheinlich auch nicht.« Er sprach mit einer Überzeugung, als könne ihm die ganze Welt nie wieder etwas anhaben. Ich goss heißen Kaffee nach, um mir den kalten Rest etwas schmackhafter zu machen.

»Du bist wirklich ein Typ!«, sagte ich. »Wir überlegen auch, zu verschwinden – aber eher leise. Ausrichten kann man sowieso nichts.« Jetzt klang ich schon fast wie Val.

Im selben Moment sprang Ty wütend und lautstark aus seiner Gemütlichkeit auf: »Wer sagt denn so was? Klar, ich bin auch abgehauen und habe damit aufgegeben – aber alles mit einem Knall, mein Lieber! Mit einem ordentlichen Knall! Das solltet ihr auch!«

Val hielt in ihrer gewohnten Art dagegen: »Ich glaube, es ist besser, ohne ein solches Theater zu gehen. Man lässt einfach alles hinter sich und verschwendet seine Kräfte nicht unnötig in dem ganzen Groll.«

Ty verdrehte die Augen und schnaufte: »Jetzt fängt sie gleich wieder mit ihrem Buddha an.«

Ich war hin- und hergerissen, dem einen oder dem anderen zuzustimmen, hatte aber Angst, der Besuch könnte in einem wahnsinnigen Streit enden. So wie Ty und Val drauf waren, würde jeder seinen Standpunkt bis aufs Messer verteidigen – das taten sie ja jetzt schon.

Eine Weile hielt ich den Mund, amüsierte mich über den unbändigen Eifer der beiden und die Nichtigkeit des Ganzen, um dann mit einem Satz wieder für Ruhe zu sorgen: »Hey, ihr habt beide Recht! Val sieht eine Sechs und Ty eben eine Neun!« Entgeistert blickten sie mich an. »Es ist die gleiche Zahl, ihr Pfeifen! Ihr seht sie einfach von unterschiedlichen Seiten. Und jetzt hört auf mit dem Unsinn – wir warten, was kommt … und jetzt kommt eine Runde Whisky!«

Etwas mürrisch stießen sie miteinander an, aber kurz darauf war alles wieder bestens. »Pack schlägt sich – Pack verträgt sich«, fiel mir nur dazu ein. Dann fragte ich Ty weiter nach dem Leben im Süden aus. Der erzählte freudestrahlend und ausschweifend von den Kellern, in denen jede Nacht Musik gespielt wurde, und erklärte, dass wir hier auf jeden Fall einen »riesigen Spaß« haben würden. In großen Gesten wirbelte er mit der Hand durch die Luft und malte ein wirklich herrliches Bild von Freiheit, Fusel und wilden Feiern mit Typen, die alle aus dem gleichen Grund hier rausgekommen waren – um ein zwangloses und irres Leben führen zu können. Unsere Augen glitzerten vor Freude. Allerdings betonte er am Ende immer wieder, dass das alles nichts für ihn sei und ihm die Bäume als Gesellschaft ausreichten.

Bis zum Nachmittag hatten wir die Flasche geschafft. Unser Dusel hielt sich allerdings in Grenzen, weil Ty zum Mittag noch ein herrliches Curry mit Kürbis aus seinem Garten gekocht hatte. Seit dem Herbst lagerten sie aufgestapelt wie ein oranger Schatz im Schuppen. Wir schlugen uns die Bäuche voll und lagen danach faul auf den Polstern herum, hörten Jazz und starrten in die Luft. Unsere Unterhaltung blieb klein, denn jeder behielt nun seine Gedanken für sich. Am lebhaftesten waren tatsächlich die Rauchfahnen, wenn sie nach oben stiegen – zuerst in hellen Strähnen, dann von der Wärme verwirbelt, bis am Ende nur noch ihr Geruch übrig blieb.

Als die Dämmerung einsetzte und der Ofen alle Kohlen verheizt hatte, machte einen die Kälte wieder munter. Bevor wir gingen, wollte Ty uns unbedingt noch seine Schwärmer zeigen – genau die, von denen Val schon gestern Abend erzählt hatte. Angezogen warteten wir vor der Veranda, während Ty hinter dem Haus herumpolterte. Die Sonne war längst untergegangen und wie in einem Traum leuchteten die Bäume jetzt im bunten Schein der Lichterketten. Auch die Umrisse der Plastikrehe darunter waren in einem milchigen Schimmer zu erkennen. Val hatte ihren Schal über das halbe Gesicht gezogen.

»Sieht aus, als wären wir im Zauberwald gelandet«, sagte sie. »Es hat auf jeden Fall etwas Versöhnliches und macht die Kälte ein Stück erträglicher. Als könnte man seine Hände daran wärmen.«

»Im Märchen wäre Ty wahrscheinlich so ein Hexenmeister, der immer grimmig schaut, aber eigentlich doch nur das Gute will«, sagte ich.

Auf einmal brüllte es hinter dem Haus: »Für die guten und besten Menschen!« Dann zischten nacheinander unzählige Lichtstreifen in den Himmel. Der goldene Schweif hielt nur einen Moment, aber die Menge machte es – es müssen hunderte gewesen sein. Wie Sternschnuppen stiegen sie jetzt einer nach dem anderen von der Erde auf, um da oben Wünsche zu erfüllen. Ein paar Minuten lang flackerte alles in gelbem Licht. Sogar Mira wartete neben uns ganz so, als gäbe es nichts zu befürchten. Als der letzte Schwärmer verglüht war, blieb eine eigenartige Stille zurück. Kein Zug war zu hören, kein Wind blies durch die Bäume oder brach sich pfeifend an einer Hauskante – nichts stand zwischen uns und der anbrechenden Nacht.

Ty kam durch den Schnee gestapft. »Na, habt ihr euch glücklich gefühlt und ordentlich Wünsche geflüstert?«

»Ich dachte, das gilt nur für echte Sternschnuppen – also für die, die von oben nach unten und nicht umgekehrt fliegen«, sagte ich etwas überrascht.

»Ach, Quatsch – Schwarm ist Schwarm. Die Hauptsache ist doch, irgendetwas saust leuchtend durch die Nacht!«, rief er und klopfte auf unsere Schultern. »Aber macht euch nichts draus – es waren genug, dass ihr das mit den Wünschen auch noch im Nachhinein auf dem Weg zum Bahnhof machen könnt … selbst wenn es der Segen der Welt ist.«

Gemeinsam gingen wir zum Tor, Ty immer noch in der Mitte, seine Arme um uns gelegt – wie ein dürrer Heiliger, der seine Besucher gesegnet oder zumindest mit einer Handvoll Glück auf den Heimweg schickt. Die Umarmung zum Abschied dauerte länger als die am Vormittag. Ich vermutete, dass Ty sogar ein bisschen traurig darüber war, dass ihm jetzt nur wieder seine Bäume blieben – aber das hätte er wohl niemals zugegeben. Wir winkten einander so lange zu, bis jeder für den anderen nicht mehr zu erkennen war. Dann lag nur noch der dunkle Feldweg vor uns.

Unterwegs drehte ich mich noch ein paarmal um und konnte in der Ferne immer noch etwas vom Glitzern der Lichterketten erkennen. Wir sprachen den ganzen Weg über kein Wort – erst als die Signale des Bahnhofs schon zu sehen waren, fing ich an, mir Dinge zu wünschen, so wie es Ty gesagt hatte.

Natürlich durfte man die nicht verraten und so sagte ich lediglich: »Hab einen!«

Dann stieg auch Val mit ein. Bis wir an den Gleisen waren, hatten wir uns so viel gewünscht, dass die goldenen Zeiten eigentlich bald kommen müssten – selbst wenn nur ein Zehntel davon in Erfüllung ginge.

Der Zug kam schneller als gedacht und so blieb uns ein langes Warten auf dem eisigen Bahnsteig erspart. Wir waren die einzigen – keiner fuhr an einem Samstagabend in den Norden, denn bestimmt gab es heute nur ein paar Straßen weiter wieder aufregende Feiern. Etwas betrübt stieg ich ein. Zu allem Überfluss war der Hauptstrom im Zug ausgefallen – das hieß: nur zwei schwache Notlampen pro Waggon und keine Heizung. So kamen einem die menschenleeren Gänge und das Abteil noch elender vor. Unsere Köpfe tief in die Mantelkragen gezogen, schauten wir nach draußen. Wieder rasten die Flachbauten vorbei und hinter fast jedem Fenster flackerten nun Kerzen und brannten Lichter, die die bunten Vorhänge eindrucksvoll hinterleuchteten. Jetzt sah man, dass eine Menge Leute hier wohnte.

Kopfschüttelnd sagte ich: »Was für eine tragisch düstere Fahrt, während das echte Leben an uns vorbeizieht.«

»Der Süden hat dich also überzeugt?«, fragte Val mit einem Grinsen, bei dem in der Dunkelheit fast nur ihre Zähne zu sehen waren.

»Klar, was denkst du denn? – Diese Freiheit! Schau doch, da wird gefeiert und keiner verschwendet dabei einen Gedanken an die Bonzen!«

Auf einem Fensterbrett saßen sie zu dritt und wedelten mit Flaschen – fast so, als würden sie uns zurufen, dass wir hierbleiben sollten. Ich fluchte auf den Lokführer, weil der viel zu schnell daran vorbeifuhr.

»Val, es ist klar: Der Süden ist unsere neue Heimat!« Es war ein unglaubliches Gefühl, das sagen zu können. In meiner Freude rüttelte ich das Fenster nach unten und brüllte den vorbeirauschenden Häusern zu: »Ihr seid unsere neue Heimat!«

Vielleicht war es nur kindlicher Übermut – nur für den Moment und viel zu hemmungslos gedacht –, aber gerade schienen die Dinge so einfach: Alles, was wir tun mussten, war, aufzubrechen und zu verschwinden, ohne etwas zurückzulassen. Sogar der Kampf war mir jetzt egal geworden.

Val holte mich ein wenig auf den Boden zurück: »Es ist schön, dass du es genauso siehst wie ich, aber warten wir doch erst mal ab, was die anderen sagen.«

Im Norden angekommen, holte ich mir gleich am Bahnhof ein Bier und stürzte es in einem Zug nach unten. Das half, die Freude zu behalten und trotzdem wieder einen klaren Kopf zu bekommen. Im Gehen schätzte ich die Zeit einer eingeschlagenen Haltestellenuhr, die nur noch den kleinen Zeiger hatte. Der stand ungefähr auf sieben – eindeutig zu früh für das Rezna! Also holten wir mehr Bier, setzten uns auf einen Mauerrest an der großen Kreuzung vorm Bahnhof, sahen dem brausenden Verkehr zu und rauchten. Es waren Tys Selbstgedrehte, die er so großzügig mit vollen Händen in unsere Taschen gesteckt hatte und die mir zusammen mit dem Bier nun wunderbar in den Kopf stiegen. Im frühen Dunkel dieser Jahreszeit war die Welt besonders am Abend einfach nur mager, weil sie aus nichts anderem als schwarzen Umrissen und hellen Lichtern bestand. Jedes Farbfoto davon wäre eine Verschwendung gewesen. Neben mir rülpste Val lautlos in ihren Schal. Ohne die Kälte, die daraus eine kleine Wolke formte, wäre es mir gar nicht aufgefallen.

»Das Schlimmste am Winter ist, dass man auf der Straße keine Selbstgespräche mehr führen kann«, stellte ich bräsig fest. »Der Hauch verrät einen! Jeder sieht, dass man eindeutig verrückt ist oder zumindest kurz davor steht, es zu werden.«

»Egal, ich finds gut. Es hilft beim Denken und immerhin habe ich jemanden, der mir zuhört.« Jetzt schauten wir besonders genau auf alle, die vorbeigingen – aber von denen redete keiner mit sich selbst. Kurze Stöße aus leerer verbrauchter Luft waren das einzige, das aus ihnen kam. Wahrscheinlich jubelten, fluchten und stritten sie mit ihren Geistern nur innerlich.

»Was für langweilige Typen!«, sagte Val mürrisch. »Wie lustig es doch wäre, wenn jeder seine Gedanken aussprechen würde – dann hätten alle etwas davon!« Sie spuckte in ihre Hand und drückte den Zigarettenrest darin aus.

Es war ziemlich kalt geworden und so brachen wir langsam in Richtung Rezna auf. Selbst Mira, der das Wetter meistens egal war, stürmte los, um schnell ins Warme zu kommen. Vom Lampenzirkus der Innenstadt blieben bald nur noch ein paar Gaslaternen übrig. In den dunklen Straßen sah man nun endlich wieder Beteigeuze als Flackern am Himmel – und was für ein Glück wir hatten: Beinahe den ganzen Weg lang stand er direkt vor uns. Immer wieder sah ich freudig nach oben, und bevor wir das Rezna betraten, hob ich sogar kurz meine Hand zum Abschied, denn mit Sicherheit wäre er schon untergegangen, wenn wir uns auf den Heimweg machen würden.

Der Laden war bereits voll wie immer. Wäre unsere Clique nicht die zuverlässigste Kundschaft gewesen, dann hätten wir keinen Platz mehr bekommen, aber die Üblichen saßen schon in der Ecke. Rezno hatte gut eingeheizt – das war wirklich ein Segen und jetzt genau das Richtige.

Als uns Mill entdeckte, brüllte er über die Tische: »Na endlich! Die Besten kommen gegen acht – zwei Reisende und ein Hund!«

Anscheinend waren Ari und Lara auch erst gerade aufgeschlagen, denn ihre rotgefrorenen Wangen standen unseren in nichts nach. Mill, dem wir gestern Abend noch von unserer Reise erzählt hatten, verlangte nun nickend und mit großen Augen nach einem Bericht.

»Ja, genau, schießt los!«, huschte Lara hinterher. »Mill hat uns schon erzählt, dass ihr im Süden wart – darum durften wir auch noch nichts bestellen, weil er meinte: ›Ob billiges Bier oder teurer Fusel hängt davon ab, wie der Ausflug war!‹«

Freudestrahlend zeigte Val mit beiden Händen auf mich.

»Oh, Mann!«, begann ich, »holt lieber schon mal Rezno für fünf doppelte Klare ran … Es war ein wirklich großartiger Tag!« Noch bevor die Drinks bestellt waren, erzählte ich so ausführlich wie möglich vom Süden – von der flachen weiten Welt ohne die Zwänge und die Gier des Nordens; von dem Leben, das hinter bunt verhangenen Fenstern polterte; von Ty und seinem Hirsch; von den Feiern und den donnernden Zügen.

Mill war gleich Feuer und Flamme: »Also kein ›Ob‹, sondern nur ein ›Wann‹?«, fragte er ungeduldig.

»So ist es! Eine Bude bekommen wir da auf jeden Fall für wenig Geld«, sagte ich lässig und steckte mir eine an.

Die Mädchen blieben zurückhaltender. Meine Hoffnung lag auf dem doppelten Fusel, der ihre Zweifel hoffentlich zerstreuen würde.

Ari wusste um Vals Vernunft: »Ist es wirklich so einfach?« Mill rollte genervt mit den Augen.

»So, wie es aussieht … ja!«, antwortete Val, und innerlich dankte ich ihr dafür. »Hier ging es meinem Bruder schlecht, aber da draußen hat er jetzt eine eigene Welt voller Funken und Tannen, in der er sein kann, wie er will. Das scheint ihm gutzutun.«

Endlich kam Rezno mit dem Fusel. »Ihr seht noch viel zu durchgefroren aus«, sagte er lachend. »Die gehen aufs Haus, damit ihr endlich mal loslegt!«

Hastig verteilte Mill die Drinks auf dem Tisch: »Hört mit dem Grübeln auf und greift zu!«

Als wir die Gläser zum Anstoßen in die Mitte hielten rief ich: »Auf den Süden!«

Trotz des kleinen Zögerns, das in der Luft lag, tönte es von allen Seiten: »Auf den Süden!«

Kaum war alles runtergestürzt, gab Mill der Bar erneut das Zeichen, noch einmal für Nachschub zu sorgen. Wie leicht die Verständigung in den Kneipen war – ein Zwinkern hier, ein flüchtiges Winken da, und jeder begriff sofort – eigentlich ein perfekter Weg, um auch die übrige Welt von jeder unnötigen Unterhaltung zu befreien.

Lara klopfte eine von den Gelben aus dem Päckchen. »Glaubt ihr wirklich, dass man so einfach verschwinden kann?«

»Klar, das ist es doch, was die Geldsäcke von uns wollen. Solange wir hier im Viertel sind, können sie niemals so wüten, wie sie wollen«, rief ich. »›Was haben wir schon in der Hand?‹ – das hat Less gestern an unsere Wand geschrieben.«

Mit erwartungsvollem Blick sah ich zu Lara. Die überlegte kurz und zuckte mit den Schultern. »Siehst du, nichts! So ist es immer gewesen, aber nun sind wir raus!«

»Genau!«, brüllte Mill.

Rezno, der gerade ein zweites Mal an den Tisch kam, wunderte sich über unseren Eifer: »Na, die erste Runde war ja anscheinend ein voller Erfolg. Was habt ihr denn vor?«

»Abhauen!«, rief ich, »in den Süden!«

Mit nach oben gezogenen Augenbrauen nickte Rezno bedächtig vor sich hin. »Ach der Süden – da macht ihr nichts verkehrt. Meinen Leuten ging es noch nie so gut, wie da unten.« Er sah zu Mill. »Gib mir einfach ein Zeichen, so wie gerade eben – dann komme ich vielleicht nach.« Das »vielleicht« ließ aber jeden von uns daran zweifeln.

Die nächsten Stunden drehte sich das Gespräch weiter um den Süden, die allgemeine Vorfreude auf den Frühling und Less' wunderbaren Zitronenkuchen, den Mill als Beweis dafür bezeichnete, dass es einen Gott gab, der auch selbst gelb und klebrig sein musste. Seiner Meinung nach war mit diesem Kuchen der höchste Zustand der Zufriedenheit verbunden, den man in dieser Welt überhaupt erreichen konnte.

Später tauchten noch Vido und Fae auf: Arm in Arm, die Gesichter von einem Dauergrinsen überzogen. In unserem Suff bejubelten wir die beiden wie Helden.

»Schaut ihn euch an!«, lallte Mill. »Vido, der Mann der Stunde!«

Ich fragte lachend nach unserer heutigen Verabredung am Fenster, wegen der Fae Vido gestern Abend zu sich eingeladen hatte.

»Die steht mein Lieber«, erwiderte sie schmunzelnd, »aber nur, wenn du dann noch stehen kannst.« In diesem Moment hielt ich das allerdings für unmöglich.

Mill hob sein Glas und blickte mit halbgeöffneten Augen in die Runde: »Ohne unseren fantastischen Badetag hätten die beiden ihre letzte Nacht wohl kaum gemeinsam rumbekommen. Auf den Badetag!«

»Auf den Badetag«, riefen alle zusammen.

»Warum habt eigentlich gerade ihr das Glück mit der einzigen Wanne im Viertel?«, fragte Vido.

Mill hob sein Glas, das allerdings nun leer war, ein zweites Mal und stammelte irgendetwas von: »Du, wir, die Wohnung – gesegnet in einem …«, kam aber auch nach mehreren Anläufen nicht weiter und sagte dann nur: »Pah! Das Nichts erklärt das Glück!«

Danach verschwand vieles von diesem Abend für immer – genauso wie die Unmengen von Fusel, die Mill immer wieder nachbestellte. Alles wurde lauter und wirbelte als bunter Traum um die Köpfe. Am Morgen leuchtete uns die Dämmerung den Heimweg – violett, rätselhaft und mit flachen Wolken über den Dächern. Wir waren so voll, dass ich mich nur noch daran erinnere, wie Val den armen Mill aus irgendeiner Wut heraus in eine Hecke schubste und mir einen Kuss gab, weil ich es schaffte, einen ganzen Schneeball auf einmal in meinen Mund zu stecken. Der Einzige, der nüchtern blieb und der ganzen torkelnden Bande von der Tür aus traurig hinterhersah, war Rezno. Trotz unseres schnellen Abschieds blieb er ein Heiliger und schrieb unsere gesamte Rechnung an.

Zweites Buch

Wahrscheinlich hatten sich alte vertrocknete Brotkrümel auf dem Küchenboden zwischen die drehende Flasche geklemmt – anders war es nicht zu erklären, dass ich jetzt als Letzter in der Wanne lag. So vieles war besser als das! Langsam tauchte ich meine Hand immer wieder von oben in die trübe Brühe ein und konnte es kaum fassen, sie nach wenigen Zentimetern schon nicht mehr zu sehen. Kein Wunder: Der ganze Dreck der Clique schwamm in diesem Wasser herum, das aussah, als hätte man darin hunderte dreckige Malerpinsel ausgewaschen. Nicht einmal die Seife schäumte noch. Am Boden hatte sich eine dünne Sandschicht abgesetzt und kratzte unter den Füßen – kein gutes Gefühl, aber einer musste der Letzte sein! Ich hoffte so sehr, dass Mill die Wahrheit sagte, als ich ihn vorhin gefragt hatte, ob er heute schon in die Wanne gepisst habe: »Wo denkst du hin? – Natürlich nicht!« Es klang glaubhafter als sonst, denn immerhin fehlte das übliche Zucken des Mundwinkels.

Zumindest war die Hitze des Ofens ordentlich. Trotz der mittlerweile eifrigen Sonne des Aprils waren die Abende doch noch recht kühl. Die schlimmsten Monate des Jahres hatten wir geschafft. Durch den Flur tönte das Lachen und Geifern des Küchenzirkus. Ich rutschte bis zum Hals ins Wasser. Mit geschlossenen Augen versuchte ich jeden Gedanken an die milchige Brühe zu verdrängen und dachte an den wunderbaren Duft von blauen Hyazinthen, die während des ganzen Frühlings versuchten, die abgedroschenen Hundeblumen damit auszustechen.

Diese Jahreszeit trieb alles an: Jede Pflanze kämpfte für sich, für ihren Platz im kommenden Sommer – und landete am Ende dann doch nur in einer Vase, um den Nachmittag bei Kaffee, Kuchen und langweiligen Unterhaltungen zu verschönern. Die Welt wurde warm und die Menschen wieder froh. Endlich hallte wieder das Stürmen der Kinder über die

Straße, die ihre Mützen an jeder Ecke vergaßen. Dazu ließ einen das wirre Dämmergeschwätz der Trinker schmunzeln. Unser Viertel konnte mit großen Schwüngen zeigen, was alles in ihm steckte.

Leider hatten die Schweine – wir waren dazu übergegangen, die Bonzen und Geldsäcke als Schweine zu bezeichnen – weiter ihren Weg in unsere Gegend gemacht. Die ersten Häuser waren abgerissen worden und jetzt warteten furchtbar tiefe Gruben darauf, mit Beton und Stabstahl gefüllt zu werden. Jeden Stein und jeden Baum hatten sie auf Halden außerhalb der Stadt geschafft oder gleich verbrannt. Es war immer schrecklich anzusehen. Die Erde versuchte sich zu wehren, drückte Grundwasser nach oben, ließ Vorsprünge abrutschen und versteckte Granitbrocken im Boden – es half nichts! Die riesigen Löcher sahen aus wie Münder, denen die alten Zähne gezogen waren. Hinter dem neuen weißen Lachen der unbezahlbaren Bauten konnte sich die Habgier dann herrlich verstecken. Innerlich hoffte ich darauf, dass der Andrang einmal abreißen würde und die neuen Buden einfach leer blieben, aber anscheinend machten immer mehr mit Ausbeutung und Eigennutz ein gutes Geschäft – so konnten sie sich alles leisten. »Nicht mehr lange«, murmelte ich und dachte an den rettenden Süden, auch wenn der das Problem nur aus unserem Blick schaffen würde.

Ich öffnete die Augen: Wasserdampf füllte den ganzen Raum und hatte sich in einer dünnen Schicht auf den Fliesen niedergeschlagen. Sie waren fast alle gesprungen – kein Wunder bei der Hitze des prasselnden Badeofens. In dünnen Linien schlängelten sich die Risse darüber. Manche hätten Wege auf einer Landkarte, andere Spiralen, Äste oder Blätter sein können. Es war als würde man versuchen, Wolkenbilder im Nebel zu deuten. An einer Stelle sah es sogar aus wie ein Auge. Ich kniff meine zusammen in der Hoffnung, etwas mehr erkennen zu können, und beugte mich nach vorn. Tatsächlich sah es immer noch aus wie ein Auge.

»Glotzen mich jetzt schon die Fliesen an?«, wunderte ich mich und tappte mit nassen Füßen zur Stirnseite. Aus der Nähe betrachtet war es ein einziger dunkler Strich, der zu Pupille und Lid geformt war. Vorsichtig strich ich mit dem Finger darüber – jetzt verzog sich der Rand wie Nähgarn in einer Beule nach außen. Es war kein Riss, sondern ein langes Haar, das jemand an die Fliese gelegt hatte. Für einen Augenblick standen wir uns gegenüber: ich nackt und tropfend, mein Gegenüber stumm und ohne ein Blinzeln.

»Kommt mal her, das müsst ihr euch anschauen!«, rief ich. Dann kamen die anderen und hatten natürlich nichts besseres zu tun als loszugrölen, weil ich in meinem Erstaunen noch ohne ein Handtuch dastand.

»Das sollten wir also sehen? Na, die Mädchen wird's freuen!«, rief Mill und zeigte lachend auf mich. Immerhin warf er mir trotzdem ein Handtuch zu.

»Ach Quatsch, ihr Spinner – das hier!« Ich zeigte hinter mich.

Mill, Fae und Val drängelten sich nacheinander an der Wanne vorbei. Wie neugierige Kinder standen sie vor der Wand und trauten sich nicht, es anzufassen.

»Das ist ja ein Haar!«, rief Fae angewidert und ging einen Schritt zurück. »Ist schon ein bisschen eklig, wenn du mich fragst.«

Mill dagegen war ganz begeistert: »Ach was, das ist ein Zeichen in nur einer Linie. War das einer von uns?« Alle sahen auf Val, denn ihre Haarfarbe war die einzige, die annähernd passte.

Sie schüttelte den Kopf. »Glaubt mir, als ich vorhin im Bad war hatte ich so einen im Tee, dass ich fast eingepennt wäre – das hätte ich nicht mehr hinbekommen.«

In der Küche durchsuchten wir erfolglos die heutige Badeliste nach Leuten die so etwas drauf hätten. Als Mill seine Flasche ansetzte, brummte er ein lautes »Mmmh« und verschluckte sich kurz darauf an seinem Bier. Hustend und nach vorn gebeugt stand er da, das Bier tropfte ihm wieder aus dem Mund. Wie von einem wahnsinnigen Geistesblitz getroffen rief er ohne Pause: »Ich weiß es, ich weiß es!«

Val klopfte auf seinen Rücken. Mit hochrotem Kopf kam er nach oben und nahm trotz des Hustens den nächsten Schluck, der diesmal glücklicherweise ohne steckenzubleiben durch seinen Hals rauschte.

»Ich weiß, wer es war. Zum Mittag habe ich hier ein Mädchen gesehen – ziemlich jung, vielleicht fünfzehn, mit braunen Haaren … braune wirre Haare hat sie gehabt«, wiederholte er sich, »genau wie das da drin. Ich dachte, zu irgendwem gehört sie schon, und habe nicht weiter darauf geachtet.«

Wir sahen uns erstaunt an. »Sicher?«, fragte ich. »Oder waren das nur wieder deine Fuselträume?«

»Nein, nein. Ich habe heute erst nach vier angefangen zu trinken«, sagte er lallend und machte sich damit nicht gerade glaubhaft.

»Es waren einfach zu viele Leute«, sagte ich.

Keiner von uns kannte jemanden, der auf Mills Beschreibung passte – das machte die Geschichte nun erst recht seltsam. Wir stellten die wildesten Vermutungen an. Sie reichten von Nachstellungen einer vergangenen Liebschaft, an die sich aber weder Mill noch ich erinnern konnten, bis dahin, dass der Badetag aufgeflogen war und wir jetzt erpresst werden könnten. Letzteres war eher unwahrscheinlich, denn was sollte man von uns schon holen wollen, abgesehen vom Kleingeld aus den Hosentaschen. Wir beschlossen, beim nächsten Mal ganz genau aufzupassen, wer in die Wohnung käme – vielleicht war der Freitag mittlerweile auch etwas zu bekannt geworden.

Mill wollte in seinem Verfolgungswahn sogar ganz auf die Badegesellschaft verzichten, aber zum Glück gelang es uns, ihm diese Spinnerei auszureden, indem wir so schnell wie möglich auf die Straße gingen. Das half, einen klaren Kopf zu behalten: Je länger wir unterwegs waren, desto kleiner wurden Mills und unsere Ängste. Ohnehin machten es die herrliche Luft und die ersten aufziehenden Sterne einem ziemlich leicht, sich treiben zu lassen.

»Durchdrehen bringt sowieso nichts«, versuchte ich die Gemüter noch einmal zu beruhigen. »Lasst uns lieber einen draufmachen und die nächste Nacht darüber schlafen.« Bald schon wurden wir wieder lässig und entschieden uns, eine Ausstellung neben dem Diora unsicher zu machen, von der Val erzählt hatte.

Um dorthin zu kommen, musste man leider ein ganzes Stück durch die Innenstadt laufen, wo ein Schwarm von Besserverdienenden in den Cafés hockte und teuren Wein aus kleinen Glaskännchen trank. Mit übereinandergeschlagenen Beinen – so, als müssten sie sich irgendetwas verkneifen; zumindest so lange, bis sie nach Hause gingen – saßen sie wie hölzerne Marionetten auf den Stühlen. Es wurde nur verhalten gelacht, eher gekichert, und die Typen fuhren sich ständig durch die gestriegelten Haare. Mill und ich machten uns immer wieder einen Spaß daraus, im Vorbeigehen über die Tische zu rülpsen. Was konnte schon passieren? – Mehr als uns in fremden gestelzten Dialekten hinterherzufluchen trauten sich die Schweine sowieso nicht. Es war ein gutes Gefühl, ihnen in diesem Moment überlegen zu sein – aber trotzdem war ich jedes Mal froh, wenn wir weit genug weg waren und sich der abartige Geruch nach Parfüm und gekauften Zigaretten verzogen hatte.

Wie jeden Freitag war im Diora der Teufel los – es wäre ein Abend nach unserem Geschmack gewesen, aber diesmal ließen wir die Gläser, den brausenden Jazz einer irren Vier-Mann-Combo, das Schaukeln der Lichterketten und die Mädchen in ausgetanzten Riemenschuhen links liegen.

»Was für eine Verschwendung, dass wir heute nicht mit dabei sind«, dachte ich.

Val zeigte einmal mehr, wie gut sie mich kannte, und sagte: »›Was für eine Verschwendung, dass ich nicht dabei bin‹ – genau das denkst du doch gerade, oder? So sehnsüchtig, wie dein Blick da drüben klebt.«

»Du weißt wirklich auch alles … Aber ich sage mir: So eine Ausstellungseröffnung bringt meistens freie Drinks mit sich – das überzeugt!«

Wir gingen weiter und bogen in einen finsteren Hinterhof ein. Hier hingen natürlich viel weniger Leute ab als im Diora. In kleinen Gruppen standen sie lachend und rauchend zwischen alten Ölfässern, aus denen Flammen und Funken flogen. Am Rand spielte jemand in kurzen Sätzen ein schwermütiges Saxophon und manchmal huschten im schwachen Licht riesige Schatten über die Häuserwände. Allmählich gefiel mir diese milde Welt viel besser als das fuselgetränkte Wirrwarr des Diora. »Gut, hier gelandet zu sein«, dachte ich, »nebenan hätte der Abend nur wieder mit Überschlägen geendet – und nicht nur mit einem, so viel steht fest!«

Val führte uns zu einem Eingang am Ende des Hofs, der mit schwerem pechschwarzem Molton verhangen war. Davor warteten Vals Bekannte, die in der Galerie dahinter Bilder ausstellten. Wie es sich für bürgerliche Künstler gehörte, begrüßten sie uns mit einer Menge von Küssen und langgezogenen »Hey!«. Ich kannte niemanden und war froh, dass es keine fade Vorstellungsrunde gab.

Als wir hineingingen, wurden wir sofort von einem unglaublich grellen Licht geblendet, das einen wie ein Blitz traf. Jeder stöhnte und hielt sich die Hände vor das Gesicht. Meine

Augen brauchten eine Ewigkeit, um sich daran zu gewöhnen. Langsam erkannte ich, dass das Leuchten von einer großen Kugel kam, die in der Mitte der Halle hing. Ringsherum standen die Bilder vor den weiß gekalkten Wänden.

Wie eine Zirkusdirektorin trat Val mit einer ausladenden Handbewegung vor uns: »Fühlt euch wie Planeten, die nun eine Weile lang um diese Sonne kreisen und dabei einen Blick auf Liebe und Kummer werfen können.«

Mit dieser Erklärung ergab nun auch dieser glühende Ball einen Sinn. »Warum nicht?«, dachte ich mir. »Wie oft kommt man am Freitagabend schon ins All?« Val drückte jedem ein Bier in die Hand und wünschte »gute Reise«.

Das Ganze war eine echte Herausforderung, weil man immer mit dem Rücken zur Lampe stehen musste, um die Bilder überhaupt erkennen zu können – der Vergleich mit einer Sonne war also durchaus angemessen. In meiner Vorstellung war ich Neptun, denn zwei Dinge hatten wir gemeinsam: weit draußen unterwegs und fast immer herrlich blau zu sein! Dazu hatte auch mein Bier eine Temperatur von gefühlt zweihundert Grad unter null. Mit kleinen Schlucken bekam ich es runter, ohne dass mir die Zunge abfror.

Das größte Bild lehnte an der Stirnseite und zeigte einen Typen mit verbundenem Gesicht; es war bestimmt drei Meter hoch. Auch um seine Arme und Beine hatte man Bandagen gewickelt. Hinter seinem Rücken hing ein Bild, das ihn in genau der gleichen Pose mit genau den gleichen Verbänden zeigte, als wäre es ein Spiegel. Ich grübelte eine Weile vor mich hin: »Es gibt Welten über Welten im Universum, und die langweiligste, nämlich die eigene, steht hinter dir und nimmt sich dich zum Vorbild – das ist die Endlosigkeit, aus der keiner herauskommt, es sei denn …«

Auf einmal stieß mir jemand von hinten in den Rücken und brüllte: »Planetenkollision! Das Sonnensystem kracht in sich selbst!« Fast wäre mir dabei mein Bier aus der Hand gerutscht. Natürlich war es Mill. »Na, versuchst du dir einen Reim auf den Kerl zu machen?«, fragte er spöttisch und stellte sich mit verschränkten Armen und aufgesetzten Stirnfalten davor. »Willst du dem Bild Angst machen, damit es dir seinen Sinn verrät, oder spielst du den Kenner?«

»Der einzig wahre Kenner in diesem Raum ist die Sonne, und die hängt hinter uns – alles andere ist sowieso nur Schmu und nimmt sich viel zu wichtig!«

Nach einem tiefen Seufzer ging er weiter. Ich versuchte weiter, mir einen Reim auf das Bild zu machen: »... die Endlosigkeit, aus der keiner herauskommt, es sei denn ... man wagt den Sprung hinein?«

Ich hatte Mill schon aus den Augen verloren, als er plötzlich aufgeregt zurückgerannt kam. »Verdammt, das ist sie! Das ist sie!«, zischte er und schlug mir immer wieder seinen Ellenbogen in die Seite.

»Wer denn?«, fragte ich genervt.

Ziemlich unbeholfen versuchte er seinen Kopf zur Seite zu drehen, sah dabei aber total bescheuert aus. Mit großen Augen und übertriebener Gestik antwortete er lautlos: »Es ist das Mädchen von heute Mittag«, gelang es mir von seinen Lippen abzulesen.

Etwas argwöhnisch stellte ich mich auf die Zehenspitzen und lugte über seine Schulter. Die verdammte Sonne machte es mir nicht gerade einfach, aber zumindest entdeckte ich an der hinteren Wand ein Mädchen, mit dunkelbraunen Haaren und einer Baskenmütze. »Bist du sicher?«, flüsterte ich.

»Ich glaube schon! Ihre Größe und Haarfarbe stimmen auf jeden Fall.«

»Na, dann ...«

Mit etwas Abstand folgten wir ihr. Sie blieb nie länger als ein paar Sekunden vor jedem Bild stehen. Mit der Zeit erkannte man Einzelheiten: grauer Filzmantel, schwarze Strumpfhosen und allenfalls gerade einmal halb so alt wie Mill und ich. Trotz der Entfernung fiel mir ihr schmaler Mund auf, der irgendwie etwas Zweifelndes hatte – etwas von dieser Ungläubigkeit gegenüber der Welt und den Dingen, wenn man erwachsen wird.

Als wir fast eine Runde herum waren, trafen wir Val und Fae. Aufgekratzt erzählte Mill von seiner Entdeckung. Val blieb ziemlich entspannt und wollte zuerst ihre Freunde fragen, ob jemand das Mädchen kannte. Sie verschwand zu ein paar Typen am Rand, die sich kurz darauf alle zu der Unbekannten umdrehten, nach dem ersten Blick aber nacheinander ihre Köpfe schüttelten.

Schulterzuckend kam sie zurück. »Die haben sie auch noch nie gesehen. Ich will ja auch nicht Mills Augen in Frage stellen – aber glaubt ihr wirklich an einen solchen Zufall?«

»Da!«, rief er und zeigte zur Tür. »Sie verschwindet nach draußen!«

Wir liefen hinterher – über den Hof, durch den Rauch und die Flammen der Fässer, vorbei am Diora – genau in die Richtung, aus der wir gekommen waren. Sie ging gelassen, hatte aber trotzdem etwas Beharrliches in ihrem Schritt. In den düsteren Seitenstraßen sahen wir nur noch die Umrisse des wehenden Mantels und der Mütze. Es war merkwürdig, denn für mich fühlte es sich wie eine Verfolgungsjagd an, für die es eigentlich gar keinen Grund gab. Selbst wenn sie sich in unsere Wohnung geschlichen hatte – nichts war passiert. Ich bekam ein schlechtes Gewissen.

»Meint ihr wirklich, es ist in Ordnung, ihr heimlich nachzustellen?«, fragte ich leise. »Ich meine, was hat sie schon gemacht?«

»Vielleicht hast du Recht«, flüsterte Val, »und außerdem ist sie ziemlich jung. Am Ende sind wir verrückter als sie.«

Mill, der vornweglief und das Tempo vorgab, drehte sich im Gehen um: »Wir wollen ihr doch nichts Schlechtes, sondern nur wissen, wer sie ist und was das mit dem Auge sollte.« Er spielte sich fast wie ein Anführer auf – das machte das Ganze noch abwegiger.

Ich ließ mich nach hinten fallen und ging als Letzter mit einem kleinen Abstand hinterher. Dann bog sie in die Innenstadt ab. Es war die gleiche Straße, in der wir vor ein paar Stunden den Schweinen ihren Abend versaut hatten. Um nicht weiter aufzufallen gingen wir jetzt auf der anderen Straßenseite. Mill hatte sich eine angesteckt. Von hinten sah die Clique aus wie eine fiese Bande, die in der Dunkelheit auf Beutezug ging – eine schwarze Schlange mit glühendem, rauchendem Kopf. So schlichen wir um die Ecken, sprangen über Rinnsteine und kamen tatsächlich in unserer Straße an.

Nun wurde sie langsamer. Ich rückte zu Fae auf. Vier Häuser vor unserer Kreuzung warteten wir hinter einem Auto.

»Schaut euch das an, sie ist wirklich hierher zurückgekommen«, zischelte Mill voller Erstaunen.

Einer nach dem anderen spähten wir über das Dach des Autos. Sie hatte den Gehweg gewechselt und blieb genau gegenüber unserem Eingang stehen. »Sie sieht nach oben!«

Da stand also dieses fremde Mädchen – als schwarzes Schattenbild zwischen der Häuserfront und dem Park; davor das Pflaster, das in diesem Moment wie ein unüberwindbarer Fluss aussah – und ihr Blick ging nicht zu den Sternen, sondern ins Dachgeschoss. Obwohl wir sie nicht kannten, war es dennoch ein unglaublich trauriger Anblick, voller Erwartungen und Sehnsucht: Als wäre Licht hinter unseren Fenstern das einzige, das sie sich gerade zu sehen wünschte.

Keiner sagte ein Wort. In der Stille konnte ich sogar das Atmen der anderen hören. Sie hielt den Kopf für eine Weile gesenkt und ging dann einfach weiter – genauso schnell wie am Anfang, als wäre nichts geschehen. Wir schauten uns an in der Hoffnung, jemand würde einem den Entschluss zum Hinterhergehen abnehmen, aber keiner traute sich. Mit ihrem Verschwinden um die Ecke der Kreuzung entschied sie für uns, ihr nicht zu folgen und es dabei zu belassen.

Fae zündete jedem eine Selbstgedrehte an, die wir mit den Rücken an das Auto gelehnt in tiefen schweren Zügen aufrauchten. Selbst Mill, der selten ein Gespür für Stille hatte, schwieg. Vielleicht bereute er es jetzt doch, uns für ein paar fadenscheinige Vermutungen durch die Straßen gehetzt zu haben, nur um ihren Kummer mit anzusehen. Aber ganz egal, wie es war, ich machte ihm keinen Vorwurf.

In der Wohnung setzten wir uns mit dem restlichen Klaren vom Nachmittag auf die Fliesen im Bad und tranken aus Reue. Immer wieder sahen wir in das Auge, spekulierten weiter über den Sinn dahinter und verstanden letztendlich trotzdem nicht, was es bedeuten sollte. In dieser Unzufriedenheit wurde es unmöglich, den Abend zu einem guten Ende zu bringen. Betrübt gingen wir ins Bett, Fae schlief bei Val und anders als sonst ließen wir heute unsere Türen offen. Mill legte noch einmal Perreys Präludium auf – damit bekam die Nacht dann doch noch etwas von ihrem Frieden zurück, blieb aber für mich dennoch traumlos.

Den nächsten Tag vergammelten wir so lange im Bett, bis Fae am Nachmittag wieder in ihre Wohnung ging. Glücklicherweise raffte sich in diesem Zug auch Val auf, um etwas Essbares bei Feyo zu besorgen. Dem faulen Mill, meinem noch faulerem Ich und der vor der Balkontür schnarchenden Mira kam das gerade recht und wir dösten noch eine Runde zu »Jazz at Ann Arbor«.

Allerdings ging mir mit der Zeit der schrille Beifall zwischen den Songs auf die Nerven. Im Halbschlaf hörte es sich immer wie ein Platzregen an, der aus dem Nichts kam und auch wieder dahin verschwand, sobald die Jungs erneut zu spielen begannen. Die Menge hätte lieber still bleiben und ihre Kraft in das Stürzen der Drinks stecken sollen. Wahrscheinlich verstanden die meisten sowieso nichts von Jazz.

Irgendwann zog ein wunderbarer Duft durch die Wohnung und fast zeitgleich tauchten Mill und ich gut ausgeschlafen in der Küche auf. Val saß versunken in der Ecke, die Füße auf dem Tisch an einer Flasche Gin vorbeigelegt. In einer Hand hielt sie in der Mitte aufgeschlagen »Die einsamen Frauen«.

»Diese dürren blassen Dinger soll es als Abendessen geben?«, fragte Mill und spielte mit schelmischem Unterton auf Vals Beine an.

Sie ließ sich nicht beirren und antwortete nur gedankenverloren: »Natürlich nicht, die sind ohnehin viel zu zäh, haben sich ein Beispiel an meinem Wesen genommen.«

Ohne den Blick von ihrem geliebten Pavese zu nehmen, zeigte sie mit dem Finger zum Herd. Aus einem halbgeöffneten Topf blubberte Dampf nach oben. Mill wollte den Deckel mit bloßen Händen anheben und verbrannte sich am Metallknauf.

»Das ist fast wie mit deinen Frauen, was?«, sagte Val ruhig, ohne aufzuschauen, mit großartiger Überlegenheit.

»Dieser Buchtitel ist genau der richtige für dich!«, maulte Mill und steckte wie ein kleines Kind die Finger in den Mund.

»Na, ihr seid aber echt mal wieder kratzig zueinander!«, fuhr ich dazwischen. »Entspannt euch doch! Val hat ein großartiges Essen gekocht, Mill ist ausgeschlafen, und außerdem ist heute Samstag – der Tag, an dem nur das Gute durch die Köpfe gehen sollte!«

Rasch mixte ich aus dem Saft einer alten Zitrone, etwas Zucker und dem Gin ein paar Gimlets.

»Gimlets!«, sagte ich stolz und zeigte mit offenen Händen darauf. »Gimlets, Freunde, und das am Nachmittag – was kann es besseres geben?«

Langsam wurde die Stimmung besser – ein gutes Essen und Drinks beendeten jeden Streit! Bald darauf standen drei Schalen mit in Sahne gekochten Zwiebeln und Pilzen auf dem Tisch. Es war wie ein Gedicht: Die Soße war herrlich cremig und schmeckte nach guter Butter, frisch gehacktem Salbei und Thymian. Die Kräuter gaben dem Ganzen eine sanfte Frische, wie sie jetzt auch die Welt hatte – kurz bevor der Sommer kam. Außerdem halfen sie dabei, dass einem das Essen nicht so schwer im Magen lag und schnell weitergetrunken werden konnte.

»Ich sag es immer wieder: Feyo ist der Heilige des Viertels«, stellte Val zufrieden fest. »Er wollte gerade mal einen Fünfer für das alles haben.«

»Wir müssen ihn mitnehmen, wenn wir in den Süden gehen«, fügte Mill hinzu. »Wie soll man sonst über die Runden kommen?« Ich wunderte mich, dass niemand über gestern sprach, aber vielleicht war das auch gut so, denn das Ganze war wie ein seltsamer Traum gewesen und bei Träumen – egal, ob guten oder schlechten – hat man fast immer im Lauf des nächsten Tages damit abgeschlossen. Letztendlich war es an dem einsamen Mädchen, ob es uns wiedersehen wollte.

Als der Gin leergezogen war, machten wir uns auf den Weg ins Hallenviertel. Der Name war eine Übertreibung, denn eigentlich bestand es nur aus einer einzigen Straße – aber dort gab es die letzten Spätverkäufe der Stadt. Für wenig Geld war dort die ganze Nacht rumzubekommen, man musste sich lediglich den Gehweg mit einigen der seltsamsten Gestalten teilen, aber mit der Zeit wurden die in ihrem Rausch immer ruhiger, weil gegen Morgen nur noch Pot die Runde machte. Vor einigen Jahren hatte es noch eine Menge solcher Läden gegeben, aber dann wurden die meisten dichtgemacht, weil der Trubel und das Gelächter die Bonzen um den Schlaf brachten. Außerdem hatten sie wahrscheinlich auch Angst: ein paar hundert Leute, abgefüllt mit Fusel und Rauch, die später dann aufgeheizt durch die Innenstadt zogen – solch eine Meute ließ sich nicht mehr ohne weiteres in Schach halten. Es war also nur eine Frage der Zeit, bis auch die letzten dieser Läden verschwinden würden. Umso mehr drängten nun die Massen in diese schmale Straße hinein.

Als wir um die Ecke bogen, empfing uns auch schon ein riesiges Lümmeln und Brüllen. Die Bordsteine und Häusertreppen waren voller Halbstarker: Einige lagen auf den Stufen und rauchten in den Himmel, andere hatten ihre Arme schon um die zarten Schultern der hübschesten Mädchen gelegt – jeder für sich in der Hoffnung, bis Mitternacht Erlösung zu finden. Manche hangelten sich an den Feuerleitern nach oben und beobachteten das Treiben von den Etagengittern aus, die Beine in der Luft baumelnd. Der Rest wartete in langen Schlangen vor den Läden auf Nachschub. Die meisten gingen gleich mit Rucksäcken hinein und kauften sich einen Vorrat, der den ganzen Abend lang reichte. Wenn sie vollbeladen wieder herauskamen, klingelte es bei jedem Schritt.

Alles in allem war es hier ziemlich lässig: Man kam ins Gespräch, wenn man sein Bier teilte oder Kleingeld schnorrte. Jeder lebte ein einfaches Leben, alle hatten die gleichen Ängste und niemand wollte sich mit den Schweinen abfinden. Mill und ich stellten uns an, aber lange mussten wir nicht warten, denn der kleine Typ an der Kasse war wahnsinnig flink: ohne hinzusehen tippte er die Preise ein, zog blitzschnell das Wechselgeld aus der Lade und wünschte uns sogar noch lächelnd »einen prächtigen Abend!«

Die Arme und Hände voller Bierflaschen brauchten wir eine Weile, bis wir Val fanden. Sie hatte tatsächlich einen freien Platz unter einer Laterne gefunden – das waren immer die beliebtesten. Alle zehn Meter saß das Getümmel dort wie Wanderer um ein kleines Lagerfeuer, denn die Gaslampen warfen nur einen fahlen Lichtkegel nach unten. So blieben die Gehwege trotzdem dunkel – und genau das freute die Verliebten, weil es sich dazwischen natürlich herrlich ungesehen küssen ließ. Wir setzten uns auf Vals Mantel und begannen zu trinken. Mit der Zeit wurde es richtig voll: Immer mehr Leute hockten sich dazu und lehnten ihre Rücken an unsere Rücken.

Irgendwann hatte Mill den Einfall, dass man doch dieses Wochenende einen Ausflug zum Meer machen könnte: »Das Wetter da drüben passt! Der Westen ist schon viel wärmer und bis dahin sind es gerade mal zwei Stunden Fahrt.« Ich wunderte mich, weil eigentlich keiner von uns genügend Geld für den Zug übrig hatte. »Kohle braucht ihr auch nicht«, sagte Mill und lehnte sich grinsend zurück. »Ein Typ aus dem Nachbarhaus schuldet mir schon ewig einen Gefallen, und gestern habe ich gesehen, dass er ein Auto hat – ha! Was meint ihr?« Mit offenem Mund zog er die Augenbrauen nach oben und hielt den Hals seiner Bierflasche ans Ohr: »Hört ihr das? Das ist das Meer, wie es rauscht!«

Lachend versuchten wir es auch – und tatsächlich: Zwischen dem ganzen Lärm war ein dumpfes Rauschen zu hören. »Also, mir flüstert es gerade zu: ›Komm, so schnell du kannst und nimm noch deinen Hund mit‹«, rief ich.

Mill stieß einen Arm in die Luft: »Ha! Genau das ist es, und so wird es gemacht! Gleich heute Nacht klingle ich den Kerl raus und hol mir den Schlüssel für seine Karre!«

So schnell ließ es sich auf den Punkt kommen! Wir stießen auf die Reise an und während Mill weiter erzählte und große Pläne für morgen machte, legte ich mich mit angewinkelten Beinen nach hinten und schaute in die Laterne. Eigentlich war das Gaslicht gar nicht so schwach, wie ich dachte – es zerstreute sich nur einfach zu schnell. Ein paar Motten und Käfer kreisten um die geschlossene Glaskanzel, knallten gegen die Scheiben und wurden durch den Aufprall wieder zurück ins Dunkel geschleudert. Da rangen sie dann taumelnd mit dem Weg, flogen aber schon nach einem Augenblick wieder zurück. Es machte mich traurig, mit welcher Kraft sie versuchten, hinter das Glas zu kommen, ohne eine Chance zu haben.

»Verdammt, muss ich pissen!«, rief Mill. »Val, begleitest du mich und versaust mit mir den heiligen Hinterhof da drüben?« Im Aufstehen sagten beide fast gleichzeitig: »Pass gut auf unsere Plätze auf!« Ich winkte nur und sah weiter ins Licht.

Allmählich zogen sich meine Pupillen so weit zusammen, dass nur noch der weiß glühende Mittelpunkt übrig blieb und sogar die Insekten nicht mehr zu erkennen waren. Wie die Sonne von gestern stand das Glühen über mir – strahlte vor sich hin, still und ohne ein Flackern inmitten des ganzen Trubels. Ich wusste nicht, ob einer der anderen Herumtreiber jemals so lange da hineingeschaut hatte. Wahrscheinlich reichte ihnen der Schimmer auf dem Gehweg aus, denn er erfüllte seinen Zweck, sie nicht stolpern zu lassen – darauf kam es eben an. »Dabei ist das ›Dahinter‹ doch viel klarer«, überlegte ich und wollte mir in meinem versoffenen Übermut daraus gerade ein Zitat für Val zurechtbasteln, als plötzlich eine Mädchenstimme von hinten fragte: »Könnt ihr mich auch mitnehmen?«

Zuerst dachte ich, es wäre ein Traum. Aus Neugier überstreckte ich dann aber doch meinen Kopf nach hinten, so weit es im Liegen ging, aber außer einem dunklen Rücken war nichts zu erkennen. Anscheinend hatte sich irgendein Satzfetzen auf seinem Weg durch das ganze Geschwätz und Geschrei zu mir verirrt. Ich setzte mich auf und trank weiter. Im nächsten Augenblick tippte es auf meine Schulter. Etwas genervt drehte ich mich um – es war das Mädchen: das Augenmädchen, das uns grübeln ließ und gestern wie ein Geist verschwunden war. Jetzt saß sie im

Abstand einer Armlänge vor mir – blass, fast kindlich, die Haare in Wellen verwirbelt und im wenigen Licht der Lampe mehr schwarz als braun.

Während ich es immer noch nicht glauben konnte, sah sie mich weiter erwartungsvoll an und fragte wieder: »Nehmt ihr mich mit?«

Für den Moment fiel mir nichts besseres ein als in meiner Verwunderung zögernd vor mich hin zu nicken, um etwas Zeit für eine richtige Antwort zu schinden. Es war lang genug, um ihr Gesicht aus der Nähe betrachten zu können: junge Wangen, die flach zu einem zierlichen Kinn verliefen und sich auf diesem Weg nur für die kleine Falte unter der Nase ein wenig absenkten – da, wo man beim Nachdenken gern seinen Daumen hineinstellt. Diese Stelle war etwas tiefer und zog die Oberlippe ein Stück nach oben. So blieb ihr Mund immer einen Spalt geöffnet, als gäbe es nur Fragen darin. Genau das war der Zweifel, den ich bei ihr gesehen hatte.

Als ich endlich stammelte »wir haben bestimmt noch einen Platz frei«, verschwand genau dieser Zweifel mit einem Wisch und ein wunderbares Lächeln huschte in die Mundwinkel – so winzig und flüchtig, dass es niemand im Vorbeigehen bemerken würde. Ihre Augen glänzten. Sie waren schmal, nicht größer als Aprikosenkerne. Am Anfang hielt ich sie für dunkelbraun, dabei waren es ihre Pupillen, die in der Dunkelheit so weit geöffnet waren und die eigentliche Farbe an den Rand drückten. Im Licht schimmerte nun aber etwas Blau durch. »Blaue Augen«, dachte ich, »fehlt nur noch ein wenig Glitzer, und in ihnen wäre das perfekte Universum.«

»Ich danke dir!«, sagte sie gerade so laut, dass ich es noch verstehen konnte. »Du weißt es bestimmt nicht, aber ich kenne euch schon eine Weile.«

Mein fehlendes Erstaunen schien sie zu verwundern, aber ich erzählte ihr nichts von der Verfolgung oder dem seltsamen

Moment vor unserem Haus. Mir war nicht klar, woran wir beide eigentlich gerade waren, darum sollte diese Geschichte besser noch geheim bleiben. Stattdessen sagte ich zurückhaltend: »Das ist merkwürdig, wo ich noch nicht einmal deinen Namen kenne.«

»Tiff, ich bin Tiff.« Sie streckte mir ihre Hand entgegen.

Im nächsten Augenblick hörte ich Mill und Val hinter mir rufen: »Hey, was treibst du denn da für Spielchen?« Sie kamen gerade zurück, konnten aber nicht an mir vorbeisehen.

Ich drehte mich um und beugte meinen Oberkörper zur Seite. »Das ist Tiff!«, sagte ich. »Sie möchte mit uns ans Meer fahren – und im Gegensatz zu euch und mir kennt sie uns schon!« Beide blieben wie versteinert stehen. Um nicht aufzufliegen, fragte ich übertrieben deutlich: »Ihr habt sie doch auch noch nie gesehen, oder?« Gemeinschaftlich schüttelten sie die Köpfe.

»Ich bin in eurer Wohnung aufgewachsen«, sagte Tiff, »aber dann sind wir weggezogen. Nun bin ich wieder in der Stadt und wohne bei meiner Tante. Ich hatte Sehnsucht nach früher, deshalb stand ich immer wieder vor dem Haus und schaute von der Straße zum Dachgeschoss.« Sie erwähnte weder das Auge noch unser Bad. »Irgendwann wusste ich, dass ihr drei darin wohnt – das meinte ich, als ich vorhin sagte: ›Ich kenne euch schon eine Weile‹«

Wieder schickte sie einen erwartungsvollen Blick in unsere Richtung und wieder wusste ich nicht so genau, was ich sagen sollte. Bestimmt war sie einsam und träumte jedes Mal auf der anderen Straßenseite von ihrer Kindheit, in der es ihr wohl, wie den meisten, noch gut ging.

Mill konnte oder wollte nicht darauf eingehen, er machte sich ein Bier auf und lehnte sich gegen die Laterne. »Und heute Abend bist du uns hinterhergegangen?«, fragte er betont lässig.

Ich sah, dass es ihm schwerfiel nicht nach der ganzen Wahrheit zu fragen. Tiff schaute nur stumm und verlegen auf den Boden.

»Das ist doch egal!«, fauchte ihn Val von der Seite an. »Mach mal kein Verhör daraus!« Sie ging zu Tiff, hockte sich zu ihr und legte den Arm um sie. »Ich weiß, wie es ist, niemanden in der Stadt zu haben. Vor ein paar Jahren ging es mir wie dir – da ist man froh, wenn es einen Platz für gute Erinnerungen gibt. Du kannst uns vertrauen, wir sind in Ordnung – auch der Spinner da drüben!«

Val verschenkte ihre Nähe so großzügig, als gäbe es etwas wiedergutzumachen. Vielleicht gab es das ja auch, weil wir immer noch nicht erwähnt hatten, dass auch wir sie »kannten«. Für einen Augenblick sah es wieder so aus, als wäre der Spalt zwischen Tiffs Lippen verschwunden. Ich dachte: Ganz egal, warum und wie merkwürdig einer in das Leben des anderen gekommen ist, jeder wird die wahren Gründe dafür erst ein andermal erfahren – und jetzt gerade steht eine Umarmung über allen Erklärungen.

Selbst Mill, der allzu oft nur krachend und polternd durch sein Leben ging, sah, dass es jetzt an uns war, zu trösten. Nach einer Weile machte er sogar den besten Vorschlag des Abends: »Wenn ihr wollt, fahren wir heute … noch heute Nacht!«

Dagegen hatte niemand etwas einzuwenden und so machten wir uns auf den Heimweg, die Mädchen gingen vornweg. Ich war schon ziemlich aufgeregt, weil ich Nachtfahrten besonders mochte: wenn sich der Blick in die Welt von nichts außer ein paar Umrissen aufhalten ließ und man unter den Sternen drauflos brauste.

»Finde es gut, sie mitzunehmen, aber die echten Geheimnisse hat trotzdem jeder für sich behalten«, sagte Mill nachdenklich und hielt mir im Gehen eine halb Aufgerauchte hin.

»Es ist viel zu früh für solche Einzelheiten«, entgegnete ich. »Ich glaube, sie ist ehrlich! Es dauert nur eine Weile. Hast du diese traurigen Augen gesehen?«

»Ja, Mann! Ob wir dafür bereit sind?«

»Ob du dafür bereit bist, meinst du?« Er schnaufte.

Mill hatte sich das Leben stets einfach erklärt – wegtrinken vor ertrinken und durchmachen vor durchdenken. Mit Vals und meinen Spinnereien kam er klar, er verstand sie auch, wollte sich aber nie näher darauf einlassen. Ein Spruch, dann war die Sache für ihn erledigt. Die Welt sollte leicht und unterhaltsam sein. Selbstverständlich gibt es daran nichts auszusetzen, denn im Grunde ist das die Garantie für ein Leben ohne Fensterstürze. Val und ich versuchten, es anzunehmen und wäre Mill nicht gewesen, dann hätte sich einer von uns beiden sicherlich schon von der Brücke in den Fluss gegrübelt. Bei Tiff wusste er nicht, woran er war – die Autofahrt würde also sicherlich sehr ruhig werden, denn Mill sagte lieber gar nichts als etwas Falsches.

An unserer Kreuzung angekommen, bog er nach rechts ab, um den armen Kerl jetzt um halb eins wegen seinem Auto aus dem Bett zu klingeln. Val und Tiff warteten vor der Haustür, nur ich ging nach oben.

Auf dem Herd dampfte die Kaffeekanne leise vor sich hin. Anscheinend hatte jemand den Ofen noch einmal mit Kohlen gefüllt, bevor wir gingen. »Wer von den beiden Irren ist denn so fürsorglich gewesen und hat vorhin frischen Kaffee gemacht?«, wunderte ich mich. Nach dem ersten Schluck war allerdings alles klar: der fade Rest von gestern, nur mit Wasser aufgegossen. »Mill, du fauler Hund«, schimpfte ich vor mich hin, war ihm aber trotzdem dankbar, denn selbst diese Brühe half mir jetzt auf die Beine.

Mira begrüßte mich schlaftrunken mit kurz erhobenem Kopf, der schnell wieder zwischen ihren Pfoten versank.

»Hoch mit dir, Mädchen! Du musst auch mit!« Während ich für alle Decken, Socken und dicke Pullover zusammenkramte, klingelte es. Vom Küchenfenster sah ich Mill, der gerade aus einem grauen Auto stieg. Da hatte er einen schönen Seelenverkäufer erwischt – selbst von hier oben erkannte man die riesigen Rostflecke auf der Karosse. Ich verstand nicht viel von Autos, wusste aber, dass ein Auspuff, der dunkelgrauen Rauch ausspuckt, nichts Gutes bedeutet.

»Na, macht schon!«, rief Mill uns aufgeregt zu, als Mira und ich aus der Haustür rannten. »Die Karre muss gefahren werden, sonst geht sie gleich wieder aus!« Wie ein Vertreter tänzelte er um das Auto herum und versuchte uns mit einem Blick, der vor furchtloser Begeisterung nur so sprühte, die Angst zu nehmen: »Das ist nur Flugrost! … Wegen dem Auspuff – der muss so qualmen! … Die Hauptsache ist doch, es fährt und ist vollgetankt!« Endgültig überzeugen konnte er uns damit nicht, aber wir stiegen trotzdem ein, denn größer als die Angst, in dieser Kiste draufzugehen, war die Sehnsucht nach dem Meer.

Mira und die Mädchen setzten sich nach hinten. Das Gute war: Man musste sich keine Sorgen machen, dass der Hund die Polster versauen könnte, weil die ohnehin schon voller Flecken waren und nach Regen stanken. Mit dem Ärmel wischte ich die Windschutzscheibe frei. Mill sorgte sich um nichts – in strahlender Vorfreude sah er breit grinsend zu mir, ließ ein paarmal den Motor aufheulen und fuhr los.

Die Stoßdämpfer waren auf jeden Fall kaputt, denn nach jedem Schlagloch und jeder Kurve federte die Karre eine halbe Ewigkeit lang nach und schlenkerte herum wie ein Boot. Immerhin gab es ein Radio, das Mill auch schon auf Jazz eingestellt hatte. Wir kurbelten die Fenster nach unten und winkten den wenigen Geistern, die noch unterwegs waren und an den Ampeln warteten.

Langsam wurde es entspannt – wie im Rausch flogen wir durch leere Straßen, während herrlich flinke Hi-Hats und Bassläufe aus den Boxen zuckten. In der Geschwindigkeit verschwamm alles zu Streifen, aus denen das Leuchten von Laternen und Schaufenstern ab und zu herauswaberte. Wir rauchten eine nach der anderen. Einmal schnippte ich den letzten Rest nicht gleich weg, sondern hielt ihn in den Fahrtwind, damit die Spitze kurz aufglühte. Ein Schwarm aus winzigen Funken sauste nach hinten, vorbei an Tiffs Fenster.

»Sternenhusten!«, rief sie. »Wie ein Stern, der kleine Blitze hustet! Ach, könnte man doch nur einen davon fangen und ihn für immer behalten!«

Ich stellte mir vor, wie sich die Glimmerwolke gerade in ihren Pupillen gespiegelt haben mochte, und dachte: »Genau der Glitzer, der bei unserer ersten Begegnung noch gefehlt hat … nun macht er aus ihren Augen das perfekte Universum, ohne das es jemand sieht.«

Die Stadt zog vorbei, lag bald hinter uns, und mit ihr leider auch die Musik: Im Überland nach Westen bekam man nichts außer Rauschen rein – egal, wie oft man den Regler durch das Band schickte. Überhaupt war es hier draußen wie ausgestorben: einige Autos, Hügel – und an den Hängen das Lichterflackern der Dörfer. Mill fuhr ein gutes Tempo und hielt das Auto auf über hundert. So schenkten wir der Straße nichts außer einer endlosen Qualmwolke und dem roten Schimmer der Schlusslichter. Von der Rückbank war kein einziger Laut mehr zu hören.

Ich hatte bald keine Ahnung mehr, wie weit wir schon gekommen waren – das wolkenlose Dunkel löschte einfach jedes Gefühl für Perspektive und Entfernung aus. In dieser Endlosigkeit verschwanden allerdings auch die Erwartungen – egal ob an morgen, an die Clique oder an sich selbst. Die Nacht war immer gut darin gewesen, die Überflüssigkeiten eines Tages wegzufegen und beim Aufwachen für einen klaren Blick zu sorgen.

Ich sah nach hinten – alle schliefen: Val zusammengerollt und Tiff mit dem Kopf auf Miras Rücken. Wie schnell sich die Dinge ändern konnten: Jetzt schaukelten wir geradewegs ans Meer, gemeinsam mit einem Mädchen, das uns erst vor ein paar Stunden begegnet war. Ich glaubte fest daran, dass sie zu den Guten gehörte, aber genau dieses Grundvertrauen machte mich gleichzeitig stutzig, weil ich es über die Jahre fast völlig verloren zu haben glaubte. Vielleicht war es die Jugend, die man Tiff im Schlaf noch mehr ansah – reine Träume hinter einem Gesicht, das noch frei war vom Schmutz der Welt. Die drei sahen aus wie gemalt – nur ihre Oberkörper bewegten sich im Atmen ein wenig auf und ab. Ich wusste nicht, ob ich jemals etwas Friedlicheres gesehen hatte.

Mill hielt uns weiter wie eine Maschine auf Kurs. Mit gleichmütigem Blick und einer Zigarette im Mundwinkel starrte er auf die Straße. Anscheinend flog ihm immer noch der Jazz durch den Kopf, denn manchmal wippte er ihn hin und her. »Hoffentlich hört er Parker«, dachte ich, »der hält jeden wach, sogar Mill!«

Von vorn zischelte mir ein leichter warmer Wind aus der Lüftung entgegen, der auch die Scheiben frei hielt. Ich wurde müde, legte meine Füße auf den Auslass und ließ sie warm werden. Im Liegen waren die kaputten Stoßdämpfer ein Segen, weil das sanfte Schaukeln es beinahe unmöglich machte, nicht dabei einzuschlafen.

Von der Nacht war weniger übrig als gedacht und so wurde ich schon einen gefühlten Augenblick später vom Morgen wieder geweckt – tief in meinen Sitz vergraben und den Kopf zwischen Polster und Tür gedrückt. Aus den Lautsprechern klang immer noch nicht mehr als das Rauschen der Einöde. Ich sah zu Mill, der tapfer weiter in Richtung Westen fuhr, wenngleich seine Augen ziemlich schmal geworden waren. Der Sonnenaufgang ließ seinen Hinterkopf in grellem Orange leuchten, das sich als ein gewaltiges Glühen im ganzen Innenraum ausgebreitet hatte. Mich wieder aufzusetzen war mühsam – es fühlte sich an, als würde man einen Pullover von innen nach außen stülpen.

»Oh, Mann – was für ein unglaublicher Sonnenaufgang!«, rief ich beim Blick in den Seitenspiegel und kniff die Augen zusammen.

Mill lachte. »Hier draußen ist einfach alles so flach, da gibt es nichts, das ihn aufhält.«

Am Himmel zogen nur ein paar silberne Wolken vorüber und vor uns rannten die Reste der Nacht davon. Als wäre dieser fantastische Morgen nicht schon Freude genug gewesen, hatten wir nun nach einem kleinen Hügel das Überland tatsächlich geschafft – und wie aus dem Nichts tönte plötzlich »Secret Love« von Doris Day aus dem Radio. Spätestens jetzt wusste man, dass die Strände näher kamen, denn nur da wo die Gemüter so süßlich und mittelmäßig waren, konnten sie diesen Song spielen – eine echte Schnulze eben. Mir holte er das Gefühl zurück, wie es war, als Kind aufzuwachen: wenn sanfte Hände über die Stirn strichen und es nichts gab außer der Freude auf den Tag, als das ganze Stolpern und Hadern einen noch nicht auffraß. Für den Moment verschmolzen die Musik und die Morgensonne in diesem Gefühl.

Ich hätte mich so gern eine Weile darin verloren, aber da war noch Mill, für den dieses Lied eine echte Qual zu sein schien: »So ein albernes Rührstück!«, maulte er immer wieder dazwischen.

»Na komm, so schlimm ist es doch gar nicht«, hielt ich dagegen. »Klar klebt der Text mehr als ein Honigkeks, aber hier draußen wirst du keinen Sender finden, der deinen Höllenjazz spielt.«

Wahrscheinlich hatte Mill einfach nur Angst davor, selbst melancholisch zu werden, wenn es nicht ordentlich mit Drums und Saxophonen zur Sache ging. Er zeigte nach vorn: »Siehst du … da fangen schon die Kiefernwälder an. Danach sind es noch ein paar Dörfer.«

Ich drehte mich um. Die Mädchen schliefen immer noch im Schatten ihrer Sitze. Dann begann der Wald. Ohne eine Biegung zerschnitt die Straße schnurgerade das Rotbraun der Stämme. Es war, als würde man schon beim Hineinfahren das Ende als winzigen Punkt erkennen können. Von hinten flackerte die Sonne durch die Kronen der dürren Kiefern und ließ es wie einen Waldbrand aussehen. Ich legte meinen Kopf ans Fenster und sah nach oben. Aus dem Radio dudelte weiter eine Schmonzette nach der anderen. Mein Geist wurde unglaublich leicht – die Gedanken drehten sich auf einmal nur noch um den Himmel, der sich allmählich von Beige zu Blau verfärbte und wie ein Meer durch die Wipfel schimmerte.

»Die Straße nimmt uns alles ab«, stellte ich fest, »solange wir nur rasend auf ihr bleiben. Würden wir nur ein wenig langsamer fahren, dann wäre es vorbei.«

In diesem Moment wollte ich nie wieder anhalten, denn hier drin hatten wir alles, was wir brauchten: genügend zu Rauchen, ein Dach über dem Kopf und die besten Freunde. Nichts außer dem leichten Auf und Ab der Bodenwellen könnte diese Welt ins Schwanken bringen.

»Stellst du dir auch manchmal vor, wie es wäre, immer weiterzufahren, ohne dass man jemals ankommen muss?«, fragte ich Mill, der sich gerade eine neue drehte und dabei das Lenkrad nur mit den Ellenbogen festhielt.

»Weiß nicht … Ich glaube, das hätte man bestimmt nach ein paar Tagen satt. Ich finde, das Ziel jeder Reise sollte das Meer sein! Da geht es sowieso nicht weiter, die Schienen und Straßen enden und keiner kann etwas dagegen machen!«

»Außer man nimmt sich ein Boot!«

»Na klar, nur fehlen dir dann die Wege, die dich leiten. Auf dem Wasser bleibt nur die große Einöde übrig«, sagte er und griff sich die Streichhölzer.

Mit dem ersten Zug stank es plötzlich ziemlich übel nach verbrannten Haaren. Hastig klopfte Mill an seinem Hemd herum und betrachtete sich im Spiegel. »Keine Angst, du brennst nicht!«, beruhigte ich ihn. »Das ist dein Tabak. Was rauchst du nur für einen elenden Knaster?«

Von dem Lärm war Val aufgewacht. »Mill, hast du dir eine Kippe aus deiner Sockenwolle gedreht?«, fragte sie mit rauer Stimme. »Das stinkt ja widerlich!«

Auch Tiff war jetzt munter und kicherte.

Mill machte sich nichts daraus und grinste nur wie ein Kasper: »Wahrscheinlich ist mir etwas Taschenfutter mit rein gekommen.« Bevor er den Rest aus dem Fenster warf nahm er noch einen Zug und versuchte schmatzend, die Zutaten der Mischung herauszubekommen: »Baumwolle, Kräcker und Dreck – auf jeden Fall Dreck!« Wir warfen uns vor Lachen in die Sitze und Mill, der sich diebisch über seinen Schwachsinn freute, rief: »Ihr seid also munter! Dann brauchen wir Kaffee! Was haltet ihr von Kaffee?« Bei dem Wort »Kaffee« senkte er seine Stimme, wie in einem Gruselfilm.

»Unbedingt!«, hallte es einstimmig durch das Auto.

»Na dann, liebe Freunde, die nächste Tankstelle ist unsere!« Mill klatschte in die Hände und ließ dafür für sogar das Lenkrad los.

Langsam kam das Ende der Wälder in Sicht. Mit jedem Meter wurde es heller, bis die Welt mit einem Schlag wieder sonnig, warm und weit aufleuchtete. Es schien, als hätten wir einen Zeitsprung gemacht. Während der Fahrt durch den Wald hatten sich die Nebelschleier verzogen – nichts außer einem strahlenden Himmel stand über uns. Die Straße blieb leer. Selbst als wir eine kleine Anhöhe überfuhren und auf die Dörfer sahen, entdeckten wir keine Autos – ein richtiger Sonntagmorgen eben.

Gleich im ersten Ort gab es die langersehnte Tankstelle. Aus Angst, die Karre würde nach der Pause nicht wieder anspringen, ließ Mill den Motor laufen. Wir taten uns beim Aussteigen ziemlich schwer und krochen steif und behäbig aus dem Auto, als läge ein wochenlanger Schlaf hinter uns. Die Sonne war angenehm und hatte den Beton des Parkplatzes schon ordentlich aufgewärmt. Nur in der Luft hielt sich noch die Feuchtigkeit der Nacht.

Mira rannte aufgeregt zwischen unseren Beinen umher. Sie war froh, nach der langen Fahrt endlich Auslauf zu bekommen. Wir schlurften zu einem kleinen Flachbau, auf dessen Dach sich ein blaues Blechschild drehte. »Azur« war in weißer Farbe darauf geschrieben. Während Mill und ich nach drinnen gingen, blieben die Mädchen noch vor dem Schaufenster stehen, betrachteten ihre Spiegelbilder und zupften an ihren Haaren herum. Ein wenig eitel waren sie schon.

Die Türglocke hatte kaum ausgeklingelt, da kam auch schon ein großer, schlanker Kerl nach vorn gerannt. Mit aufgeknöpftem Hemd, schwarzer halbrunder Hornbrille und Ziegenbart sah er fast aus wie die Typen aus dem Süden. Ich musste gleich an Dizzy Gillespie denken.

»Hey!«, rief er in der offenherzigen Art eines Budenbesitzers, die Arme auf den Tresen gestützt. »Was kann ich euch Gutes tun?« So lässig wie er dastand, machte er den Job wahrscheinlich nur in der Saison.

»Oh, Mann, da gäbe es eine Menge«, antwortete Mill. »Hier drin riecht es nach einem erstklassigen Kaffee – für den Anfang nehmen wir vier davon und für später ein Päckchen gelbe Gitanes.«

»Bei dir ist wohl der Wohlstand ausgebrochen, was?«, fragte ich verwundert.

»Ist schon in Ordnung, die leiste ich mir heute mal – nach dem Schlamassel mit dem Taschenfutter.«

»Beste Wahl, meine Lieben«, sagte Dizzy. »Etwas gegen Schwäche und Schlaf, den Rest für das eigene Glück!« Pfeifend verschwand er nach hinten.

Wir stellten uns an einen der Stehtische. Ich sah nach draußen zu Val und Tiff, die immer noch an sich herumrichteten, und winkte. Sie winkten zurück. In der Küche klapperte Geschirr, kurz darauf bekamen wir vier Tassen mit pechschwarzem Kaffee und eine Schüssel Schmalzgebäck.

»Die Chichis sind von gestern«, erklärte Dizzy. »Mein Boss würde damit nur die Touristen abziehen«, flüsterte er vornübergebeugt, »aber ich sehe, ihr könnt sie mehr brauchen – gerade bei diesem Teufel von einem Mokka.«

»Mann, du bist ein Held«, freute sich Mill und grinste ihn an. »Komm doch mit nach draußen, hier ist doch sowieso noch nichts los!«

So setzten wir uns alle nebeneinander auf den Bordstein und genossen die Sonne. Vor uns tuckerte immer noch das Auto vor sich hin. Anscheinend verbrauchte es fast gar nichts, denn die Tanknadel zeigte immer noch ein Viertel voll an. Der Kaffee war wahnsinnig stark und deshalb auch recht bitter – etwa so wie Schlehen, bevor sie Frost bekommen haben.

Dizzy sah, dass wir unsere Gesichter verzogen, und lachte: »Ach kommt, der ist genau richtig. Probiert ihn mal zusammen mit den Chichis!«

Und tatsächlich – so war er genau richtig! Die Dinger waren mit einer dicken Schicht Zucker bestreut und schmeckten köstlich nach Vanille und Butter. Wie immer, wenn es uns schmeckte, wurden wir still und alles, was man nun noch hörte, war ein Schmatzen, wenn der letzte Zucker von den

Lippen und Fingern geleckt wurde; dazwischen noch das ausgiebige Schlürfen am heißen Kaffee.

Mill fühlte sich gut, er brummte wieder wie ein zufriedener Bär und dachte sich später sogar noch ein kleines Gedicht auf diesen fantastischen Morgen aus: »Kaffee und Chichis, für immer Kaffee und Chichis, für immer unterwegs, für immer in den Ohren der anderen, für immer im Tag, für immer treibend und wach – und verdammt nochmal, niemals dem Bett ergeben!« Das gefiel mir, ich klatschte Beifall – nun hatte man wieder Kraft, war bereit für die Fahrt und das Meer.

Wir bedankten uns mit Umarmungen für das geschenkte Frühstück.

»Nichts zu danken«, sagte Dizzy, »ich bin froh, wenn ihr mit genügend Feuer in die Strandpromenade einlauft.« Dann gab er uns noch ein paar Tipps, wie man an der Küste für wenig Geld über die Runden kommen konnte.

Mit dem Radio auf voller Lautstärke, quietschenden Reifen und einer Hand auf der Hupe raste Mill los. Dazu lief »How Much Is that Doggy in the Window?«. Wir hatten die Fenster nach unten gekurbelt und sangen im Refrain mit. Mira ließ sich leider nicht überzeugen zu bellen, also übernahm das kurzerhand Mill. Im Gegensatz zu dem Schoßhündchen aus dem Song klang es bei ihm aber eher wie ein Rottweiler oder Riesenschnauzer.

Tiff umarmte Mira immer wieder und sagte: »Dich verkaufen wir nicht, sondern nur den alten Köter auf dem Fahrersitz.«

»Ob es da überhaupt jemanden gäbe, der nach seinem Preis fragen würde?«, rief Val lachend. »Wirst wohl ein Ladenhüter werden, mein lieber Mill!«

»Das wollen wir doch mal sehen!« Beherzt machte er mit dem Auto ein paar ausladende Schlenker nach links und rechts, dass die Mädchen in die Ecken der Rückbank gedrückt wurden und wie wild dabei kreischten. »Ha! Das wollen wir doch mal sehen!«, brüllte er noch einmal.

Vor Lachen verschluckte ich mich an meiner eigenen Spucke und fing an wie ein Irrer an zu husten. Das fanden nun wiederum Val und Tiff äußerst komisch und grölten, während sie weiter von einer Seite auf die andere rutschten. Dazu fragte Patti Page immer noch im Dreivierteltakt, wieviel denn der Hund im Schaufenster nun koste. Irgendwann schrie Mill langezogen: »Geschenkt, geschenkt! Wenn du ihn nur endlich nimmst!«

Dizzy hatte nicht übertrieben: Im Kaffeerausch war das ganze Auto zu einem wilden Haufen aus Gelächter und Geschrei geworden, der wie ein Gummiball über den Asphalt sprang. Wären uns in diesem Moment Bullen begegnet – ich glaube, sie hätten geschossen. Der kurze Anfall von Wahnsinn endete, als wir ins nächste Dorf kamen und parkende Autos die Straße säumten. Hier konnte Mill jetzt nicht mehr so die Sau rauslassen und fuhr wieder einigermaßen normal. Völlig erschöpft schnappten alle nach Luft und hingen in den Sitzen.

»Was für ein Spaß!«, johlte Tiff. »Ich weiß nicht, wann ich das letzte Mal so viel gelacht habe.«

»Ist das nur ein Spruch oder ist es tatsächlich so lange her?«, fragte Val nach einer kurzen Pause.

Während Tiff darüber nachdachte, drehte ich meinen Seitenspiegel so lange, bis ich sie darin sehen konnte. Vor sich hin grinsend schaute sie nach draußen und schien in Gedanken immer noch bei unserer wilden Raserei zu sein. Aber obwohl ihr Gesicht gerade etwas wirklich Befreites hatte, schien es mir aus irgendeinem Grund nicht richtig in diese Stimmung zu passen – als würde ihr der Zweifel einfach besser stehen. Nach und nach kehrte die versteckte Traurigkeit dann auch wieder zurück – und da war er wieder: der schmale Spalt zwischen ihren Lippen!

»Ja!«, antwortete sie mit einer seltsamen Belanglosigkeit. »Es ist sehr lange her.« Mill drehte das Radio leiser. »Die Zeit war nicht leicht, nachdem wir aus der Stadt fortgegangen waren. Diese vielen Jahre, in denen man nur von Erinnerungen leben konnte – ich musste erst warten, bis ich sechzehn war, um wieder zurück zu dürfen. Zum Glück gibt es noch die alten Orte – den Park und das Haus.«

Immerhin hatte sie uns damit nun verraten, wie alt sie war. Ihre Augen blieben starr und ohne jeden Fokus – egal, wie viele Häuser gerade an uns vorbeirauschten –, als wäre für sie alles ein großer Tagtraum.

»Ich bin wirklich froh, hier zu sein. Vielleicht ist die gute Vergangenheit der Wohnung in euch übergegangen, denn seit gestern Abend fühle ich mich so, als wäre ich nie weg gewesen. Wahrscheinlich seid ihr … die Heiligen.«

»Was für eine Behauptung!«, dachte ich und wusste, dass wir das bestimmt nicht waren! Bestenfalls gesegnete Streuner, die ein paarmal im Leben aus Zufall den richtigen Weg eingeschlagen hatten und nun einigermaßen durch die Tage kamen.

»Wir sind auch froh, dich bei uns zu haben«, sagte Val gelassen, »allerdings macht uns eine gute Tat, noch nicht gleich zu Heiligen.« In ihrer Stimme lag etwas Zögerndes.

Für bedingungsloses Vertrauen war es zu früh – wir hatten Tiff aufgenommen, ihr einen Platz für die Nacht gegeben. Trotz dieser ehrlichen Annäherung besaß keiner den Mut, dem anderen seine ganze Geschichte zu offenbaren. Vielleicht fehlte einfach der Schutz der Dämmerung, in dem wir uns kennengelernt hatten und in dem Geständnisse ungefährlicher waren. Ich nahm mir vor, das Ganze heute Abend zu klären, wenn wir am Strand sitzen würden und genügend Fusel die Runde gemacht hätte. Ja, vielleicht war Mills Einstellung »wegtrinken vor ertrinken« oder »zulaufen, um zu laufen« nicht die schlechteste.

»Val hat Recht«, sagte ich lässig, »du solltest uns nicht so ernst nehmen – mehr als drei Glücksritter sind wir auch nicht, aber davon kannst du gern was abhaben.« Ich klopfte Mill auf die Schulter: »Komm, schmeiß mal ein paar von den teuren Gelben!«

Das Päckchen ging herum. Für gewöhnlich rauchte nur Lara diese Dinger, ich fand sie eigentlich zu stark. Ihr Geschmack erinnerte mich an Tys Bauerntabak, der auch nicht viel leichter gewesen war, und so kam mir wieder der Süden in den Kopf.

»Kennst du den Süden?«, fragte ich Tiff.

»Ich habe davon gehört, bin aber noch nie dort gewesen.«

»Wir haben da vor ein paar Wochen Vals Bruder besucht – der ist ein wirklich verrückter Hund!« Ich erzählte von dem funkensprühenden Hirsch, den bunt verhangenen Häuserfenstern an den Bahngleisen und den Freiheiten, die im Süden auf einen warteten. »Eigentlich wollten wir diesen Sommer dort hinziehen, bevor das Viertel ganz ausgebeutet ist.«

»Von den Bonzen?«, fragte Tiff.

»Ja, genau!«

»Die gab es auch schon, als ich noch mit meinen Eltern da wohnte.«

»Seid ihr wegen denen weggezogen?«

»Kann sein – das ist zu lange her und ich war noch klein … Aber eines weiß ich: Es ist ein elendes, abscheuliches Dreckspack!«, sagte sie beherrscht, aber mit einem unglaublich wütenden Unterton. Es klang, als hätte sie sich auf die Zunge gebissen, um nicht zu platzen.

»Wir haben die gleiche Meinung und nennen sie inzwischen nur noch ›Schweine‹.«

»Eigentlich schade für die Schweine, dass sie ihren Namen für diesen Abschaum hergeben müssen.«

Val versuchte, die vom Zorn geplagte Stimmung zu retten: »Wir haben doch den Süden, oder?«

»Genau«, antwortete ich genervt und ärgerte mich über ihre dauernde Angst, dem Norden mal richtig eine reinzuhauen.

»Freunde, Freunde – lasst den Groll mal stecken, schaut nach vorn!«, rief Mill. Wir fuhren gerade einen kleinen Hügel hinab und von hier aus konnte man endlich das Meer sehen. Er schlug ein paarmal auf die Hupe.

Aufgeregt beugten sich die Mädchen nach vorn. Immer noch ein gutes Stück entfernt, erkannte man im Dunst schon das Glitzern der Wellen und die Umrisse der Stadt. Tiff hatte ihren Kopf neben meinem und behielt die Zigarette im Mund. Jedes Mal, wenn sie daran zog, spürte ich die kurze Hitze des knisternden Tabaks an meiner Wange. Anschließend sagte sie immer wieder: »Nur darauf kommt es an!«

Ich wusste nicht, ob ich es hören sollte, weil es für ein Flüstern eigentlich zu laut war. »Auf was kommt es denn an?«, fragte ich.

»Die Sonne im Gesicht zu haben!«, flüsterte sie. »Keine Wärme lindert den Schmerz so gut wie ihre.«

Stumm drehten wir die Köpfe so weit zueinander, dass jeder vom anderen nur ein bisschen mehr als den Augenwinkel sah. Aus der Nähe betrachtet erschien ihre Haut fast porenlos – meiner dagegen sah man an, dass sie einem alten Draufgänger gehörte. Was sie wohl davon hielt? Etwas unsicher sah ich auf die weiche Kerbe unter ihrer Nase. Mit Daumen und Zeigefinger nahm Tiff die Gitane aus ihrem Mund und blies den Rauch an mir vorbei. Dabei verzog sich ihre Unterlippe ein Stück unter die Zähne – vielleicht aus Verlegenheit, vielleicht aus der gleichen Verwirrung darüber, einander auf einmal so nah zu sein. »Es sind die kleinen, ein bisschen nach innen gestellten Zähne, die ihren Mund beim Lachen schmal machen«, dachte ich. Kurz darauf, als wir gerade die Stadtgrenze überfuhren, ließ sie sich wortlos wieder nach hinten fallen.

Links und rechts von der Straße standen massenhaft Reklametafeln, sorgfältig aufgereiht wie Bücher in einem Regal – alle wollten die von den Großstädten ausgezehrten Touristen in ihre Läden bekommen, um sie mit Hüten, Steaks und verwässerten Drinks vollzustopfen. Für arme Schlucker wie uns hatten sie nichts übrig.

Es ging weiter in Richtung Stadtmitte. Mill kurbelte das Fenster nach unten. Sobald wir an einer Kreuzung halten mussten, stellte er seinen Ellenbogen wie ein Aufreißer nach draußen und schielte zu den Mädchen auf den Bürgersteigen. Die waren natürlich noch viel zu jung und darüber hinaus mit ihren Eltern im Wochenendurlaub, die ihm gleich ein paar ziemlich böse Blicke zuwarfen. In ihrer Welt war Mill garantiert die Blaupause für ein verpatztes Leben. Hier waren die Bonzen unter sich – Parks, Fassaden und weiße Pudel strahlten in der Mittagssonne so gefällig vor sich hin, als hätte man sie direkt aus einem der teuren Revuemagazine hierhergeholt. Genauso unwirklich schien auch jeder, der im Anzug mit kleinen Schritten über das Pflaster stöckelte.

»Wie konnte man der Küste so etwas antun?«, fragte ich mich, »wo sie doch eigentlich für die pure Unbändigkeit steht.« Hätten es die Wellen des Atlantik nur ein einziges Mal bis hier hoch geschafft, dann wäre der ganze Zirkus ersoffen – egal, wie viele Scheine in den Taschen steckten. Irgendwann würde unser Norden auch einmal so aussehen, da war ich mir sicher.

Wir fuhren bis ans Ende der Promenade und Mill parkte in einer kleinen Seitenstraße, die zwischen fensterlosen Lagerhallen hindurchführte. Hier, etwas abseits des Trubels, war es sicher, und die rostige Karre fiel weniger auf. Keiner wollte Ärger, denn in diesen Städten waren die Bullen schnell dabei, Gammler wie uns aus dem Weg zu schaffen. Wenn man sich allerdings, genau wie im Süden, einfach an den Stadtrand verzog, interessierte man keinen mehr.

Ich stieg aus und sah aus dem Schatten der Fassaden in den fantastisch blauen Himmel. Eine herrlich frische Brise fegte durch die Gasse. Mit unseren Rucksäcken gingen wir nach vorn, wo nur noch die Überlandstraße zwischen uns und dem Strand lag. Was für ein wunderbarer Moment: Zu viert standen wir nebeneinander vor der Lagerhalle, hinter uns die weiß gekalkte Wand, welche uns die ganze Wärme der Sonne direkt in den Rücken warf, und dazu hatten wir die großartige Raserei des Westwindes in den Haaren. Jeder Missmut war verschwunden. Mit dem Geschrei von Möwen und dem fernen Rauschen der Brandung wurde der Augenblick perfekt.

Mill wollte sich eine anstecken und vergrub sein Gesicht tief in beide Hände. Er brauchte ewig und musste anschließend ziemlich kämpfen, um überhaupt ein paar Züge machen zu können, weil die Böen wie verrückt an der Glut fraßen.

In Richtung der Stadtgrenze entdeckte Val einen kleinen Gemischtwarenladen. »Da bekommen wir bestimmt etwas für unsere paar Kröten.«

Vor der Bude standen Kisten voller Äpfel, dicke Tontöpfe mit Oliven und Körbe, in denen Orangen zu Türmen gestapelt waren – alles im Schatten einer flatternden Markise, deren Ränder schon völlig ausgefranst waren. Drinnen sah es ganz genau wie bei Feyo aus und obwohl der Besitzer nicht ganz so großzügig war, machte uns doch einen guten Preis.

In zwei großen Papiertüten trugen wir Bier, Zigaretten, eine Flasche Eau de vie de poire, Brot und Käse zum Strand. Auf der Suche nach einer Kleinigkeit für den Hund hatte mir der Typ noch drei Andouille aufgeschwatzt: »Davon bekommst du in dieser Gegend wirklich die besten.« Ich verriet ihm lieber nicht, dass die Würste nicht für mich waren.

Während Mill mit Mira am Wasser herumtobte, machten wir anderen es uns auf ein paar Decken gemütlich. Nach einer Weile kamen die beiden zurückgestapft und wirbelten mit ihren Schritten so viel Sand auf, dass der schon von weitem in feinen Wellen auf uns zu flog. Ich wickelte mir schnell einen Pullover um den Kopf, die Mädchen waren zu langsam und bekamen alles ab.

Mill warf sich wie ein Rugby-Spieler mit lautem »Achtung!« zwischen uns. Seine Hosen waren bis zur Hälfte klatschnass. »Kommt, Freunde!«, rief er. »Wir müssen endlich anfangen, die Biere platt zu machen! Falls ihr euch fragt, worauf man anstoßen könnte – einfach auf alles: auf diesen fantastischen Platz und darauf, dass uns die Bonzen hier hinten in Ruhe lassen ... Und darauf, dass Tiff endlich ein Lachen im Gesicht hat!«

Mit seinem Feuerzeug knallte er die Kronkorken von den Flaschen. Obwohl die Luft noch lange nicht so warm war wie im Mai, schmeckte das kalte Bier ausgezeichnet. In dieser herrlichen Stimmung musste dann natürlich gleich auch der Schnaps dran glauben. Auch er war großartig, mit einem leichten Duft nach reifen Birnen und der Schärfe des Brandes. Das passte wiederum ausgezeichnet zum Käse. Ich steckte mir immer ein Stück davon zusammen mit dem Weißbrot in den Mund und nahm dazu einen guten Schluck. Was für ein Traum!

Langsam kam der Nachmittag und mit ihm eine himmlische Bräsigkeit, in deren Zufriedenheit die Gedanken sich nur so verliefen. Tiff und Val hatten ihre Köpfe auf die Rucksäcke gelegt, starrten schweigend über das Meer und rauchten eine nach der anderen, in ihrem Blick die bekannte Mischung aus Erschöpfung und Glück, wie man sie nur nach einer langen Wanderung oder eben am Meer erfährt. Mill dagegen war ziemlich aufgedreht und erzählte bis in die Dämmerung Geschichten, die ihm oder Freunden von ihm einmal passiert waren. Für mich war das die richtige Ablenkung, denn bei all der Weite und dem Saufen war es nur eine Frage der Zeit, bis ich wieder zu grübeln beginnen würde, ohne dabei eine Antwort zu finden. Jede seiner Stories begann mit dem Versprechen: »Die nächste wird jetzt der totale Hammer, danach bekommst du dich nicht mehr ein!« Und je mehr ich trank, desto weniger zweifelte ich daran.

»Vido und ich kamen also ordentlich voll in meiner alten Bude an, du weißt schon, die am Kanal. Ich war gerade dabei, für ein bisschen Musik zu sorgen, da verdrückt er sich auf den Balkon, um Bier zu holen. Irgendwann wundere ich mich, wo Vido denn mit dem Stoff bleibt.« Grinsend setzte Mill die Flasche an und trank. »Der Windhund war einfach verschwunden!«, rief er und spuckte dabei etwas Bier aus. »Der ganze Balkon still und leer – kein Vido in Sicht! Ich meine, das war im zweiten Stock, also nichts, um mal schnell nach unten zu springen.« Mir fiel es wirklich schwer, ernst zu bleiben, aber ich tat ihm den Gefallen. »Auf einmal klingelte es – und wer steht vor der Wohnungstür? Vido!«

»Wie hat er denn das geschafft?«

»Er ist tatsächlich geflogen«, flüsterte Mill mit aufgerissenen Augen und geheimnisvollem Unterton.

»Ach Quatsch!«, rief Val von der Seite und setzte sich auf. »Mill vergisst eine entscheidende Kleinigkeit: Vido war von oben bis unten voller Efeublätter! Mir hat er die Geschichte nämlich auch erzählt, allerdings gleich am nächsten Tag und ohne einen im Tee.«

»Musst du immer alles kaputt machen?«, brüllte Mill über seine Schulter und verschränkte beleidigt die Arme. »Ja, na klar ist Vido nicht geflogen«, sagte er enttäuscht. »Hat sich im Suff an der Regenrinne nach unten gehangelt und dabei den halben Bewuchs von der Hauswand abgerissen.«

»So ist es vielleicht nicht unbedingt geheimnisvoll, aber doch viel lustiger«, sagte ich.

»Eben!«, rief Val spöttisch, sprang von hinten auf Mills Rücken, trommelte lachend mit den Fäusten darauf und kreischte: »Du Aufschneider! Ein Aufschneider bis du!«

Während die beiden wie Pferd und Reiter, verfolgt von Mira, im Sonnenuntergang durch den Sand bis zum Meer stürzten, rückte ich zu Tiff. Sie schaute noch immer wie versteinert auf den Horizont, als hätte sie nichts von der Spinnerei mitbekommen. Das orange Glühen ging langsam in ein dunkles Rot über und blendete jede Falte und jeden Schatten aus ihrem Gesicht aus. Nur ab und zu verriet ein Blinzeln der halbgeöffneten Augen, dass sie noch am Leben war, so regungslos lag ihr Körper da.

Allmählich wurde es kühler. Der April hatte den ganzen Tag lang alles gegeben, verlor nun aber haushoch gegen den kalten Hauch des Wassers und der Wälder. Ich hielt Tiff den Rest vom Klaren hin. Stumm griff sie zu und trank alles auf einmal, ohne dabei eine Miene zu verziehen.

»Weißt du wie man den Geist aus der Flasche lässt?«, fragte ich. Sie schüttelte den Kopf. Ich drückte meinen Daumen auf den Flaschenhals und hielt Mills Feuerzeug unter den Glasboden. Es dauerte nicht lange und die letzten Tropfen hatten sich in Dampf aufgelöst. Dann nahm ich den Finger von der Öffnung und kam vorsichtig mit der Flamme näher. Einen Moment später machte es »Plopp« und ein blau glühender Ring fraß sich im Inneren langsam von oben über die Ränder nach unten. Dort angekommen, verpuffte alles in einem violetten Flackern. »Nun ist er frei und in seiner Freude darüber hat er uns noch ein Leuchten geschenkt«, sagte ich stolz und erzählte ihr, dass ich den Trick von meinem Vater gelernt hatte. »Wenn wir zelten gingen, brachte er deshalb immer eine halbleere Flasche Schnaps mit.«

Tiff lächelte, setzte sich auf und schob mit ihren Händen den Sand unter der Decke hin und her. »Das ist wirklich eine schöne Erinnerung!«, sagte sie. »So was vergisst man nie – es bleibt für immer etwas Besonderes. Einmal hat mein Vater mit mir Wunderkerzen selber gemacht. Die brannten ewig! So große Funken habe ich auch nie wieder gesehen. Deshalb werde ich zu Silvester auch immer schwermütig.« Mittlerweile hatte sie einen kleinen Hügel vor sich aufgebaut und fuhr mit dem Zeigefinger ringsherum.

»Warum macht ihr denn nicht einfach neue Wunderkerzen?«, fragte ich.

Sie sah nach oben und drückte den Sand mit der flachen Hand zusammen. »Er ist leider vor ein paar Jahren gestorben!«

»Oh, Mann, das tut mir leid!«

»Muss es nicht – ist ohnehin schlimm genug.« Ziemlich gefasst zündete sie eine neue an, legte sich wieder hin und hielt die Kippe in die Luft. Die Sonne war untergegangen. Ohne den Wind schien es wolkenlos zu bleiben. Alles wartete leise im Halbdunkel auf die Nacht. »Siehst du das?«, fragte sie und streckte ihren Arm nach oben, so weit es ging. »Wenn ich die Glut nur weit genug von mir weghalte, ist sie genauso klein und rot wie dieser Stern da.«

»Hey, mein guter alter Freund«, dachte ich und rief freudig: »Beteigeuze!«

»Du kennst seinen Namen?«

»Ja, das ist Beteigeuze – mein Lieblingsstern! Den findet man eigentlich ganz einfach, obwohl er jetzt recht flach über dem Horizont steht. Ich liebe seine Farbe, weil sie etwas Vertrautes hat – die anderen Sterne flimmern nur grell und kalt.«

»Beteigeuze«, wiederholte sie seinen Namen mit einer Behutsamkeit, als könnte die eigene Stimme ihn zerbrechen. »Dann sollst du auch mein Stern werden – das ist doch in Ordnung, wenn wir uns den teilen?«

»Ich glaube er ist riesig und sein Licht stark genug, um für eine Menge Leute ›der Stern‹ zu sein.«

Wir lagen eine ganze Weile nebeneinander, sagten kein Wort und sahen dabei zu, wie die Erde in ihrer Drehung Beteigeuze allmählich im Meer versinken ließ. So lange er zu sehen war, versuchte sie mit einem zugekniffenen Auge die glühende Spitze ihrer Kippe genau über ihn zu bekommen. Von weitem war Mills und Vals Gelächter zu hören. Tiff begann leise »How Much Is that Doggy in the Window?« zu summen. Schmunzelnd dämmerte ich wieder und wieder für ein paar Sekunden weg. Der Horizont hob gerade noch so viel Licht auf, dass man ihn erkannte – genau das hielt mich vom richtigen Einschlafen ab, weil ich immer glaubte, Mill, Val und Mira in der Ferne herumspringen zu sehen.

In einem Moment griff Tiff plötzlich nach meiner Hand und fragte leise: »Schläfst du?« Ich sagte kein Wort. Vielleicht war es ihr egal oder möglicherweise fand sie diese Ungewissheit auch ganz angenehm – auf jeden Fall redete sie auch ohne meine Antwort einfach weiter: »Erinnerst du dich an die Ausstellung, in der wir wie Planeten um eine Sonne kreisten und die Bilder nur in unseren Schatten sahen?«

Für einen Moment blieb mir die Luft weg. »Verdammt!«, dachte ich und versuchte so regungslos wie möglich liegen zu bleiben. Tiff wusste also über alles von Anfang an Bescheid. Jetzt waren wir es, die schlecht dastanden! Hätte ich nur ein paar Stunden eher den Mut dazu gehabt, diese Dinge anzusprechen, wäre es jetzt genau andersrum. In meiner Aufregung schlug mir mein Herz bis zum Hals – anscheinend laut genug, dass Tiff erneut »Schläfst du?« fragte. Dieses Mal hob sie ihre Stimme am Ende ein Stück an, als wüsste sie ganz genau, dass es nicht so war. Wieder traute ich mich nicht, etwas zu sagen.

Sie redete weiter für sich: »Schau dir diesen Himmel an – mit unseren mickrigen Körpern hätten wir niemals einen so großen Schatten ins All werfen können. Was für ein Glück, dass die Erde eine Freundin ist, die uns trägt und in der Nacht einen Blick auf das Universum erlaubt.«

Mein Schweigen wurde lächerlich: »Was für eine Pfeife bist du eigentlich, dass du dich wie ein Kind vor einer Unterhaltung drückst?«, dachte ich. Um nicht gleich alles zu geben, zog ich mich an ihrer kleinen Behauptung hoch: »Eine Freundin?« Tiff drehte sich zu mir. »Du glaubst also, die Erde sei eine Frau?«

»Natürlich«, rief sie und schien nicht wirklich überrascht zu sein, dass ich ihr etwas vorgespielt hatte. »So schön kann ein Mann gar nicht aussehen!« Langsam schoben sich ihre Finger von oben zwischen meine – so lange, bis beide Hände ineinander verbunden flach auf der Decke lagen. Es war keine Anmache – nur eine Aufforderung, endlich mit der Wahrheit hinter dem Berg hervorzukommen.

»Was sollen wir uns noch mit Oberflächlichkeiten aufhalten?«, überlegte ich und fragte: »Du hast uns also gesehen?«

»Mmh, ich kannte euch ja schon vom Sehen, und außerdem wart ihr nicht gerade die besten Schleicher, als ihr mir gefolgt seid.«

»Für gewöhnlich machen wir so etwas auch nicht.«

»Du brauchst dich nicht zu rechtfertigen – ich war euch gegenüber auch nicht bis ins Kleinste aufrichtig.«

Ich drehte mich zu ihr. Es war eine eigenartige Vertrautheit, in der wir uns nun gegenüberlagen und das Gesicht des anderen lediglich als Umriss erkannten. »Stimmt!«, sagte ich. »An diesem Tag warst du in unserer Wohnung, oder? Mill hatte dich nämlich wiedererkannt.«

Sie trank etwas Bier, behielt es murrend im Mund und schluckte dann glucksend hinunter. »War nicht zum ersten Mal«, gab sie anschließend mit klarer Stimme zu. Ich wunderte mich, dass keiner von uns sie jemals gesehen hatte. Tiff konnte anscheinend Gedanken lesen: »Bei euch war immer so wunderbar viel los, da fiel ich eben nicht auf. Mira war die einzige, die mich gestern erkannte, als wir in Mills Auto stiegen – ein Hund merkt sich die Menschen eben besser. Wenn ich in eure Wohnung kam, fühlte ich mich immer wie zu Hause, auch wenn du und die anderen davon keine Ahnung hattet. Als stillen Dank habe ich aber auch jedes Mal ein Stückchen Kohle für den Ofen in die Schale gelegt – vielleicht wollte ich so auch etwas von mir zurücklassen.«

»Warum hast du denn nichts gesagt? Du hättest auch bei uns wohnen können.«

Etwas verlegen begann sie wieder mit dem Sand zu spielen. »Ach, die ganzen Erinnerungen wären mir bestimmt zu viel gewesen – verstehst du, es war kein leichter Abschied: Auch wenn ich damals klein war, sehe ich heute noch meine Eltern in jedem Zimmer. Man glaubt gar nicht, wie klar und deutlich solche Bilder die Jahre überdauern.«

Nun sausten auch mir Erinnerungen meiner Kindheit durch den Kopf – winzige Kleinigkeiten, denen man im Augenblick des Erlebens nur beiläufig Beachtung schenkte. »So wie Obstbäume!«, rief ich. »Davon gab es eine Menge in meiner Nachbarschaft. Im Sommer strahlte die Sonne hellgrün durch die Blätter und davor hingen reife Früchte, die vor Hitze fast glühten. Eine unglaubliche Wärme fiel damals auf mein Gesicht.« Einen Augenblick lang glaubte ich, sie nach all den Jahren noch spüren zu können – es war aber lediglich die aufziehende Kälte, die an meiner Wange brannte.

»Bei dir sind es Obstbäume«, sagte Tiff. »Das meinte ich: Diese Bilder haben immer etwas Gewaltiges, als könnte man das nie wieder so erleben – alles verdichtet sich nur auf das Wesen, rein und stark ... genau wie guter Fusel. Deshalb ist die Erinnerung oft mehr Schmerz als Glück. Wenn ich an die Wohnung denke, spüre ich die gleiche Wärme wie du, und fühle die Umarmung meines Vaters.« Genau so ging es mir auch!

Ich öffnete das letzte Bier und trank es gegen den Kummer – auch auf die Gefahr hin, dass der Rausch anschließend alles noch mehr aufbauschen würde. Tiff nahm wieder den Rest. Ich überlegte, welcher Bilderfetzen wohl von diesem Abend in meinem Kopf überleben würde: Die Kippe neben Beteigeuze, der Geist aus der Flasche, Tiffs Hand über meiner ... Noch bevor ich mich entscheiden konnte, bekam ich die Antwort:

Tiff holte tief Luft und rülpste danach so laut, dass ich für einen Augenblick glaubte, Mill neben mir sitzen zu haben. »Vorsicht, Ochsenfrösche!«, brüllte sie hustend hinterher und ließ sich lachend zur Seite fallen. Nun schossen auch mir vor Lachen die Tränen in die Augen. »Aber so laut klingen nur verliebte Ochsenfrösche!«, rief sie hinterher.

Was für eine verrückte Vorstellung! Ich bekam richtige Bauchschmerzen und dachte: »Genau dieses Geräusch von ›verliebten Ochsenfröschen‹ wird für ewig in meiner Erinnerung bleiben!« Von weitem hörte man Val und Mill aus dem Dunkel näherkommen. Gemeinsam sangen sie das Lied der Leichtmatrosen, obwohl Val es ja eigentlich hasste. Ich musste gleich wieder an Mills Bootsausflug auf dem Fluss denken.

Noch vor den beiden sprang Mira mit einem Satz auf die Decke und machte es sich schwanzwedelnd zwischen uns gemütlich. Dann warf Mill von hinten einen Sack in die Mitte. Es klimperte und klirrte, als wären darin ein Dutzend Glasflaschen.

»Bonzengold!«, rief er stolz. »Wir haben es uns einfach genommen.«

»Was habt ihr?«, fragte ich ungläubig.

Im Schein meines Feuerzeugs grinsten beide selbstgefällig und fast ein wenig großspurig vor sich hin und zeigten auf den zugeknoteten Beutel. »Mill und ich haben die Promenade nach offenen Autos abgeklappert. Keine zehn Minuten später und – zack, da war er: der große Preis!«, sagte Val, ihre Arme in die Hüften gestellt.

Als hätten sie sich abgesprochen, schüttete Mill nun alles auf die Decke. Meine Vermutung war richtig gewesen, denn hintereinander purzelte eine Flasche nach der anderen heraus. Ich hielt das Feuerzeug darüber und staunte nicht schlecht über den Schatz: Bier und Fusel, alles in kleinen Flaschen, dazu ein paar Päckchen Zigaretten und eine Tüte türkischer Honig.

»Unser Freund mit der dicken Karre hatte anscheinend heute noch Großes vor«, sagte Mill und schob ein ziemlich höhnisches Lachen hinterher. Val streckte ihm ihre Hand hin, er klatschte ab.

Ich hörte wie sich Tiff an dem Konfekt zu schaffen machte. Nacheinander nahmen wir uns alle ein Stück aus dem Plastikbeutel. Das Zeug war irre süß, klebte wie Leim an den Zähnen, gab aber den vom Suff gebeutelten Mägen endlich etwas verlorene Energie zurück. Danach stießen wir mit den Bieren an – im Mund schäumte es vom Zucker richtig auf.

»Uns geht es so gut, dass wir sogar Schaum vorm Maul haben!«, sagte ich und wischte mir über die Lippen. »Dank euch haben wir wenigsten auch was vom Wohlstand dieser Promenade abbekommen.«

»Auf Val und Mill!« Es war schon schwer geworden, beim Anstoßen die Flasche des anderen zu treffen, aber irgendwie fanden die Glasböden trotzdem zueinander. Bis der Schatz alle war, brauchte es noch einige Male. Am Ende lagen wir zufrieden und im völligen Dusel nebeneinander auf der Decke und schauten schweigend in den Himmel, der uns ein großartiges Theater aus Galaxien und Sternen bescherte.

Mill versuchte, Sternbilder zu deuten – allerdings keine bekannten, sondern neu erfundene. Mit dem Finger in der Luft verband er einfach kleine und große Sterne mit Linien.

Als die Mädchen schon schliefen, hörte ich ihn noch immer: »Chets Trompete, Weihnachtsbaum, Keule, Suppentopf, …«

Irgendwann wurde es still. Nach einer Weile sah ich, wie Mill mit dem Finger um einen sehr hellen Stern kreiste und immer wieder »Auge!« sagte. Keiner antwortete ihm und ich wusste nicht, ob es eine Anspielung oder nur Zufall war. Murmelnd dämmerte er irgendwann weg.

Ich aber kam nicht zum Schlafen, denn jetzt fiel mir plötzlich ein, dass ich in der ganzen Ausgelassenheit des »Bonzengoldes« völlig vergessen hatte, den anderen von der Aussprache mit Tiff zu erzählen. Natürlich unabsichtlich, denn aufrichtig waren wir immer zueinander gewesen – gleich morgen früh wollte ich es nachholen. Je weniger Geheimnisse man besaß, umso leichter war man. Dann huschte mir tatsächlich noch einer von Vals Lebenssprüchen vorbei, der auch an unserer Küchenwand stand: »Alle Wesen außer dem Menschen sind wahrhaftig, offenherzig und aufrichtig.« Keine Ahnung, aus welchem Kalender sie den ausgegraben hatte.

Todmüde zog ich die Decke über den Kopf. Sie war zu kurz und meine Füße standen ein Stück heraus. Zum Glück hatte ich genug getrunken, um mir darüber keine Gedanken mehr zu machen. Mit einer Hand wärmte ich die kalte Nasenspitze und dachte beim Einschlafen an all die verrückten Sternbilder. Die nächsten Stunden wurden kühl und brachten Wind.

Am Morgen weckten mich weder Kaffee noch Sonne oder Möwengeschrei, sondern Mills Fluchen: »Ach, elender Mist! Elender Mist, verdammter!«, rief er immer wieder. Zuerst vermutete ich dahinter seine übliche schlechte Laune nach einer zu kurzen Nacht und behielt den Kopf erst mal unter der Decke, die seltsam schwer geworden war – in der Hoffnung, er würde sich schon wieder fangen und noch einmal einschlafen. Mit der Zeit rangelten und polterten aber auch die anderen herum. Ich lugte ein wenig nach draußen und schon klatschte mir der Grund für das ganze Theater in ekelhaft großen Regentropfen auf die Stirn.

Val und Tiff sprangen aufgeregt umher, die Haare zerzaust und aufgebauscht. Wie Hasen schlugen sie in der Eile richtige Haken und versuchten, so schnell es ging alles in die Taschen zu stopfen. Im Gegensatz zu ihnen machte Mira der Regen gar nichts aus – die ganze Aufregung war für sie nichts weiter als eine Spielerei, bei der sie einem wieder und wieder durch die Beine sauste. Das bunte Herumtoben hellte den Morgen mit seinem furchtbar grauen Himmel zumindest ein bisschen auf.

Nach einer Weile hatten wir irgendwie allen Krempel unter die Arme geklemmt und hasteten zum Auto. Von hinten schlug der Regen in Böen und ohne Mitleid in unsere Rücken, als wolle er den Strand endlich wieder für sich haben.

Mill stapfte wie ein Verrückter mit ausladenden Schritten vornweg und wütete vor sich hin: »Verdammte Axt – warum ist der Wind an der Westküste so ein Mistsack?« Dabei streckte er eine Faust nach oben, als erwarte er tatsächlich eine Antwort darauf. Ich schmunzelte vor mich hin, denn mittlerweile konnte man ohnehin nicht mehr nasser werden.

Als wir an der Straße ankamen, zitterten die Mädchen schon vor Kälte. Den restlichen Weg bis zum Auto rannten wir einfach drauflos – egal, wie viele Pfützen wir dabei erwischten. Zum Glück spielte der Motor mit und sprang sofort an. Mill ließ ihn im Stand ein paarmal aufheulen wie einen müden Wolf. Allmählich kam auch die Lüftung in Gang und bescherte uns eine schwüle Hitze, als hätte es gerade einen Juliregen gegeben.

Nach wenigen Metern landeten wir im Morgenverkehr. Zäh und schläfrig schob sich die Kolonne aus Unmengen weißer und roter Lichter durch die Stadt. Egal wie aufregend alles im Regen auch glitzerte, ich war froh, nur als Urlauber hier zu sein. Im Radio versuchten sie mit ihrer aufgesetzten Fröhlichkeit, den Montag gefälliger zu machen. »Völlig aussichtslos!«, stellte ich fest, denn im Gegenverkehr starrte weiterhin jeder missmutig auf die Straße.

»Da ist er!«, rief Mill und zeigte auf eine Limousine, die mit offenem Kofferraum am Rand parkte.

Val beugte sich nach vorn. »Ha, genau! Das ist unsere Schatzinsel!«

»Den habt ihr gestern also ausgeräumt?«, fragte Tiff. Ich wischte das Seitenfenster frei, um sie im Rückspiegel sehen zu können. Im Vorbeifahren, warf sie einen ziemlich bösen Blick auf den Schlitten, als könne sie ihn so mit allen Flüchen der Welt belegen: »Bei diesem gigantischen Kreuzer wird das Schwein wohl schon damit klarkommen!«

Ich erinnerte mich daran, mit welchem Zorn sie auf der Hinfahrt über die Bonzen gesprochen hatte. So wie es schien, hatte sie schon einige Erfahrungen mit ihnen gemacht.

Ich drehte mich nach hinten um. »Du hast erzählt, dass die Bonzen schon damals mit einem Bein im Viertel standen, als ihr weggezogen seid?«

»Auf jeden Fall, die waren schon immer da! Inzwischen sind es eine Menge … anscheinend kommt immer mehr Menschen mit der Zeit ihr Gewissen abhanden.« Sie sah aus dem Fenster, schüttelte den Kopf und atmete tief durch. »Ich habe versucht, damit abzuschließen, das Glück nur bei mir zu finden und einen Scheiß auf diese Bagage zu geben – leider ist das schwerer als gedacht!«

Val malte gerade mit wenigen Strichen einen Katzenkopf an die beschlagene Scheibe, der grimmig und mit spitzen Augen auf uns herabsah. »Schaff sie dir einfach aus deinem Blick«, sagte sie wie immer und fügte noch ein paar Schnurrhaare hinzu. Dann schaute sie grinsend zu mir. »Ich weiß schon, dein Weg ist das nicht, aber …«

»Meiner eigentlich auch nicht«, unterbrach Tiff sie von der Seite. »Man sollte sich seiner Wut ständig bewusst sein und sie nur so lange verdrängen, bis die Umstände günstig sind, um alles kurz und klein schlagen zu können! Die Bonzen spielen auf Zeit, stellen dich mit ein wenig Kohle ruhig und setzen auf dein Vergessen. So verkleinern sie unsere Leben immer weiter.«

»Du bist meine Frau, Tiff!«, rief ich begeistert und wollte gar nicht glauben, was für eine großartige Ansage gerade aus diesem kleinen Mund kam. »Genau so habe ich es schon immer gesehen!«

Niemals hätte ich gedacht, dass Tiff auch ein solches Feuer in sich trug. Etwas verlegen wandte sie sich mit gesenktem Blick mir zu und lächelte dabei so verschmitzt wie die Banditen in den Kinderbüchern. Es waren ihre Besonnenheit und der sanfte Blick, von dem man sich leicht täuschen lassen konnte. In diesem Moment aber hatte sie nur ein klein wenig Wut in ihren Augen aufblitzen lassen – und schon das gab mir eine Gänsehaut. Val wischte mit ihrem Ärmel über ihre Katze. Zuerst verschwanden die Ohren, dann der Mund – nur die Augen blieben übrig. »Na, da haben sich ja zwei getroffen – Benzin und Streichhölzer sind nichts dagegen!«, murmelte sie altklug vor sich hin.

»Wir sagen dir Bescheid, falls es einen Feuersturm gibt«, entgegnete ich schnippisch.

»Ich bin mir gar nicht sicher, ob ich das überhaupt wissen will – vielleicht bleibe ich einfach mit dem Kopf unter Wasser in unserer Wanne liegen.«

Wir schaukelten uns weiter mit Sprüchen nach oben, bis Mill wütend von vorn brüllte: »Leute, bis jetzt hatte ich an diesem Morgen weder Kaffee noch Jazz! Einigen wir uns einfach darauf, dass Tiff und du die Stadt abfackeln und Val besoffen in der Wanne döst.«

Einen Moment lang blieb es still, dann rüttelte Val mit ihren Knien von hinten an Mills Sitz. »Und du? Du elender Penner, wo bist dann du?«, rief sie.

Mill wankte bei jedem Stoß wie in einem Schaukelstuhl vor und zurück, blieb aber lässig und steckte sich grinsend eine an. »Ich kann dir sagen, wo ich sein werde: An der Bar, bei Rezno! Da bleibe ich und gieße mir selber nach, bis der ganze Laden und die ganze Drecksstadt über mir zusammenfallen – den Kampf überlasse ich lieber den anderen!«

Anscheinend gab sich Val mit dieser eigenwilligen Antwort zufrieden, sie sah grinsend aus dem Fenster. Ich verkniff mir das Herumsticheln, zweifelte aber zu tiefst daran, dass es Mill wirklich egal war. Nur im Moment wollte er eine ruhige Fahrt mehr als alles andere.

Tiff kraulte über Miras Rücken. »Und du, mein lieber Hund?«, fragte sie. »Was kostest du denn nun?« Alle lachten.

Jeder machte einen dummen Spruch und schnell versöhnten wir uns wieder. Es war seltsam, wie schnell die Stimmung der Clique manchmal umschlagen konnte aus irgendeinem Unsinn heraus.

Als wir schließlich auf der Schnellstraße aus der Stadt brausten, gab es im Radio wieder nichts Besseres als den ewigen Schmalz der Radioschnulzen. Mill kämpfte sich schlaftrunken von Kilometer zu Kilometer, während die Mädchen schliefen. Nur an Dizzys Tankstelle wurden sie kurz wach, weil Mill im Vorbeifahren zum Gruß hupte.

Nach den Wäldern machten wir Rast und kauften vier große Kaffee. Es war immer noch ziemlich kühl. Aufgereiht um einen kleinen Stehtisch hielt jeder seinen Becher wie eine dampfende Kostbarkeit in den Händen.

»Der Regen verfolgt uns«, sagte Mill und zeigte mit sorgenvollem Blick nach oben. »In ein paar Stunden wird er hier sein und bis zum Abend dann in der Stadt.« Val blieb wie immer zuversichtlich und hoffte, dass alles vorbeizog.

Nach einer Stunde riss die Wolkendecke tatsächlich auf. »Diesmal haben die Optimisten Recht behalten«, dachte ich und schaute mit halb zusammengekniffenen Augen in den Himmel. Wie hinter einem Vorhang mischte sich das Rot der Lider mit dem blendenden Weiß und den Wimpern zu einem zitternden Schleier. »Wenn Mill jetzt einschliefe und wir in den Gegenverkehr rasten, wäre dies das letzte Bild das ich sehen würde.« Dieser Gedanke kam mir einfach so in den Sinn, ohne Angst und Sorge. »Was für ein friedliches, warmes Ende das doch wäre«, dachte ich. Aber Mill war ein Ass von Fahrer und brachte uns auch dieses Mal heil zurück.

Gegen fünf hielten wir vor der Haustür. Ich glaube, es gibt niemanden, der nach einem Ausflug zum Meer mit weniger Fernweh zurückkommt, als er es beim Aufbruch hatte – genauso ging es auch uns. Vor lauter Unmut blieben wir noch eine Ewigkeit im Auto sitzen und ließen den Motor laufen. Allmählich wurde das Wetter dann tatsächlich schlechter, genau wie Mill es vorhergesagt hatte.

»Gut«, sagte er, »alles, was vom Meer übrig bleibt, ist dieser verdammte Regen … aber im Viertel gilt: Unser Pflaster, unser Vorteil!« Aufgedreht klatschte er in die Hände. »Was können wir hier am besten?«

Darauf gab es nur eine Antwort und die kam, wenn auch etwas zaghaft, wie aus einem Mund: »Wegsaufen statt ersaufen!« Was für ein großartiger Zufall! Wenngleich jeder wusste, dass alle diesen Spruch kannten, war diese Einstimmigkeit doch eine Überraschung. Lachend und jubelnd ließen wir uns in die Sitze fallen und selbst als Mill die Rucksäcke schon nach oben geschafft hatte, rief Tiff noch: »Wegsaufen statt ersaufen!« – Jedes Mal stimmten alle mit ein. Die Trübsal ergab sich dem Überschwang – so war der Weg für die nächsten Stunden klar: Erst zu Feyo, dann zu Rezno, den beiden perfekten Ankern eines jeden guten Abends – manchmal können Konstanten ein echter Segen sein. Der Dritte im Bunde, an den keiner von uns dachte, war jedoch der Sturm: Es schien, als hätte er uns wiedererkannt, denn mit der gleichen Raserei wie heute Morgen warf er uns auch jetzt wieder den Regen um die Ohren.

»Verpiss dich bloß, elender Fiesling!«, maulte ich mürrisch und konnte es kaum erwarten, bei Feyo anzukommen.

Der freute sich, die nasse Clique wieder flott machen zu dürfen, versorgte jeden mit Bier und Salzgurken und warf für Mira wieder alte Wurstzipfel in die Luft. Gut gestärkt zogen wir weiter ins Rezna.

Mittlerweile war das Unwetter abgezogen. Das matte Licht der Gaslaternen glänzte in Kreisen auf der Straße und vermischte sich mit den leeren Gehwegen zu einer herrlichen Stimmung, wie man sie aus den Mitternachtsfilmen kennt. Im Dusel stellte ich mir vor, wie ausgerechnet ich als Robert Mitchum gerade einsam durch die dunkelsten Straßen der Stadt schlurfte – dazu fehlte nichts außer einem schnittigen Hut. Ich sah zu den anderen: Tiff hätte eine fantastische Bonita Granville abgegeben – auch sie strahlte auf jedem Bild mit dem bezauberndsten Lächeln, obwohl es nie so recht zu ihren Augen passen wollte. Wahrscheinlich wäre es gerade das Ende des Films: vier Freunde und ein Hund, nebeneinander in der Straßenmitte – alle Schurken aus dem Weg geräumt und nichts außer dem Klacken der Absätze würde noch in die Abblende klingen, bevor tosende Orchestermusik einsetzte. Mill hätte sicher nach einigen Faustkämpfen die Hauptdarstellerin bekommen. Ich war mir unschlüssig, ob eine davon Val oder Tiff gewesen wäre, entschied dann aber, dass dafür nur eine Schönheit wie Veronica Lake in Frage kam. Die beiden hätten wahrscheinlich über die Jahre gemeinsam die Titelbilder aller Illustrierten und jeglichen Tresen gesprengt.

Letzteres würden wir auch heute wieder im Rezna versuchen. Durch das beschlagene Ladenfenster schimmerte etwas Licht. Für einen Montag war es erstaunlich voll. Wir bekamen nur noch die letzten Plätze an der Bar – das war Rezno sichtlich unangenehm.

»Wer kann denn wissen, dass ihr hier am Anfang der Woche aufschlagt!«, entschuldigte er sich immer wieder, während er ein Bier nach dem anderen zapfte. Unser Pech sollte es dann allerdings doch nicht sein, denn sein schlechtes Gewissen spendierte uns einige Runden.

Während Val sich von irgendeinem Halbwüchsigen anmachen ließ, wetterten Tiff und ich weiter über die Bonzen – in einem wunderbaren Zorn, der zu dieser Uhrzeit passte und aus dem man nun gegenüber dem Anderen keinen Hehl mehr machen musste. Gemeinsam hätten wir locker einen Aufstand angezettelt bekommen. Ich war noch immer unglaublich glücklich, endlich jemanden gefunden zu haben, der ebenfalls die Tat, die Füße und Fäuste für den einzigen Weg zum Widerstand oder wenigstens zur Vergeltung hielt. Die Anderen schimpften – und dabei blieb es. Mill stolzierte die meiste Zeit über in großen Schritten wie eine Berühmtheit von Tisch zu Tisch, warf mit Sprüchen um sich und stand wieder in seinem geliebten Mittelpunkt. Gegen drei waren sich Val und ihr Flirt nahe genug gekommen, um gemeinsam zu verschwinden. »Geht mir bloß nicht unter!«, rief ich ihnen hinterher. Mill, inzwischen völlig fertig auf zwei Stühlen liegend, hatte sein Bierglas auf die Brust gestellt und versuchte, auch noch irgendetwas dazu zu sagen, aber leider verstand ihn keiner, weil er sich in seinem Suff so anhörte, als ob sein Mund voller Steine wäre.

Zwischen unsere Arme geklemmt brachten wir ihn anschließend schlurfend nach Hause – die Köpfe viel zu heiß, überladen mit Bildern von Revolutionen und Stränden, Süßkram, Schnaps und Kaffee. Ich glaube, an diesem Abend waren alle so satt und voll wie lange nicht mehr. Dem Nachthimmel ging es besser: Vom Regen sauber gewaschen, triumphierte er über uns genauso weit und wolkenlos wie gestern Abend am Strand.

Wahrheiten

»Volle Kraft voraus, ihr elend faulen Leichtmatrosen in den bunten Pluderhosen. Wer nicht kehrt das Deck bis zehn, wird über die Reling gehn«, hallte es durch die Wohnung.

»Schon wieder dieses nervige Lied!«, dachte ich und schlug mein Kissen über den Kopf. Es war Freitagmorgen und wie immer rumpelte und polterte Mill durch das Bad. Meine schlechte Laune hielt sich jedoch in Grenzen, weil die letzten Tage ruhig gewesen waren. Wir hatten sogar von der Arbeit blaugemacht, weil uns die Fahrt ans Meer noch in den Knochen steckte. Val kurierte außerdem einen kleinen Schnupfen aus – das hieß bei ihr lediglich, kaltes Bier gegen warmes zu tauschen und nur drei am Tag zu rauchen.

Als ich in die Küche kam, saß Tiff schon am Tisch, die Füße darauf gelegt und mit ihrem Rücken zum Fenster. Sie starrte in eine Tasse Kaffee und blies hinein. Die Wohnung war noch ausgekühlt – so wirbelte dabei eine richtige Dampfwolke um ihren Kopf.

»Wo hast du denn das Wasser für den Kaffee her?«, wunderte ich mich, weil unsere ganzen Vorräte seit gestern aufgebraucht waren.

»Die haben das Wasser heute zeitiger angestellt.«

»Na, fantastisch!«, rief ich und setzte mich zu ihr. Sie schien ein wenig bedrückt. »Und wie ist es, am Freitag das erste Mal als echter Gast bei uns zu sein?«

»Das ist schon seltsam«, sagte sie nachdenklich. »Heute brauche ich mich gar nicht mit einem Stück Kohle zu bedanken.«

»Du bist angekommen und jetzt ist es auch wieder dein Zuhause!«

»Ich weiß nicht, ob ich das überhaupt wollte«, flüsterte sie und nippte an ihrem Kaffee. »Versteh mich nicht falsch, seit Montag geht es mir wirklich gut und irgendwie sind wir auch Freunde geworden – aber heute … Heute ist es trotzdem was Besonderes.«

Ich glaubte ihre Unsicherheit zu verstehen: Für sie war der heimliche Besuch am Badetag immer wie eine Rückkehr gewesen, das Auftauchen eines Geistes: unsichtbar, leise und von allen übersehen. Ohne Fragen gestellt zu bekommen, konnte sie so zwischen dem ganzen Trubel durch die Räume schweben. Seit Tiff nun wieder in ihrem alten Zuhause wohnte, war es mit genau diesem Geheimnis vorbei.

»Hast du Angst davor, irgendwann wieder gehen zu müssen?«, fragte ich.

»Nein, das ist es nicht. Ganz im Gegenteil: Ich glaube sogar, für immer hierbleiben zu können.«

»Auch wenn die anderen und ich gar nicht mehr hier wohnen würden?«

»Ja, auch dann.« Sie hob ihren Kopf, ließ ein besänftigendes Lächeln über die Lippen huschen. »Mach dir keine Gedanken. Es ist wahrscheinlich einfach nur eigenartig, nicht mehr hier hereinschleichen zu müssen.«

In ihrer Antwort lag eine unglaubliche Ruhe – so, als stünde sie wirklich über den Dingen. Der blaue Traum ihrer Augen, immer noch ohne ein Universum, darunter der geschlossene Mund: »Das bedeutet: keine Zweifel«, dachte ich, nickte und schaute an ihrer Schulter vorbei auf die Dächer des Viertels. An den höchsten Firsten leuchtete wieder das Orange des Sonnenaufgangs.

Auch Tiff drehte sich zum Fenster um. »Es wird ein guter Tag werden. Dieser Himmel ist unschlagbar!«, rief sie. Dann stand sie auf und ging zurück in Vals Zimmer.

Im nächsten Augenblick kam Mill wie ein Irrer in die Küche gerannt, stürzte zur Spüle und stieß seine Hand in einen Topf voller Wasser. »Verdammt, verbrannt!«, rief er und pustete erleichtert in die Luft. »Hatte nicht gesehen, dass der Ofenknauf schon glühte.«

»Tiff ist heute irgendwie merkwürdig drauf.«

»Ach ja?«

»Ich glaube, hier zu wohnen fällt ihr doch nicht so leicht.«

Ohne etwas dazu zu sagen, zog Mill seine Hand aus dem Wasser, streckte sie in die Luft und beäugte sie von allen Seiten.

»Und?«, fragte ich. »Noch alle Finger dran?«

»Wird eine elende Brandblase geben … Was meintest du wegen Tiff?«

»Nichts, nichts. Sie sagte, ich sollte mir keine Gedanken machen.«

»Na, dann ist ja alles gut«, rief er auf dem Weg ins Bad. »Fang mal lieber an zu trinken, bist heute so grüblerisch.«

Da hatte er wohl Recht: Genau das sollte man am Badetag nicht sein! Also fackelte ich nicht lange und machte mir kurz nach acht das erste Bier auf – das war ein richtiger Anfang. Während es wenig später in der Küche allmählich voll wurde, hatte ich schon gut einen im Tee und versuchte, Vido, Fae und allen anderen Drinks anzudrehen. Mill stieg als Einziger darauf ein, wollte aber vorher noch frühstücken.

Zum Glück hatte die gute Less einen Pfundkuchen geba-cken, der trotz der wenigen Zutaten wunderbar weich und saftig schmeckte. Man schnitt sich eine Scheibe davon ab und bestrich sie mit Butter. »Die Butter muss richtig lachen!«, sagte ich und goss noch Aprikosenlikör darüber. Alle machten es mir nach und so wurde der Morgen ein Fest.

Als Mill endlich satt war, wollte er trinken und brüllte: »Wer will Gimlets?« Ein paar Hände gingen nach oben.

Unter den neugierigen Blicken der Kinder fing ich an, zu mischen. Um nicht ganz leer auszugehen, tippten sie mit den kleinen Fingern zuerst in den Zitronensaft, anschließend in den Zucker, danach verschwand der süß-saure Traum in ihren Mündern. Einigen war der Geschmack immer noch zu sauer – sie schnitten so lange Grimassen, bis sich endlich der Zucker durchsetzte. Andere blieben eisern und verzogen keine Miene.

»Euch wird das Trinken später bestimmt nicht schwerfallen«, dachte ich.

Als alle Gläser in einer Reihe standen und langsam mit Zuckerwasser aufgegossen wurden, staunten die Kleinen nicht schlecht, denn mit einem Mal sah es aus wie Limonade – blass und hellgelb. Wir stießen an und kurz darauf zog ein zufriedenes Raunen durch die Menge – anscheinend war der Drink genau richtig.

Val kam in die Küche. »Was macht ihr denn hier?«, fragte sie und blickte leicht mürrisch drein.

Ich hielt ihr mein Glas hin. »Feststellen, wie gut ein sonniger Morgen schmecken kann, das machen wir!«

Es brauchte nur einen Schluck – und schon trank sie alles mit einem Lächeln aus. Wenn ein Gimlet es schaffte, Val gute Laune zu machen, dann war er wirklich perfekt! Alle grinsten.

»Wenn ich so aus dem Fenster schaue«, stellte sie fest, »dann steht dieses Zeug der Schönheit eines wolkenlosen Morgens in nichts nach!«

Ich mischte noch eine Runde und setzte mich danach ordentlich betrunken in die Wanne. Wie in einer Sauna stand der Dampf in dicken Schwaden über dem Wasser und füllte das gesamte Bad aus. Es war so heiß, dass mir das Atmen schwerfiel. Immerhin wurden die Gedanken bei dieser Hitze kleiner – besser noch: Sie verschwanden fast völlig. Alles, was man hier tun konnte, war, zu schwitzen. Die Glühlampe hatte einen richtigen Schein bekommen, wie die Sonne hinter Frühnebel. Bräsig starrte ich halb unter Wasser auf sie und dachte an das gleißende Licht der Ausstellung und an den Moment unter den Gaslampen im Hallenviertel, kurz bevor Tiff mich von hinten angesprochen hatte. Egal, ob wir selbst oder die Motten – alles flog und drehte sich um irgendein Leuchten.

Jemand klopfte gegen die Tür: »Du bist drüber! Das ist schon meine Zeit! Beeil dich, sonst kann ich mir nur noch die

Füße waschen!« Es war Vido, der es nicht abwarten konnte. Anscheinend war ich kurz eingedöst. Schnell sprang ich aus der Wanne und tappte mit klatschnassen Füssen über die Fliesen.

»Das sind ja richtige Meere auf dem Boden«, sagte er, als ich die Tür öffnete. »Hast wohl die Wanne nicht getroffen?«

»Wenn du so drängelst!«, zischte ich zurück, ging in mein Zimmer, rubbelte mich mit dem Handtuch trocken und warf mir ein Hemd über. Auf dem Teppich im Flur konnte man noch meine feuchten Fußabdrücke sehen.

Mill hatte sich ein rotes Halstuch umgebunden, stand mit seinem Glas da und lachte: »Wenn ich mich mal im Fährtenlesen versuchen darf – nasser, besoffener Trottel mit wenig Futter im Magen schleicht auf der Suche nach einem warmen Platz herum.«

»Mensch, du liest Spuren wie ein echter Trapper ... und siehst dazu sogar wie einer aus!«, gab ich ihm Recht. »Schick mir ein Zeichen, wenn du die Plains hinter dir hast!«

Die Feier brauste weiter. Bis zum Nachmittag waren die üblichen Trinklieder gesungen und die neuesten Geschichten erzählt. Zu zehnt drängelte sich nun die ganze Bande um den Küchentisch, der von leeren Gläsern und Flaschen überquoll. Wir feuerten Mill an, sich endlich einen Ruck zu geben und darauf zu tanzen.

»Let's Get Lost – den brauch ich jetzt!«, brüllte er irgendwann schwankend. Jemand nahm sich der Aufforderung an und spielte den Song.

Als die ersten Töne durch die Wohnung hallten, sprangen wir jubelnd auf. Jeder wusste, was jetzt kam: Mit breitem Schwung wischte Mill einfach die Hälfte des Tisches frei. Das ganze Geschirr rasselte zu Boden und brach sich hier und da ein paar Ecken raus. Die Scherben waren uns egal, denn im Rausch wollten die Beine und Köpfe es so schnell wie möglich krachen lassen und durchdrehen, ohne an danach zu denken.

Mit schlingernden Hüften drehten sich die Mädchen in Kreisen über die Dielen und Mill stampfte als ein um Erlösung oder Regen bittender Indianer auf dem Tisch herum. Es dauerte nicht lange und der ganze Trubel hatte das zersprungene Glas und die Zigarettenasche zu feinem Staub zertanzt. Auf meinen Schultern saß wieder Less' Sohn und hatte einen richtigen Lachanfall, weil ich wie einer dieser Luftmänner aus Nylon immer wieder von oben nach unten wackelte. Zum Glück sah Less nicht so genau hin, weil sie mit Val auf den Takt der Musik ein selbst ausgedachtes Klatschspiel spielte.

Die Platte lief so oft von Anfang bis Ende durch, dass ich das Zählen vergaß. Aber irgendwann waren wir fertig. Less schnappte sich ihre Kinder, die nun bestimmt schnell schlafen würden, und verabschiedete sich. Im Hausflur hörte man die Kleinen noch kichern. Ich setzte mich völlig erschöpft zu den anderen. Jeder glänzte mit wunderbar roten Wangen und einem breiten Lachen.

Die Runde wurde bald immer kleiner und dann saßen nur noch die Üblichen um den Küchentisch: Mill, Val, Vido und Fae. Ich wunderte mich, wo Tiff abgeblieben war. Draußen klopfte jemand ziemlich forsch gegen die Badtür. Es war Dew, einer von Vidos Freunden, der ratlos davorstand.

»Hab keine Ahnung, wer da drin ist, aber eigentlich bin ich jetzt dran!« Durch den schmalen Spalt des Lüftungsgitters konnte man nichts erkennen:

»Hey, alles klar da drinnen?« Keiner antwortete. »Tiff, bist du das?«, fragte ich ein zweites Mal. »Haut ab!«, rief sie von drinnen mit einer für diese Aufforderung viel zu verhaltenen Stimme. Wir sahen uns fragend an. »Haut ab! Ich versuche hier gerade, zu sterben!« Jeder war sich sicher, gerade etwas Falsches verstanden zu haben.

Aufgeregt drängelte sich Val in einem Satz nach vorn. »Mach verdammt nochmal auf!«

Nacheinander rief nun jeder voller Angst etwas Ähnliches und schlug seine Fäuste gegen die Tür. Alles schaukelte sich zu einem unglaublichen Getöse auf, bis Tiff von drinnen schrie – lauter als wir, entsetzlich grell und schrill, als wolle sie alle Fenster des Viertels zerspringen lassen. Auf einen Schlag wurde es still, nur noch ein leises Schluchzen klang nach draußen.

Mit verweinter Stimme sagte sie: »Das ist es, was ich wollte – für immer hierbleiben!«

Val stemmte ihren Kopf gegen die Tür und schrie: »Du kannst doch für immer hierbleiben!«

»Wenn es nur so einfach wäre ... aber ihr könnt es ja nicht wissen.«

»Was können wir nicht wissen?«

Nach einer kurzen Pause antwortete Tiff in äußerster Gelassenheit, sodass man hätte meinen können, alles sei in bester Ordnung: »Hat sich denn keiner von euch jemals gefragt, warum ihr die einzige Wanne in diesem verfluchten Viertel habt?« Wieder sahen wir uns fragend an, ohne eine Antwort zu haben.

In der Zwischenzeit war Mill einige Schritte zurückgegangen, hielt den Finger auf seinen Mund und zeigte in großen Gesten, dass wir zur Seite gehen sollten. Dann nahm er Anlauf und ließ sich mit voller Wucht gegen die Tür fallen – ohne Widerstand brachen die Scharniere wie im Sturm. Tiff saß in der hintersten Ecke, zusammengesunken und die Hände zu Fäusten geballt in den Schoß gelegt. Darin hielt sie lange Haarbüschel – als wäre es schwarzes Gras, das man aus einem Sumpf gerissen hätte.

Als ich mich umsah, überbekam mich eine schreckliche Angst: Unzählige große und kleine Augen klebten an den Fliesen – genau wie das allererste, aus ihren Haaren gelegt.

Einige waren geschlossen, andere sahen mit großen Pupillen auf uns herab. Es war ein fürchterlicher Anblick. Die Mädchen fingen an zu weinen und Mill, der sich nach seinem Sturz aufgesetzt hatte, schaute ungläubig nach oben. Tiff blieb reglos, sagte kein Wort und blickte starr geradeaus.

Val kniete sich neben sie und fragte mit gebrochener Stimme, in der aber auch noch genügend Wut steckte: »Was ist los mit dir?« Sie bekam keine Antwort. »Wir sind doch für dich da!«

»Ihr könnt es nicht wissen«, sagte Tiff und sank dabei noch ein Stück mehr in sich zusammen, »aber seid euch sicher, wenn ihr es wüsstet, würde es euch auch so gehen.«

Es war ein unsäglicher Anblick, wie dieses arme Mädchen auf den nassen Fliesen saß, keinen Ausweg mehr wusste und sich das Ende ihres Lebens gewünscht hatte. Sie tat mir so unglaublich leid. Genau wie die Strichaugen von den Wänden sahen jetzt ein Dutzend echter Augen auf sie herab und hätten alles dafür gegeben, damit es ihr gut ginge.

Sie hob den Kopf, sah ziellos in die Runde, blieb dann aber mit ihrem Blick bei mir stehen. »Weißt du noch, als wir am Strand über unsere besten Erinnerungen sprachen?« Ich nickte. »Du hast die gleiche wunderbare Wärme gespürt wie ich, als dir die Bilder in den Sinn kamen – das Einzige, was uns für immer geblieben ist … zusammen mit diesem unermesslichen Schmerz!«

»Obstbäume …«, sagte ich, während mich Mill und Val verwundert anschauten, »… und bei dir waren es Wunderkerzen und die Umarmung deines Vaters.« Kaum hatte ich es ausgesprochen, wurde mir plötzlich klar, worum es eigentlich ging. »Du hast erzählt, dass dein Vater gestorben ist?«, fragte ich zögerlich. Sie nickte – große Tränen, die wohl schwerer als Steine gewesen sein müssen, liefen ihr dabei über die Wangen. Ich bekam einen furchtbar trockenen Mund, fasste mir aber trotzdem ein Herz und stellte die Frage, die eigentlich schon eher die Antwort war: »Er ist in dieser Wohnung gestorben?«

Tiff nickte wieder, wischte sich mit dem Arm über ihr Gesicht und bat Mill um eine Selbstgedrehte. Nach einem tiefen Zug, der sich beim Ausatmen kaum vom Wasserdampf abhob, setzte sie sich auf. »Vor mehr als zehn Jahren kamen die Bonzen ins Viertel. Sie mochten das Zwanglose und die Freiheit hier – eben alles das, was sie nicht hatten. Am Anfang war es leicht, denn es wurden nur die leeren Häuser abgerissen, um neue zu bauen. Aber irgendwann, gab es nur noch die, in denen wir schon seit Ewigkeiten wohnten. Weil sie Angst vor einem Aufstand hatten, wollte keiner von den Schweinen großes Aufsehen machen – also versuchten sie, uns mit Druck aus den Wohnungen zu bekommen. Ihr wisst schon: zugemauerte Haustüren, kein Strom, kleine Feuer hier und da … Aber davon ließen wir uns nicht beirren. Dann beschloss man, das Wasser zu rationieren und alle Badewannen herauszureißen. Mit den Bullen im Schlepptau holten sie eine nach der anderen aus den Bädern und warfen sie durch die Fenster nach unten. Die Aufschläge klangen wie das Läuten von Glocken, in großen Bögen platzte die Emaille vom Metall. Der Fußweg war danach schneeweiß, als hätte man Puderzucker darübergestreut. Mein Vater weigerte sich, die Bande in unsere Wohnung zu lassen – mit nichts außer einem Hammer in seiner Hand wartete er im Flur auf sie, meine Mutter und ich versteckten uns in Vals Zimmer. Nachdem sie die Tür eingetreten hatten, hörten wir nur noch Schreie und Gerangel, dann einige Stöße. Nach einem letzten dumpfen Aufschlag wurde es still. Wir rannten in den Flur … und da lag mein Vater, umringt von einem Kreis aus Bullen und Blaumännern, regungslos auf dem Boden. Anscheinend waren sie von ihrer Tat selbst überrascht – keiner von ihnen sagte ein Wort, sie standen einfach nur da.«

Jetzt war es genauso still geworden – eine Ruhe, in der einem das Atmen schwerfiel, als fehle dem Raum einfach die Luft. Man hörte nichts außer dem Knacken der Ofenbleche, die sich gerade abkühlten. Tiff hatte aufgehört zu weinen und fuhr mit dem Daumen gedankenverloren auf ihrer Unterlippe herum, als fände sie keine Worte.

»Es war ein Auge!«, rief sie und schaute uns an. »Es war ein Auge, das sie ihm ausschlagen mussten, damit er Ruhe gab!«

»Die Schweine haben deinen Vater umgebracht?«, fragte Mill ungläubig.

»So ist es! Anschließend haben sie seinen Körper untergehakt und ihn die Treppe hinuntergeschleift. Ich höre noch das Klacken, das seine Schuhe bei jeder Stufe machten. Nur zwei Tage später ist er dann im Krankenhaus gestorben.«

Alle schüttelten die Köpfe und Val flüsterte immer wieder: »Was für ein Elend, was für ein schreckliches Elend!«

Von hinten fragte irgendjemand nach Aufklärung und Schuld. Nüchtern und ohne Kraft zog Tiff ihre Schultern ein winziges Stück nach oben und hauchte: »Nicht in dieser Stadt!«

»Das ist also der Grund dafür, dass sie euch die Wanne gelassen haben?«

»Genau: Weil Unruhen immer noch ihre größte Sorge waren, ließen sie uns die Wanne und ein bisschen Geld. Und im Gegenzug erließ man ein Verbot jemals darüber zu sprechen – das war ihre ganze Auffassung von Sühne!«

Nun begriffen wir, was es mit dem Auge auf sich hatte: Es war das von Tiffs Vater und sollte auf den Fliesen an diese Geschichte und an das in dieser Stadt verborgene Schlechte erinnern. Wir hatten den Bonzen einiges zugetraut und waren oft genug auch darin bestätigt worden, aber trotzdem hielt es niemand für möglich, dass sie zu so etwas fähig wären. Wie seltsam mir plötzlich das Feiern an unserem Badetag vorkam, der nur durch dieses Unglück entstehen konnte. Aber trotz der Ausgelassenheit war er auch immer wie ein kleiner Aufstand gegen die Bonzen gewesen – wenn auch viel zu verhalten. »Mach dir nichts vor!«, sagte ich zornig zu mir selbst. »Was hast du schon wirklich gegen all die Ungerechtigkeit getan?« Eine Antwort blieb ich mir in diesem Moment schuldig. Wir wagten ja nichts! Unsere ganze Aufsässigkeit – der Badetag, das Pöbeln und Lungern – war doch nur Selbstgefälligkeit gewesen: die Lüge der Müßiggänger eben. Mir schien, als ob die anderen gerade das gleiche dachten – jeder sah auf den Boden.

»Es muss schlimm für dich gewesen sein, uns am Freitag durch die Wohnung tanzen zu sehen, nicht?«, fragte Mill.

»Am Anfang vielleicht. Aber dann verstand ich, dass das hier oben eine Zuflucht war, in der einfach nur das Leben gefeiert wurde – manchmal ist zu überleben und zu bleiben eben der einzige Aufstand, den man schafft.«

»Unsinn!«, rief ich wütend, »einen richtigen Aufstand kann jeder anzetteln! Und gerade du trägst so viel Wut in dir, dass sie dich kaum überleben lässt – sonst würdest du jetzt nicht weinend in unserem Bad sitzen. Willst du denn keine Gerechtigkeit für dieses elende Verbrechen?«

»Natürlich will ich das!«, schluchzte sie. »Aber euch kann ich keine Vorwürfe machen, ihr wusstet ja weder von mir noch von meiner Geschichte.«

»Das stimmt, aber trotzdem wussten wir schon seit Jahren, wer unser Feind ist, und haben dennoch nichts unternommen. Gut, hier und da ein bisschen herummeutern, aber das war es auch schon!«

»Da hat er Recht!«, stimmte Mill mir zu. »Die Dinge sind immer noch nicht so schlimm, dass man sie nicht auch ertragen kann. Genau das meinte Tiff wohl, als sie auf der Fahrt sagte: ›Die Bonzen spielen auf Zeit und setzen auf dein Vergessen‹?« Er sah sie fragend an, sie nickte. »Die geben uns einmal in der

Woche Wasser, wir nehmen es einfach so hin und fühlen uns groß mit ein paar Gimlets. Ich sage euch: Irgendwann weiß keiner mehr, was Freiheit eigentlich bedeutet.«

Mill redete sich fast ein bisschen in Rage. Mich verwunderte sein plötzlicher Eifer – besonders, als er den kleinen Monolog mit den Worten beendete: »Kampflos können wir das nicht übergehen!«

Natürlich benahm sich Mill, genau wie der Rest der Clique, schon immer wie ein Gesetzloser; er machte sich nichts aus willkürlichen Regeln, die irgendjemand einmal aufgestellt hatte. Dennoch scheute er eine echte Auseinandersetzung und trank einfach nur weiter. Tiffs Geschichte mit ihrer Wucht hatte nun aber alles verändert. Im Bruchteil eines Abends war in Mill ein Feuer gewachsen, das ich so nur in Tiff und mir vermutet hatte. Innerlich machte ich Freudensprünge darüber, denn wenn man es sachlich betrachtete: Er würde einen fantastischen Kämpfer abgeben!

Es muss wohl diese Freude und der Wunsch nach Sühne gewesen sein, was mich nun einen Arm nach oben stoßen und rufen ließ: »Die Tat ist das einzige Mittel zu Widerstand und Umbruch, alles andere ist eine Lüge!« Ob es tatsächlich so einfach war, bliebe noch abzuwarten, aber jetzt wischte ich diesen Zweifel einfach weg: »Uns bleibt keine Wahl!« Ich ließ eine kleine Pause und begann dann, in kurzen Abständen »Tat!« zu rufen. Nach anfänglichem Zögern stiegen fast alle mit ein. Es dauerte nicht lange und wir wurden zu einer richtigen Meute, die ihre Hände selbstbewusst zu Fäusten ballte und wild in die Luft schlug.

Tiff schien davon etwas überfordert zu sein, denn sie stand wortlos auf und ging in die Küche. Als wäre sie die Anführerin, folgten ihr Vido, Fae und Dew in einer Reihe.

Mill und ich wollten uns anschließen, aber Val zog uns durch den Flur in ihr Zimmer. »Was sollte denn das?«, rief sie

wütend und knallte die Tür zu. »Wie kannst du Tiff da draußen eine Revolution versprechen?«

»Es wurde überhaupt nichts versprochen«, entgegnete ich
verwundert, »aber nach der Nummer mit ihrem Vater können
wir nicht einfach so weitermachen! Das ist unsere Pflicht!«

Val kam näher, bis sie nur noch im Abstand einer Armlänge
vor mir stand. Ich bereitete mich innerlich schon darauf vor, im
nächsten Moment ihre Faust zu spüren. »Was glaubst du denn,
wie das hier ausgehen wird, wenn ihr einen auf Vergeltung
macht?«, fragte sie ruhig, aber dennoch mit einer ziemlichen
Wut. »Die kommen euch mit allem, was sie haben, und dann
wird ein Krieg daraus, in den du jeden mit reinziehst – jeden,
der irgendwie nur über die Runden kommen wollte. Glaubst
du, Less kämpft mit zwei Kindern auf dem Arm?«

Mill schüttelte den Kopf. »Keiner weiß, wie groß das Ganze
werden wird. Die Hauptsache ist, es wird größer … Seien wir
doch ehrlich: Egal, was wir machen, alles ist besser als so, wie
es jetzt läuft!«

»Nur Gehen allein reicht nicht mehr, Val!«, rief ich und
ärgerte mich über ihren Kleingeist. »Vielleicht will ich ja der
verfluchten Schlange endlich mal die Zähne ziehen!«

Val murmelte irgendetwas vor sich hin, während sie hek-
tisch Klamotten zusammenraffte.

»Was soll das denn jetzt?«, fragte Mill. Mit einer Umarmung
versuchte er sie zu besänftigen.

»Nimm deine Pfoten weg«, brüllte sie. »Ich lasse euch im
Stich! Das ist doch alles gestelzter Größenwahn! Der Süden
wäre für mich klargegangen und wäre auch das Beste für alle
– einfach abhauen, im Frieden mit sich und den Dingen. Auf
euer Krawalltheater habe ich keine Lust!«

Val stürmte nach draußen, stapfte in großen Schritten durch
den Flur und blieb im Vorbeigehen kurz in der Küchentür stehen. »Tiff du kannst mein Zimmer haben«, sagte sie. »Ich bitte

dich nur, überleg dir genau, welchen Weg du gehst! Ihr alle habt die Chance, einfach im Frieden zu verschwinden. Lasst euch nicht von solch einem wutgeschwängerten Schwachsinn auffressen, denn das wollen die Schweine noch viel mehr als euer Vergessen!«

Sprachlos blieben die anderen sitzen und sahen dabei zu, wie Val verschwand.

Wütend rief ich ihr im Hausflur hinterher: »Weißt du, was wir in unseren Händen haben? Weißt du, was du in deiner Hand hast, Val? – Nichts! Du und ich, wir haben in dieser Stadt gar nichts in unseren Händen!«

Die einzige Antwort, die ich darauf bekam, war das Knallen der Haustür. Zurück in der Küche schauten mich alle recht betroffen an, keiner sagte ein Wort.

Nur Mill schien das Ganze nichts auszumachen: »Müsst ihr verstehen«, beruhigte er uns und lehnte sich gelassen mit einem Bier an den Herd. »Val ist eben manchmal ein wenig kopflos und hat dazu diese seltsame friedliebende Art – da passt es eben nicht so gut, wenn man plötzlich von Krawall und Aufstand redet.« Langsam zog er eine Flasche Klaren aus einem Spalt neben der Spüle hervor und stellte sie behutsam in die Mitte. »Hier, die Notration. Wann sollte sie besser passen als jetzt?«

Jeder füllte sein Glas und trank. Bevor Mill ansetzte, sagte er: »Macht euch keine Gedanken – Val muss sich nur austoben. Im Grunde weiß sie, was richtig ist und dass wir auch Recht haben.«

»Woher willst du das wissen?«, fragte Tiff und sah nachdenklich auf den restlichen Fusel in ihrem Glas.

»Ich weiß es nicht, aber auf jeden Fall ist es albern, alleine loszuziehen.«

Für den Augenblick überlagerte Vals Verschwinden sogar Tiffs Geschichte. Irgendwie machte mich das wütend und traurig zugleich – beides war tragisch und ließ sich nicht gegeneinander aufwiegen. Der Schnaps kam mir jetzt genau richtig – stark, unglaublich stark dämpfte er die Wut und machte den Kopf wieder klar. »Warten wir einfach ab«, dachte ich. »Es war einfach alles zu viel für einen Abend. So viele Wahrheiten, da braucht man wenigstens eine Nacht, um das auf die Reihe zu bekommen.« Ich sah zu Tiff, die sich trotz des Drinks immer noch Sorgen um Val zu machen schien.

»Val kennt einen Haufen Leute«, beruhigte ich sie, »bei einem davon schlägt sie garantiert gerade auf, kippt ein paar Gläser und zieht über uns her. Morgen hat sie ihre Wut hoffentlich verschlafen.«

Tiff nickte nur stumm.

Als die anderen gegangen waren und wir in unsere Betten verschwanden, blieben die Türen zu unseren Zimmern wieder offen – genau wie vor einer Woche, als wir Tiff zum ersten Mal gesehen hatten. Heute fiel mir das Einschlafen schwerer: Meine Beine fanden einfach keine Ruhe und immer wieder wälzte ich mich von einer Seite auf die andere. Am Tisch waren die Lider noch so müde gewesen, aber nun fühlte sich das Schlafen wie eine Pflicht an. Ich erinnerte mich an den unsäglichen Mittagsschlaf, den mir meine Eltern als Kind auferlegt hatten, während ich glaubte, dass genau in diesen hellen Stunden die aufregendsten Dinge passierten. Am Ende lag ich nun wie damals auf dem Rücken, die Hände unter dem Kopf, und sah zur Decke.

Eine seltsame Stille stand in der Wohnung. Außer dem Nachtwind, der zischelnd an den gekippten Fenstern vorbeiblies, war kein Laut zu hören – kein einziges Knacken der Dielen oder des Ofens, nicht mal Mira gab ein Schnaufen von sich. »Wie einen die Wahrheiten doch in so kurzer Zeit einholen können«, dachte ich. »Einerseits machen sie die Tage aufregend und verschieben die Gegebenheiten wie Spielfiguren kreuz und quer in der Welt herum. Aber andererseits sind sie auch Futter für Wut und Argwohn, sie führen uns die eigene Trägheit vor Augen – unsägliche Gefühle, die wir sonst einfach verschlucken.« Seit ein paar Stunden gab es zwischen Tiff und uns keine Geheimnisse mehr, alle Karten glänzten in der größten Aufrichtigkeit auf dem Tisch. Und so sehr ich mich darüber freute ... es waren die Tatsachen, die es tragisch machten – wären wir Spieler gewesen, wir hätten an diesem Abend immer mehr als einundzwanzig aufgedeckt. Während der Klare in meinem Kopf immer weiter seine riesigen Kreise zog, fühlte es sich an, als wäre ich ein zweites Mal erwachsen geworden.

Drei Tage waren vergangen, ohne dass sich Val gemeldet hatte. Langsam begannen wir uns schon Sorgen zu machen und verzichteten an diesem Wochenende deshalb sogar auf den üblichen Absturz bei Rezno. Nach Tiffs Geschichte fiel es ohnehin allen nicht mehr so leicht, in Stimmung zu kommen. Die Ungewissheit über Val hatte auch die anfängliche Aufbruchsstimmung des letzten Freitags schwächer werden lassen. Die meiste Zeit klapperten wir ohne Erfolg ihre Bekannten ab und ich fürchtete, dass sie vielleicht ganz aus der Stadt verschwunden war. Bei unserer Suche wurde es immerhin nie langweilig, denn wir trafen dabei auf den tiefsten und schrägsten Untergrund der ganzen Stadt: von echten Talenten bis zu den verrücktesten Spinnern – alles war dabei!

Inzwischen waren nur noch ein paar Typen übrig geblieben, die weit draußen am Stadtrand wohnten. Für einen Kerl namens Dias mussten Tiff und ich am Dienstag sogar bis ans Ostende laufen. Leider hatte auch er nichts von Val gehört und zu allem Übel war er völlig drauf: Ständig huschten seine Augen zu den Seiten, als würde irgendetwas in den Schränken auf ihn lauern.

Dann fing er auf einmal an, von seiner letzten Reise nach Südamerika zu erzählen: »Eine Wellblechhütte war alles, was ich mir leisten konnte – zum Meditieren bin ich aber kaum gekommen, weil ich ständig Kaninchen jagen musste.« Keine Ahnung, was er da unten wollte, aber wie wir erfuhren hatte er während dieser Zeit nichts außer Kaninchen gegessen. »Die sind mir mit der Zeit aber auf den Magen geschlagen. Jede Nacht musste ich kotzen!« Und als wäre das nicht schon schlimm genug gewesen, war seine Hauptsorge, sich dabei nicht auf die Füße zu spucken – im Dschungel ohne richtiges Licht eine echte Herausforderung. Immerhin besaß er eine Lampe, die mit einem Dynamo funktionierte: »Ich hatte also nur meine Kurbellampe. Da brauchte es schon Talent:

Kurbeln, kotzen, kurbeln, kotzen … Nach einer Weile hörte sich das wie Musik an.«

Bei dem Gedanken daran schüttelte es mich und ich fragte ihn, warum er nicht einfach aufgehört hatte, Kaninchen zu essen.

»Kannst du nicht!«, rief er, kam näher und sah uns mit großen Augen an. »Die verdammten Viecher zwingen dich dazu! Man isst sich geradezu hungrig – es ist verrückt! Einmal hat mich bei der Jagd eins gebissen und da wurde mir klar: Die fressen eigentlich mich!«

»Und hast du danach wenigstens aufgehört, sie zu essen?«, fragte Tiff und musste sich dabei das Lachen verkneifen.

»Nein! Habe weitergemacht, durchgehalten und akzeptiert – was blieb mir anderes übrig da draußen?«

Wir waren froh, als wir endlich gehen konnten – sprachen aber auf dem ganzen Heimweg über nichts anderes als diese seltsame Geschichte. »Kein Wunder, dass Val manchmal so unbeherrscht irre ist«, dachte ich, »bei solchen Freunden muss man ja verrückt werden.«

In der Dämmerung zuhause angekommen, empfing uns Mill weniger überdreht als sonst. Trotzdem hatte er frischen Kaffee gekocht und Musik aufgelegt. Noch bevor wir ihm von Dias und den Kaninchen erzählen konnten, klingelte es plötzlich Sturm. Ich öffnete die Tür gerade mal einen Spalt breit, da rempelte schon eine finstere Gestalt mit Mütze und Tasche an mir vorbei. Im Halbdunkel erkannte ich kein Gesicht und rief ihm hinterher. Davon aufgeschreckt, kamen zuerst der Hund und dann die beiden anderen aus der Küche gerannt – Mira schwanzwedelnd, Mill mit erhobenen Fäusten – was auch immer er damit anfangen wollte – und Tiff mit dem einzig sinnvollen Einfall, nämlich, das Licht anzuschalten. Nun wurde klar, warum sich der Hund freute – es war Ty! Mir fiel ein Stein vom Herzen.

Auf einen Ruck ließ er alle seine Sachen fallen, streckte sich und rief: »Ich hasse den Norden, aber hier ist es jetzt so viel ruhiger als in meiner Bude!«

Mit blauer Latzhose und Wollpullover, beide übersät von Flecken und Löchern, sah er fast wie ein Klempner aus. Nachdem ich erklärt hatte, dass dieser Typ Vals Bruder war, wurde auch Mill wieder locker. Gemeinsam setzten wir uns in die Küche. Ty nahm gleich meine halbvolle Tasse und steckte sich eine an – sofort roch es wieder nach seinem selbstangebauten Bauerntabak.

»Ich wohne ab jetzt bei euch!«, sagte er selbstbewusst, warf dabei sein Feuerzeug auf den Tisch und lehnte sich zurück. Offensichtlich freute ihn unsere Verwunderung: »Na, kommt!«, sagte er und grinste verschmitzt in sich hinein. »Was gibt es denn da zu staunen? – Ihr hetzt mir meine Schwester auf den Hals, also … brauche ich eine neue Bleibe!«

Val meinte es also wirklich ernst mit dem Verschwinden, wenn sie sogar bei ihrem Bruder aufgeschlagen war. Trotz der Überraschung, ihn ab heute als neuen Mitbewohner zu haben, überwog meine Erleichterung, dass es ihr gut ging. »Zu dir ist sie also gezogen?«

»So, wie du fragst, hättest du das für unmöglich gehalten?«

»Na, bei meinem Besuch schien es mir nicht so, als ob deine Bude ihre erste Wahl wäre.«

Ty nickte schmunzelnd vor sich hin. »Das dachte ich auch … aber anscheinend war ich der einzige, der sie reingelassen hat.«

Das bezweifelte ich – bestimmt wollte Val einfach dorthin, wo wir sie am wenigsten vermuteten – und darüber hinaus konnte sie uns auf diese Weise Ty als kleinen wilden Gruß zurückschicken.

»Es ist wie es ist!«, sagte er und klatschte in die Hände. »Wir haben es keine zwei Tage miteinander ausgehalten! Immer wieder lag sie mir mit irgendeinem Schwachsinn in den Ohren. Am Ende bekam ich sogar meine eigenen Schwärmer in den Rücken geschossen.«

»Die tobt sich ordentlich aus!«

»Sie hat mir erzählt, was passiert ist und was ihr jetzt vorhabt – für mich klingt das nach goldenen Zeiten, denn wie ich dir damals schon gesagt habe: ›Alles sollte mit einem Knall geschehen!‹«

Mir kam wieder unser Gespräch über das Abhauen in den Sinn. »Davon kann man Val leider nicht überzeugen«, stellte ich enttäuscht fest.

Ty winkte ab. »Warte mal ein paar Tage … die Ruhe in meinem Wald wird ihr guttun. Dann erkennt sie vielleicht auch, dass ihre Sechs zu meiner Neun werden kann, auch wenn jeder dabei auf seiner Seite bleibt. Manchmal ist es eben die Welt, die sich drehen muss.« Er sah zu Tiff, die an ihren Fingernägeln kaute. »Nach dem, was dir passiert ist, solltest du dich nicht nur mit dem Verschwinden zufriedengeben!«

»Hatte ich auch nicht vor!«, antwortete sie besonnen und sah ihm dabei mit einer grenzenlosen Unerschütterlichkeit in die Augen. »Die Schweine werden büßen, da kannst du dir sicher sein!«

Sichtlich beeindruckt hielt er ihr wortlos das Päckchen mit seinen Selbstgedrehten hin.

»Bauerntabak, was?«, fragte sie, zündete sich eine an und stützte ihren Ellenbogen auf den Tisch. »Den hat mein Vater auch mal angebaut, drüben im Park. Jeder aus dem Haus rauchte dann dieses Zeug.«

Seit Val gegangen war, kam Tiff ziemlich selbstbewusst rüber. Ich fand es gut, denn so könnten wir gemeinsam bestimmt einiges reißen. Ty hingegen schien das zu verunsichern, obwohl seine Schwester eigentlich noch viel mehr Schneid besaß. Verlegen rief er nach Mira. Die sauste von draußen unter den Tisch und steckte von vorn ihren Kopf in seinen Schoß. Mit großen Händen kraulte Ty ihren Hals. Ich verließ mich auf Miras Gespür und dachte: »Keine Frage, er ist ein guter Kerl.«

»Du bist dir also sicher, dass Val zurückkommen wird?«, fragte Tiff.

»Klar, ihr seid ihre besten Freunde – das hat sie mir in den letzten Tagen zwischen all den Flüchen nicht nur einmal erzählt.« Nun schauten Mill und ich ein bisschen kleinlaut zu Boden – so offenherzig war sie zu uns nicht gewesen. Ty rutschte lässig nach vorn und streckte seine geöffnete Hand über den Tisch, als läge in ihr nichts außer der offensichtlichen Wahrheit. »Schaut, wir alle haben Angst davor, zu verlieren – egal, was und egal, an wen. Dazu kommt euch gerade die Mitte abhanden – diese schöne, zurechtgebogene Mitte, in der man es im Norden ganz gut zu leben schafft. Aber für euch drei ist dieser Verlust ... ein Segen!« Ich sah ihn verwundert an. »Weil ihr damit den Kampf wieder in eure Köpfe lasst! Und für Val ist genau das ein echtes Dilemma. Natürlich beruhigt sie sich wieder, denn wie gesagt: Mein Wäldchen hat noch jeden zurück auf den Boden gebracht.«

»Ich hoffe, du behältst Recht«, erwiderte Tiff. »Val ist auch für mich zu einer echten Freundin geworden.«

In diesem Augenblick wurde mir bewusst, wie selten Mill, Val und ich über so etwas wie Freundschaft redeten. Umso eigenartiger war, dass gerade Tiff, die uns erst seit zwei Wochen kannte, schon so fühlte und es offen aussprach. Ich hatte nie etwas Schlechtes an Vals und Mills schroffer Art gefunden, hatte es nie hinterfragt und es immer für ihr Wesen gehalten. »Muss es wirklich mit einem Wort ausgesprochen werden, damit die anderen verstehen, dass man alles füreinander tun würde?«, fragte ich mich und gab mir nur einen Moment später schon die Antwort: »Anscheinend schon – anders wäre unsere jetzige Verlegenheit wohl kaum zu erklären.« Zumindest mit Ty konnte Val darüber reden – bestimmt deshalb, weil er weit genug weg war und nach außen hin auch etwas Grobes hatte.

Mill sah in die stumme Runde. »Macht jetzt mal keinen auf gefühlsduselig! – Ihr seid alle meine Freunde, auch wenn ich es euch nicht ausdrücklich sage!«, rief er und zeigte anschließend auf Ty. »Auch du, Südmensch!«

»Stimmt«, pflichtete ich ihm bei. »Mill sagt eher allen, die er nicht mag, dass sie ihn mal können.«

Ty bedankte sich mit einem Nicken und klopfte vier von seinen krummen Selbstgedrehten aus dem Päckchen. »Das besiegeln wir!«

Mit ihrem Kopf im Nacken blies Tiff den Rauch wie ein Schornstein zur Decke und fragte: »Du bleibst also so lange, bis Val wieder zurück ist?«

»Na, was glaubst du denn? Vielleicht sogar noch länger. Schließlich will ich bei eurem verdammten Aufstand mit dabei sein!«

Anschließend erzählte er noch einmal in wirbelnden Bildern die Story, als die zwei Bullen von seinem Schwarzpulver hochgingen. Für den großen Abgang aus dem Norden war Ty zweifellos der Richtige: Er besaß Kampferfahrung, hatte jeden Skrupel abgelegt und – nicht zu vergessen – ein paar Reste Sprengstoff in der Tasche. Genau das ergab den Zunder, der unserer Revolte noch fehlte.

Im Laufe des Abends heizte Ty die Stimmung weiter mit Geschichten und Sprüchen an: »Macht den Schweinen das Leben zur Hölle – zur gleichen Hölle, die sie euch gegeben haben!«, rief er. »Nur mit Gewalt bekommt ihr einen Fuß in die Tür, nur mit Krach und Feuer wird sich etwas ändern!« Voller Stolz verriet er noch, dass man nichts weiter als genügend Bleiche und Nagellackentferner bräuchte, um die Hälfte einer Villa in die Luft zu sprengen.

Wir wurden richtig übermütig. In dieser ganzen Mischung aus Eifer und Überschwang hatte irgendjemand den Einfall, ein Manifest zu schreiben: »Um die Welt von unserer Wut zu überzeugen.« Etwas skeptisch holte ich Vals Schreibmaschine und zündete Kerzen an. Es war schwierig, überhaupt einen Anfang zu finden, weil sich alle sofort mit Parolen und Phrasen überschlugen. Nach einer Weile hatten wir zumindest einen Titel dafür gefunden: »Manifest der Geschlagenen.« Diese Überschrift lag eigentlich auf der Hand, denn das Schicksal von Tiffs Vater war der Grund dafür, dass sich die Clique überhaupt aufraffte, um etwas gegen die Bonzen zu unternehmen. Aus Angst, man könne uns mit dieser Geschichte in Verbindung bringen, erwähnten wir natürlich nichts von einem Auge. Ich begann zu tippen – unglücklicherweise fehlte die Type für das C, sodass jeder Schlag auf diese Taste ins Leere ging und lediglich ein kleiner Kratzer im Papier zurückblieb.

»Egal, mach einfach ein X dafür. Das wird man schon verstehen!«, rief Mill.

So wurde die Kopfzeile zu »Manifest der Gesxhlagenen«. Voller Stolz zog ich die fast leere Seite gleich wieder heraus und hielt sie nach oben. Einen Augenblick lang wurde es völlig ruhig und jeder starrte auf die Überschrift, die gerade mal aus drei Wörtern bestand. Vielleicht überschätzten wir uns maßlos, denn mehr als vier Gammler, die zornig im Rauch eines Dachgeschosses vor sich hin fluchten, waren wir nicht.

Ich drehte das Blatt wieder auf die Walze und ließ eine Leerzeile. Zuerst sagte keiner ein Wort, dann, schlug Tiff der Stille plötzlich mit nur einem Satz die Luft heraus: »›Jedem Wesen gehört die Welt‹ – damit sollte es beginnen!«

Das war der Aufhänger, den wir gebraucht hatten! Ab jetzt lief es: Wie eine Dampflok ratterte der Schlitten für die nächsten Minuten von rechts nach links und knallte am Ende mit wunderbarem Schwung gegen die Klingel. Ein paar »Bing!«

reichten aus, um die Hitze unserer Gedanken auf wenige Zeilen zusammenzuschrumpfen. Am Ende zog ich das Blatt in einem Zug wieder von der Rolle.

Aufgeregt riss Ty es mir mit dem gleichen Schwung aus meiner Hand, stand auf und ließ seine Augen darüber fliegen – genauso zackig, wie die Maschine gerade eben, jetzt von links nach rechts. Dann hob er den Kopf und richtete die Augen mit kraftvoll entschiedenem Blick geradeaus, so als könnte ihn nun nichts mehr aufhalten. Er sah auf die Stelle im Flur, an der sie Tiffs Vater zusammengeschlagen hatten, und wieder donnerte der erste Satz in seiner ganzen Klarheit durch den Raum: »Jedem Wesen gehört die Welt!« Das war das Grundrecht des Lebens, das jetzt im Unrecht dieser Stadt zu Anklage, Anspruch und Wunsch in einem geworden war.

Er las weiter: »Die Menschheit ist zum größten Übel, zum schlimmsten Feind der Freiheit geworden. Keiner versteht, dass weder Geschichte noch Dokumente oder Gesetze den Anspruch einiger auf den Boden aller rechtfertigen können. Es ist ein fundamentales Verbrechen, das Bedürfnis nach Unterkunft und Obdach auszunutzen und zu verwerten. Diejenigen, die dies in ihrer Gier seit Jahrhunderten betreiben, haben unsere Welt zu ihrem eigenen Vorteil verbrannt. Sie sind der Abschaum, der die Anderen unterdrückt, ausbeutet und tötet. Unser Kampf wird nicht enden, bis sie und ihr Besitz zerstört sind.«

An dieser Stelle war der Text eigentlich zu Ende, aber Ty blieb stehen und sah in die Runde. Aus dem Augenwinkel nickte er mir zu und rief in einzelnen Worten: »Die Tat ist das einzige Mittel zu Widerstand und Umbruch, alles andere ist eine Lüge!« Danach schlug er das Blatt mit der flachen Hand auf den Tisch, verschränkte die Arme und fragte: »Und? Was meint ihr?« Alle nickten und waren sichtlich überrascht, so etwas hinbekommen zu haben.

»Vielleicht ein wenig knapp?«, warf Mill dazwischen.

»Warum ausschweifen, wenn doch alles auch in wenigen Zeilen gesagt ist?«, entgegnete ich. Mir hätten sogar nur der erste und letzte Satz gereicht. »Es ist gut so! Je kürzer sich Wut beschreiben lässt, desto begründeter und reiner ist sie.«

»Er hat Recht«, stimmte Tiff mir zu. »Einfacher als den Mord an meinem Vater zu rächen, kann ein Grund gar nicht sein!«

Ich tippte noch neun weitere Exemplare des Manifests, die wir alle mit einem krakeligen Katzenkopf aus schwarzer Tusche unterzeichneten. Nur ein paar dünne Striche genügten, damit er wie der von Val aussah. Am Ende stand jeder mit einem Blatt Papier in der Hand da und las vor sich hin. Es herrschte eine eigenartige Stimmung – voller Aufbruch und Glück, als würde man eine lange Reise antreten, deren Ausgang ziemlich ungewiss war. Wir waren aufgeregt – so wie in der Nacht, bevor einen die Eltern in den Sommerurlaub mitnahmen: als man nicht schlafen konnte und durch die Betten tobte, nur um keinen Moment dieser wunderbaren Vorfreude zu verpassen. Jetzt schwang allerdings auch genügend Schwermut mit, denn auch wenn wir bald mit einem Knall aus dem Norden verschwunden wären, blieben die Gründe dafür tragisch. Es war die gleiche Tragik wie in Tiffs Augen, in die ich mir Sterne gewünscht hätte, die aber im spärlichen Licht der Kerzen fast schwarz blieben.

Während alle anderen die Zettel und den Kleber einpackten, blieben wir in der Küche und umarmten uns. »So viele Jahre«, flüsterte Tiff mir dabei zu. »Es waren so viele Jahre, in denen ich still bleiben musste ohne eine Ahnung, ob es jemals Vergeltung für dieses Unrecht geben würde. Und jetzt … bin ich mit euch nur ein paar Schritte von einem Ende entfernt. Der Morgen danach wird bestimmt einer der friedlichsten meines Lebens werden.«

Wir gingen nach draußen. Für diese Aktion gab es keinen besseren Zeitpunkt als diesen: Nie ist eine Stadt ruhiger und verlassener als gegen zwei Uhr früh. Vorsichtig liefen wir die großen Kreuzungen ab und schickten Mira als Kundschafterin voraus – sie prüfte mit aufgestellten Ohren, ob die Luft rein war. Dann strich Mill in wilden Schwüngen den Kleister auf die Wände und die anderen klatschten anschließend die Blätter darauf.

Als alle Manifeste verklebt waren, warteten wir an der letzten Ecke noch einen Moment lang ab. Von weitem war das Rauschen der Überlandzüge zu hören, die in Richtung Süden fuhren. Wahrscheinlich erlebte Tys Haus gerade wieder ein kleines Erdbeben. Ich dachte an Val: Egal, wie viele Macken sie hatte – sie fehlte mir! Traurig sah ich zum Himmel und malte mir aus, dass der Zug auch sie in diesem Augenblick nicht schlafen ließ. Vielleicht stand sie sogar in Tys Garten, zwischen Plastikrehen und Tannen, blickte in die gleiche Nacht und hoffte wie ich auf ein schnelles Wiedersehen. Außer ihrem verdammten Dickschädel stand dem eigentlich nichts im Weg. »Stur wie eine Bärin«, dachte ich und suchte mir im Nordwesten das passende Sternbild dazu. Dann war es wie immer: Je länger ich nach oben sah, desto kleiner wurden alle unsäglichen Dinge. Leider verflog der gewonnene Abstand immer viel zu schnell, sobald ich die Augen zurück auf den Boden richtete. Die Menschen hatten der Erde eine Welt abgerungen, wuselten ihr ganzes Leben lang darauf herum und vergaßen dabei ihre eigentliche Nichtigkeit im Raum aus Gas, Kälte und Staub.

»Pass auf, dass du keinen steifen Hals bekommst«, spottete Mill, »oder schwebst du schon ein paar Lichtjahre weit weg?«

»Die Menschheit ist das Schlimmste, was der Erde je passiert ist«, maulte ich und wischte mit dem glühenden Kippenrest durch die Luft, als könnte seine Leuchtspur mein Schimpfen noch unterstreichen. Gleich danach bereute ich es schon, etwas so Einfallsloses gesagt zu haben, das vor Selbstmitleid und Schwarzmalerei nur so strotzte. »Ach, vergesst es, ich habe einfach zu lange in die Sterne gesehen«, sagte ich müde.

Es schien niemanden weiter zu interessieren – bestimmt waren sie in Gedanken schon im Bett – außer Mill, denn der wurde nicht müde, uns den ganzen Heimweg lang zum Trinken anzustiften. Bis zur Küche hatte er es dann auch geschafft und mischte freudestrahlend drauflos. Da standen sie wieder, diese verdammten Gimlets! Wir stürzten das viel zu saure Zeug nach hinten, nur um Mill einen Gefallen zu tun. Sichtlich zufrieden schickte er uns danach in die Betten.

Ty legte sich mit ein paar Decken gleich in den Flur. Ich gab Mira einen Kuss auf die verzottelte Stirn und ließ mich hemmungslos schwer ins Bett fallen. Das beste Universum gab es ohnehin nur unter dem Kopfkissen – herrlich dunkel, still und schwer. So weit es ging vergrub ich meinen Kopf darunter und ließ nur einen schmalen Spalt zum Luftholen. »Revolutionen machen müde«, flog mir noch als glitzernder Gedanke vorbei, bevor ich einschlief.

Die Nacht hätte von mir aus bis zum Mittag dauern können, aber Vido und Fae klingelten uns gegen zehn aus den Betten. Zuerst ließ es sich noch ignorieren, dann aber war das Geschwätz nicht mehr zu überhören. Ich stand auf.

Mit Ty saßen sie in der Küche, rauchten und schienen irgendwie aufgeregt. Als Vido mich nach Zetteln, Parolen und Kreuzungen fragte, verstand ich, warum. Ty hatte anscheinend noch nichts verraten und hockte still in seiner Ecke – also machte auch ich einen auf scheinheilig und stellte mich ahnungslos. Der beste Lügner war ich aber noch nie gewesen und die beiden merkten sofort, dass etwas nicht stimmte.

Also zog ich das letzte Exemplar des Manifests in einem Schwung vom Küchenschrank: »Meint ihr das hier?«

Sie erschraken, als hätte ich einen toten Vogel in der Hand. »Musst du so einen Aufriss machen?«, rief Fae und hielt sich vor Aufregung eine Hand auf ihre Brust.

Vido strich das zerknitterte Papier auf dem Tisch glatt. In dem Moment kam Tiff dazugeschlurft und versuchte mühevoll, ihre Haare in einem Dutt zu bändigen. Nach dem Aufstehen sah sie immer genauso verzottelt aus wie Mira.

»Das X ist ein C!«, sagte Ty zu Vido, der gerade laut zu lesen anfing: »Manifest der Geschlagenen«.

Ich bekam eine richtige Gänsehaut und überlegte, wie viele Menschen diese Überschrift heute Morgen wohl schon gelesen hatten. Laut Vido waren die meisten Zettel schon mit schwarzer Teerfarbe überpinselt worden – die Bonzen hatten es also mitbekommen und schnell reagiert. Dabei blieb es allerdings auch, das Viertel war ruhig – man hörte weder Sirenen noch Stiefelgetrampel. Es war genau so, wie Tiff es vorausgesagt hatte: Die Schweine hatten Angst vor einem richtigen Aufstand und würden diesen kaum wegen ein paar vollgekritzelter Blätter riskieren.

Während Vido weiterlas, wusste keiner von uns so recht, wie er sich verhalten sollte: Konnte man das Geschriebene wirklich ernst nehmen? Sollten wir stolz sein oder doch nur verlegen?

»Von euch ist das also«, stellte Vido am Ende nüchtern fest. Wir nickten.

»Fae und du, ihr wart ja an diesem Abend auch dabei«, versuchte ich mich zu rechtfertigen. »Es ist klar, dass wir nach Tiffs Geschichte nicht einfach so weitermachen können.«

Nach einem kurzen Nicken rief Vido ohne zu zögern: »Das ist großartig! Das ist der einzig richtige Weg! Endlich geht mal was los hier!«

Ich war ziemlich erleichtert. Fae hatte offensichtlich die gleiche Meinung – wie eine Gefährtin lehnte sie selbstbewusst an Vidos Schulter und schob ihre roten Locken zur Seite. »Keine Frage, wir sind dabei!«, sagte sie und Ty bedankte sich mit einem Handschlag.

»Wo ist eigentlich Mill abgeblieben?«, fragte ich. »Der sollte auch von der guten Nachricht erfahren!«

»Er ist gestern Nacht zu Lara gefahren«, antwortete Ty. »Ich hab ihm im Halbschlaf noch das Beste dafür gewünscht.«

»Gerade wenn alles im Aufbruch ist, verdrückt sich Mill und pennt bei Lara«, maulte ich mürrisch vor mich hin. »Hier wäre auch genug Aufregung für ihn gewesen!«

Auf der anderen Seite war Lara aber für uns alle auch eine gute Bekanntschaft, falls wir schnell in der Stadt untertauchen müssten: In ihrem feinen Viertel würde uns niemand vermuten.

»Was habt ihr denn eigentlich geplant? Also, wie sieht eure ›Tat‹ aus?«, fragte Vido.

Ty, Tiff und ich sahen uns ratlos an. Außer dass alles »mit einem Knall« passieren sollte, wusste keiner eine Antwort darauf. Während wir noch überlegten, steckten Vido und Fae die Köpfe zusammen und tuschelten. Anscheinend war es nichts Schlechtes, denn kurz darauf lächelten beide.

»Ich habe genau das Richtige für euch, wartet mal ab …«, sagte er aufgeregt und eilte aus der Wohnung.

»Es ist nichts Großes, aber in meinem Keller gibt es noch etwas, dass für einen Aufstand ganz hilfreich sein könnte«, fügte Fae hinzu.

Ty wurde richtig neugierig und rätselte drauflos, was das Zeug hielt: »Benzin? Schwarzpulver? Pflastersteine? …« Das meiste, das ihm einfiel, hatte irgendwie mit Explosionen zu tun.

Nach einer Weile klingelte es unten. Ich ging zum Fenster und sah Vido, der auf der Straße winkte und andeutete, dass wir in den Innenhof kommen sollten.

Voller Vorfreude rannten wir nach unten. Nachdem Ty die schwere Holztür aufdrückt hatte, gingen wir ans andere Ende des Hofes, wo Vido schon mit einem braunen Karton wartete. Langsam öffnete er die Laschen und holte eine kleine Holzgabel heraus, an deren Enden ein dunkelgraues Gummiband befestigt war. »Na, wie sieht das aus? Für einen Aufstand ist so eine Zwille doch die beste Waffe – und dazu passt sie noch in jede Hosentasche.«

»Nicht schlecht, mein lieber«, sagte Ty, schnappte sich das Teil und zielte damit wild herum. Ich hielt das Ganze eher für ein besseres Kinderspielzeug und schaute genau wie Tiff etwas skeptisch drein.

»Wie ich sehe, sind einige noch nicht davon überzeugt«, lachte Vido. »Dann passt mal auf!« Er nahm einen Kiesel und ein Stück weiße Kreide und wickelte beides in Stanniolpapier. Dann klemmte er die Kugel in den Fänger, spannte in einem Schwung das Gummiband und zielte auf die Hoftür, die bestimmt dreißig Schritte weit weg war.

»Auf das Türschloss!«, rief er. Zischend sauste die Ladung los. Es dauerte keine halbe Sekunde und ein lauter Knall verpuffte genau über der Türklinke als weiße Staubwolke. Es war atemberaubend, mit welchem Tempo der Stein über diese Entfernung aufschlug.

»Wahnsinn!«, rief ich begeistert. »Wo hast du denn so zielen gelernt?«

»Als ich klein war, hatten meine Eltern eine Kirschplantage – da haben wir so die Vögel aus den Kronen geschossen.«

Er holte drei weitere Zwillen aus dem Karton und jeder versuchte sein Glück. Am Anfang fiel uns noch ein paarmal die Munition heraus, bevor wir sie abgeschossen hatten, aber mit der Zeit wurden wir besser und die Einschläge wanderten langsam von der Wiese über den Weg bis zur Tür – da krachten sie richtig! Es machte unglaublichen Spaß und ich bekam richtig Lust, damit auf ein paar Bonzenkarren zu ballern.

Tiff war eindeutig die Beste. Vielleicht lag es daran, dass sie beim Zielen immer ein Auge zukniff und dazu ihren Mund verzog – so als hätte sie Zitronen gegessen. Mit diesem Gesicht sah sie aus wie eine richtige Banditin. Fae und ich trafen wenigstens ab und zu.

Wir übten weiter bis zur Dämmerung – so lange, bis wir nichts mehr sahen und nur noch das Knallen der Steine hörten. Mit den Zwillen ließ sich auf jeden Fall einiges anstellen – was genau, wollten wir nun bei Bier und Brot ausmachen.

Auf dem Weg zu Feyo lief uns Mill in die Arme. Der Gute sah ganz schön fertig aus, weil er mit Lara die Nacht durchgesoffen hatte und nicht zum Schlafen gekommen war. Alle lachten ihn aus. Wie ein nasser Hund ließ er mit tiefen Augenringen geduldig die Sprüche über sich ergehen.

Als wir in den Laden kamen, stand Feyo gerade mit einer Kiste Kirschen im Raum. Die waren allerdings so übel vergammelt, dass schon eine Wolke Fliegen darüber kreiste.

»Mensch Feyo, das riecht ja wie Essig!«, rief ich, »wem willst du denn die noch andrehen?«

»Ach, sie haben mir gestern eine Stiege von der Küste geschickt, aber wie ihr seht, kann man die nur noch wegschmeißen.« Mit grimmigem Blick ging er in Richtung Lager.

»Wir nehmen sie!«, rief Tiff entschlossen und schnippte wie in der Schule in die Luft. Wir sahen sie ungläubig an. »Die sind genau richtig … für die Fassaden«, flüsterte sie mit großen Augen, um nicht zu viel zu verraten. Nachdem sich jeder vorgestellt hatte, wie gut die verfaulten Dinger an die Bonzenhäuser klatschen würden, stimmten wir ihr natürlich mit ausladenden Gesten zu.

Feyo wunderte sich. »Mir ist es gleich«, sagte er kopfschüttelnd und war froh, nicht zur Mülltonne gehen zu müssen.

Mit Bier, Brot und den schimmligen Kirschen machten wir uns auf den Heimweg. Mill hatte wie immer draußen gewartet. Zuerst versuchte ich ihn glauben zu machen, dass die Kiste ein hervorragendes Geschäft war und man bestimmt noch ein paar gute Kirschen darin finden würde. Die anderen verkniffen sich dabei angestrengt das Lachen.

Mill kam uns jedoch ziemlich schnell auf die Schliche: »So dunkel ist es nun auch nicht, als dass ihr mir das ranzige Zeug als guten Schnitt andrehen könnt.«

Tiffs Einfall fand er natürlich großartig. Zurück in der Küche tranken wir uns Mut an. Ich fand es wunderbar, wie die Clique wieder zu glühen begann: Im Dusel schienen alle und alles in einer herrlichen Drehung zu verschmelzen. Es war egal, dass wir eine Menge Fusel dazu brauchten – im Rausch kamen fantastische Ideen, wurden die Dinge schwermütig und leicht zu gleich. So traurig der eigentliche Anlass auch war – jeder hatte nun ein Glänzen in seinen Augen, das mehr nach Glück als nach Sorgen aussah.

Mill und Ty wurden mit der Zeit zu richtigen Aufschneidern. Der eine erzählte von Fischen, die er mit der bloßen Hand fing, der andere hatte solche Fische nicht nur mit der Hand gefangen, sondern sie auch noch in einem Stück roh verschlungen – so ging das Stapeln immer weiter. Obwohl es wirklich sehr lustig anzuschauen war, wurde es den Mädchen nach einer Weile zu bunt und sie verdrückten sich in Mills Zimmer, um Platten zu hören. Vido, der wie immer nichts vertrug, döste neben mir auf seinem Stuhl.

Aber ehe wir völlig versackten, knallte ich die Kiste mit den Kirschen auf den Tisch und rief: »Kommt, Leute, lasst uns etwas vom Manifest abarbeiten und den Bonzen zeigen, dass es uns gibt!«

Noch bevor die zwei Schaumschläger wieder damit beginnen konnten, ihr Geflunker abzuspulen, drückte ich jedem eine Zwille in die Hand und sagte: »Die kommen jetzt in eure Hosentaschen und dann tragt ihr gemeinsam die Kiste nach unten!« Diese Ansage hatten sie gebraucht.

Es war ein ziemlicher Marsch bis in den Teil der Stadt, in dem die speckigsten Villen standen. Obwohl uns zu dieser Zeit auf den leeren Straßen wahrscheinlich keiner in die Quere kommen würde, versuchten wir immer auf der dunkleren Seite zu gehen. Nur beim Wechseln des Gehweges huschten die sechs großen und ein kleiner Schatten für einen Augenblick über das beleuchtete Pflaster.

Gleich an der ersten Villa blieben wir stehen. »Schaut euch diesen Klotz von einem Haus an«, sagte Fae. »So wie es aussieht, schlafen die schon.«

Ich hatte Sorge, ob wir auf diese Entfernung überhaupt einen Treffer landen würden, weil davor noch ein ausladender Garten lag, der vor Koniferen und rundgeschnittenen Büschen fast überquoll. Die Einschläge wären aber auf jeden Fall gut zu sehen, denn die Schweine hatten wie immer alles in ihrem geliebten, sauberen Weiß gestrichen. Im Dusel versuchte jeder, die Kirschen in seinen Fänger zu bekommen – »Wir als Kampftruppe«, dachte ich lachend, während die Munition nacheinander über die Straße rollte.

Plötzlich pfiff etwas von hinten über unsere Köpfe. Mill ließ sich gleich auf den Boden fallen. Erschrocken drehten wir uns um – Tiff stand mit Ausfallschritt und einer Hand in der Hüfte da: »Schaut nicht zu mir, sondern lieber nach vorn!«, rief sie und zeigte auf das Haus. Ich behielt recht: Die Einschläge waren mehr als deutlich zu sehen! Wir staunten nicht schlecht, denn Tiff hatte es tatsächlich geschafft, die Wand neben der Terrasse zu treffen. Selbst von hier aus erkannte man den dunklen Matschfleck.

Mill, der mittlerweile wieder aufrecht stand, und Ty bekamen sofort einen Lachanfall. Vido, Fae und ich zeigten uns überrascht davon, was Tiff für eine fantastische Schützin war und wie kühn sie dabei hinter uns posierte.

Ty stellte sich neben sie. »Mit dem Schwung bist du ein echtes Naturtalent, da können die Bonzen morgen ordentlich schrubben«, lobte er sie und legte einen Arm um ihre Schulter.

Unbeeindruckt nahm sich Tiff die nächste Kirsche und setzte an. »Auch wenn es für andere nach nicht viel mehr aussieht als einem Kinderstreich – für mich ist das erst der Anfang!«

Wie eine Peitschte flog das Gummiband durch die Luft und schmetterte den nächsten Fleck an die Fassade. Wieder machte ein Prusten und Staunen die Runde. Nun wollten wir es endlich auch versuchen. Übermütig griff jeder nach den Kirschen und bald ging ein richtiger Regen auf die Villa nieder. Viele landeten auf dem Rasen oder in den Hecken, aber nicht wenige schafften es doch bis ans Ziel. Tiff blieb die einzige, die beständig traf. Ich weiß nicht, wie lange es dauerte, aber nach einer Weile war die ganze Front von großen und kleinen Punkten, Spritzern und Klecksen übersät. Es sah aus, als hätte das Haus die Masern bekommen.

Mill, der enttäuscht darüber war, dass er kein einziges Mal getroffen hatte, torkelte in großen Schritten wütend Richtung Tor und brüllte: »Passt mal auf – ich kann auch etwas richtig gut!« Vorn angekommen, stellte er sich auf die Zehenspitzen und pisste in den Briefkastenschlitz. Wir grölten los – nur ein paarmal hatte ich Tiff so lachen gesehen, sie musste sich sogar den Bauch halten. Winkend und mit offenem Hosenstall kam Mill zurückgewankt.

»Garantierte Lieferung! Du hättest echt Postbote werden sollen«, rief Ty ihm zu.

Auf einmal ging das Licht an. Hastig griffen wir nach der Kiste und rannten Hals über Kopf los – dieses Mal in der Straßenmitte und so laut lachend und polternd, dass das

Geschrei wie im Sturm durch die Straßen hallte. In diesem Moment fühlten wir uns weder ängstlich noch besonnen, sondern furchtlos zu allem entschlossen. Nichts stand einem im Weg und die Zeit im Norden würde ab heute langsam ihr Ende finden. Alles, was jetzt zählte, war das Anfangen – und das hatten wir getan! Vergammeltes Obst gegen Häuser zu werfen, war natürlich weit weniger aufregend als ein echter Fenstersturz – hinter beidem stand allerdings die gleiche Absicht: die Dinge in die eigenen Hände zu nehmen!

Der Rückweg verging wie im Flug und im Handumdrehen hatten wir es in unser Viertel geschafft. An der Haustür verabschiedeten sich Vido und Fae mit kurzem Gruß. Ich behielt den Übermut des Abends auf dem Weg nach oben bei und nahm fast immer drei Stufen auf einmal, aber Mira war trotzdem schneller. Völlig außer Atem ließen wir uns gleich im Flur auf den Boden fallen.

»Schaut euch das an!«, keuchte Tiff und streckte ihre Hände in die Luft. »Die sehen aus, als hätten wir jemanden umgebracht!« Vom Kirschsaft waren sie über und über mit roten Flecken übersät, dazu kam noch der übliche Dreck der Straße. Zusammen mischte sich beides zu einem eigenartigen Grau-Rosa. Tiff spuckte in ihre Hände, rieb sie gegeneinander und drückte sie dann gegen die Wand. »Das habe ich auch als Kind immer gemacht«, sagte sie. »Jetzt bin ich ganz offiziell wieder da!«

Man sah den Abdruck kaum und Ty blickte etwas skeptisch darauf. »Sieht aus wie das Zeichen einer Bande«, sagte er. Allzu lange hielt es nicht: Mit etwas Wasser ließ sich alles rasch wieder abwaschen.

Wir trugen die Stühle von der Küche auf den Balkon – an Schlaf war heute Abend sowieso nicht mehr zu denken. Wie Passagiere auf einem Schiff schauten wir, die Beine über die Brüstung gelegt, zum Himmel. In Faes Wohnung brannte noch Licht und man sah die beiden noch ein paarmal am Fenster vorbeihuschen. Knapp über den Dächern stand schon das schmale, schwache Band des Morgens. Im Innenhof sang ab und zu eine Amsel – wahrscheinlich in der Hoffnung, es würde ihr jemand darauf antworten. Leider hatten wir nicht mehr als das Klicken unserer Feuerzeuge zu bieten. Die Luft war unglaublich frisch und weich, sie roch nach dem Rasen der Wäscheplätze, als hätte es etwas Regen gegeben.

»Hey Mill, weißt du noch, wie Val zu dieser Zeit immer mit einer Kanne Kaffee in der Tür stand?«

»Oh ja«, seufzte er wehmütig. »Das fehlt gerade. Wie hat sie immer gesagt? ›Hier kommt der Rest der Nacht … tragisch, bitter und in einer Tasse!‹« Den Schluss konnten wir einstimmig aufsagen.

»Das hat sie von mir!«, rief Ty dazwischen. »Ihr wisst aber schon, dass da wahrscheinlich nicht nur Kaffee drin war, oder?«

Mill und ich prusteten in die Luft. »Ja, na aber klar! Kein gewöhnlicher Kaffee kann einen so lange wach halten!«

»Wenn ihr Lust drauf habt, mache ich uns welchen – mit Zauberpulver!« Wir nickten alle – dagegen hatte niemand etwas einzuwenden. Ty verschwand in die Küche.

»Die Kirschen auf das Haus zu schießen, hat wirklich Spaß gemacht«, sagte Tiff und kippte ihren Stuhl mit dem Fuß an der Brüstung nach hinten, bis er nur noch auf zwei Beinen stand. »Aber seien wir mal ehrlich … da geht noch viel mehr!«

»Heute waren es nur Nadelstiche, so wie die Streiche von Nachbarskindern«, stimmte ich ihr zu. »Was wir brauchen, sind richtige Wunden!«

»Ja, die ihnen zu schaffen machen!«, sagte Mill, der gerade unsere glimmenden Kippenreste mit der Zwille durch den Innenhof schoss.

Ich musste gleich an Tys Schwärmer denken, die Val und mir damals einen wahren Schwall an Wünschen beschert hatten. Allerdings war bis jetzt noch keiner davon in Erfüllung gegangen.

Mill tippte mit dem Finger an seine Nase, als wäre ihm der beste Geistesblitz schlechthin gekommen. »Was haltet ihr davon, wenn wir einfach unsere Pisse in einem Fass sammeln und damit ihre Gärten überschwemmen?«

Ich prustete los: »Was für ein Einfall!«

»Das wäre auf jeden Fall eine Ansage«, entgegnete Tiff, »aber wahrscheinlich hat keiner von uns Lust, ein Fass voller Pisse durch die Straßen zu rollen!«

Während ich weiter vor mich hin schmunzelte, ließ sie sich in einem Ruck mit dem Stuhl nach vorn fallen und rief: »Aber wartet mal – überschwemmen, das wäre es doch!« Aufgeregt wuschelte sie durch ihre Haare, als ob darunter gerade ein Einfall nach dem anderen heranwüchse. »Jungs, was ist denn der Inbegriff für all die Willkür, der sie uns hier ausgesetzt haben?«

Mill überlegte nicht lange: »Der Wassermangel!«

Nickend und mit einer ausladenden Handbewegung forderte sie mehr Antworten. Nach einer kurzen Pause riefen Mill und ich fast gleichzeitig: »Das Strahlbad!«

»Genau das ist es!«

In diesem Augenblick kam Ty von hinten durch die Tür. Wie ein Kellner balancierte er das Tablett mit den vier dampfenden Tassen auf einer Hand. »Meine Damen und Herren«, sagte er mit gestelter Stimme, »so schwarz, tragisch und zauberhaft wie die Nacht mit euch!«

»Ach, Ty«, rief ich und griff zu. »Du hast es echt raus, im richtigen Moment aufzuschlagen! Damit trinken wir auf den ›Knall‹!«

Verwundert sah er mich an. »Ihr habt ihn also gefunden?«

»Ja, wir haben ihn gefunden!«, antwortete Tiff stolz. »Wenn das gelingt, sind wir mit gutem Gewissen und dem größten Paukenschlag aller Zeiten raus!«

Mill schoss noch einen Stummel ab – die leuchtende Spur hielt nur eine Sekunde. Dann stießen wir an. Gleich nach dem ersten Schluck war uns allen klar, dass Ty weder mit dem Kaffee noch mit seinem bitteren Pulver gespart hatte.

»Na, was habt ihr euch denn nun schönes ausgedacht?«

Ich sah zu Tiff. »Das Strahlbad muss dran glauben!« Sie sagte es mit der gleichen wilden Entschlossenheit, mit der sie vorhin auf die Villa geschossen hatte.

»Ha, da habt ihr euch ja einen schönen Klotz vorgenommen«, sagte Ty überrascht. »Mit ein paar Kirschen wird man da wohl nicht weit kommen!«

»Natürlich nicht, aber mit ihm fing es nun mal an. Es ist das Symbol für alles Schlechte – wie die Kröte, die in den Märchen immer unter der Erde auf der Wasserquelle sitzt.«

So großartig der Plan auch war, keiner wusste, wie oder mit was man dem Strahlbad zu Leibe rücken könnte, denn es war wirklich ein Klotz mit seinen gewaltigen Wänden und Decken, aus Unmengen von Stahlbeton gegossen. Wir waren nur wenige Male da gewesen und wenn, dann nur, um Wasser zu holen, niemals zum Baden.

»Bist du eigentlich jemals im Strahlbad gewesen?«, fragte ich Tiff. »Nein, ich habe es immer genauso gehasst wie ihr. Wenn uns das Wasser ausging, sammelte ich lieber Regen in Kochtöpfen, als auch nur einen Fünfer dafür zu bezahlen.«

»Dann sollten wir uns die Bude mal von innen anschauen!« In Mills Kopf schien der Kaffee langsam anzukommen, denn nun machte er den Vorschlag, jetzt gleich durch ein Fenster einzusteigen.

Nach einigem Hin und Her entschlossen wir uns aber, stattdessen den Badetag in dieser Woche einfach ausfallen zu lassen und am Freitag ins Strahlbad zu gehen. Wahrscheinlich wäre es für das Dachgeschoss ohnehin das Beste, wenn ein bisschen Ruhe und Unauffälligkeit einkehren würde.

»Dem verdammten Bad werde ich, genau wie Mill, ordentlich ins Becken pissen«, dachte ich und ärgerte mich darüber, den Schweinen etwas von meinem wenigen Geld für den Eintritt abgeben zu müssen.

In der Zwischenzeit legte Tys Zaubertrank richtig los und hielt, was uns versprochen wurde. Dem von Val stand er jedenfalls in nichts nach. Munter und ein wenig überdreht kamen alle im Morgen an. Wir aßen Brot und machten uns dann, wie es sich für echte Gammler gehörte, mit den Rädern auf den Weg zum Fluss, um den Tag am Ufer zu verbringen.

Der Vormittag empfing uns mit blauem Himmel und einer Sonne, die mit einem irren Hellorange den letzten Rest der Nacht durch die Hauptstraßen fegte. Tiff saß auf meinem Gepäckträger, denn die Jungs wären für die dünnen Drahtstreben viel zu schwer gewesen. Mira hatte wie immer ihre eigenen Wege, um ans Ziel zu kommen – wenn ich sie nur die Hälfte des Weges neben mir sah, war ich schon glücklich. Der große Schwung des Morgenverkehrs war schon durch, über den Beton der Schulhöfe tobten die Kinder in der ersten Pause und die letzten Geschäfte kurbelten ihre Markisen nach außen.

Mill fuhr vornweg und drehte ausladende Kreise in der Mitte der Straße. Das bereitete ihm einen Riesenspaß, weil er damit die Autofahrer zur Weißglut brachte. In ihren Karren fühlten sie sich sicher, hupten im Vorbeifahren und drohten mit mickrigen Fäusten. Meistens hatten wir sie aber bis zur nächsten Kreuzung eingeholt – und da saßen sie dann fest! Mill setzte sein finsterstes Gesicht auf und schlug gegen die Seitenfenster. Ich glaube, so ungeduldig haben die Typen wohl noch nie erwartet, dass es grün wurde.

Tiff gab mir eine glimmende Selbstgedrehte. Zusammen mit dem Fahrtwind von vorn und der Sonne von hinten kam ich mir damit unbesiegbar vor – ganz egal, wie viele Spießer,

Katzen oder Ampeln uns gerade in den Weg kamen – und fast genauso leicht und unverdrossen, wie Bird durch »Just Friends« wirbelt. Bei unserem Tempo hatten wir beide jetzt den gleichen Schwung wie im Song und außerdem war es ein gutes Gefühl, wenn Tiff sich in den Kurven an meinen Hüften festhalten musste, um nicht abzustürzen.

Ich machte trotzdem kein großes Theater daraus, denn ohne Frage würden auch wir »nur Freunde« bleiben. Im Gegensatz zu den kleinen flüchtigen Liebschaften, die eine Clique oft mit sich brachte und die man gerne annahm, hätten mich kein Saxophon und kein Fusel überzeugen können, sie aufzureißen – Streuner sollten sich an Streuner halten! Das hielt die Ernüchterung des nächsten Morgens für alle klein. Tiff war zu jung, zu blass, und sie trug für ein bedeutungsloses Abenteuer viel zu viel Aufrichtigkeit in sich. Die würde ihr noch früh genug von irgendeinem Halbstarken weggeküsst werden – und von da an wäre ihr größter Trumpf für immer verloren. Was sie im Moment brauchte, waren Gefährten, Brüder, Schwestern … Das alles konnten wir einigermaßen gut für sie sein.

Dank Mills Raserei zog die Stadt ziemlich schnell an uns vorbei und so ratterten wir schon gegen zehn über den Uferdamm mit seinem Teppich aus Bruchsteinen. Für gewöhnlich begann ab dieser Stelle meine schlechte Laune, weil die Arbeit in der Gärtnerei nicht mehr weit entfernt war – heute aber grinste ich vor mich hin und genoss sogar das laute Klappern der Schutzbleche.

An einer Reihe Pappeln machte Mill eine Vollbremsung und fuhr mit einem furiosen Schrei den Hang hinunter. Er schaffte es erst knapp vor dem Ufersand, gegenzulenken, um nicht mit dem Vorderrad darin stecken zu bleiben. Natürlich mussten Ty und Mira ihm das sofort nachmachen.

»Nur Verrückte! Sogar der Hund!«, sagte ich zu Tiff, die bereits lauthals darüber lachte. »Aber solche sind die Besten!«

Als wir unten ankamen, hatte sich Mill schon auf die Decke gelegt und öffnete gerade zwei Biere für uns. »Das ist ein Leben!«, seufzte er. »Kühler Schatten, das großartige Rauschen von ein paar Bäumen und noch vor zwölf einen im Tee – viel mehr kann man eigentlich nicht wollen!«

Das unterschrieb ich sofort! Der Platz war wirklich fantastisch: Über unseren Köpfen schaukelte ein Meer aus Blättern, welches das Sonnenlicht in wildem Durcheinander über das Ufer schickte, und dazu glitzerten die Wellen des Flusses. Zusammen mit ein wenig Wind ergab das Ganze die perfekte Mischung, um sich leicht zu fühlen.

Ich zog meine Schuhe aus, warf sie nach vorn und stellte nach dem ersten Schluck fest: »Nichts schmeckt so gut wie das erste Bier des Tages!« Alle stimmten mir zu.

»Gut und schön, dass wir gerade so locker drauf sind«, unterbrach Ty diesen wunderbaren Traum, »aber vergesst nicht: Wir brauchen noch einen Plan.«

»Da hast du Recht«, stimmte ich ihm zu. »Also, wie bekommt man das Strahlbad platt?«

Mill meldete sich als erster. Obwohl man für gewöhnlich von ihm nichts weiter als ein paar Sprüche erwarten konnte, hatte er dieses Mal auf Anhieb den besten Einfall: »Unter dem großen Schwimmbecken soll es einen Raum geben, durch den sie das ganze Umlaufwasser leiten – wenn wir da hineinkämen … Das könnte die Achillesferse sein.«

In diesem Moment blitzte in Tys Augen ein richtiges Funkeln auf. Bestimmt dachte er schon darüber nach, wie viel Schwarzpulver oder Nagellackentferner man bräuchte, um ein Loch in die Decke zu sprengen.

»Das klingt doch gut, oder?«, fragte ich ihn.

»Na klar! Mit den tausend Tonnen Wasser darüber würde schon ein winzig kleiner Riss genügen und alles fiele in sich zusammen!«

Tiff blieb skeptisch: »Wie ihr gesagt habt, sind die Wände aus Stahlbeton – hätten wir da überhaupt eine Chance?«

Von diesem Einwand unbeeindruckt grinste Ty vor sich hin: »Dafür habe ich schon das Richtige!« Er nahm einen Schluck Bier und ließ eine kurze Pause. »Habt ihr mal was von Karbid gehört?« Wir schüttelten die Köpfe.

Ty erklärte uns, dass das Zeug im Allgemeinen recht ungefährlich sei – gäbe man aber etwas Wasser dazu, dann würde es zu einem Gas, das alles und jeden wegsprengte, wenn man es anzündete. Irgendwann hatte er, woher auch immer, tatsächlich ein ganzes Fass Karbid bekommen und es seitdem genau für eine solche Aktion in seinem Keller gebunkert. Es wog gut fünfzig Kilo – wir brauchten ein Auto!

Dank Mills Bekanntem sollte das das kleinste Problem sein. Viel mehr Sorgen machte ich mir über das Zusammentreffen mit Val. Sie wohnte immer noch in Tys Bude und immer noch wusste keiner, wie es ihr ging: War sie wütend oder versöhnlich oder feierte sie einfach nur jede Nacht durch, um alles zu vergessen?

Tiff sah mir meine Zweifel an. »Lass uns doch gemeinsam da aufschlagen – auf alle kann Val nicht böse sein«, meinte sie.

»Daraus wird leider nichts werden«, unterbrach Ty sie, »für das Fass müssen wir die Rückbank umlegen ... Da kann nur noch einer mit mir fahren.«

»Dann geht das auf mich!«, rief ich sofort. »Wir kennen uns schon so lange, das ist eine gute Grundlage. Ich werde sie auch nicht überreden, bei der Aktion mitzumachen – das ist allein ihre Sache. Alles, was ich will, ist, dass wir nach dem Knall ohne Unmut auf den anderen gemeinsam im Süden leben können!«

In diesem Augenblick hätte ich vielleicht sogar klein beigegeben, nur um die Wogen zu glätten, so sehr wünschte ich mir jetzt eine Versöhnung herbei – Freundschaften waren einfach wichtiger als irgendwelche Befindlichkeiten. Val ging es mit Sicherheit genauso.

»Na, ob das klappt?«, zweifelte Mill an meinem Plan. »Auf jeden Fall solltest du ein dickes Hemd tragen, falls sie dich auch mit Schwärmern beschießt.«

»Unbedingt!«, stimmte Ty ihm lachend zu.

Ich winkte ab. »Ihr Spinner, es gibt gar keine andere Wahl – irgendwann werden wir sowieso aufeinandertreffen. Außerdem ist sie kein Ungeheuer, sondern fängt einfach nur zu leicht Feuer. Wir sollten eher genügend Bier zum Löschen mitnehmen.«

Die Vermutungen und Behauptungen, was wohl das Beste wäre, gingen noch eine Weile hin und her. Am Ende war es Nachmittag, alle Biere waren getrunken und unsere heißen Köpfe unendlich dankbar für den Schatten. Ty erzählte im Suff noch blumige Geschichten aus seiner Kindheit, als er und sein Vater zum Neujahr Kohlköpfe mit Karbid über die Felder geschossen hatten und Val vor Angst im Haus geblieben war. Dabei betonte er immer wieder, was für ein unglaublicher Gestank entstand, wenn man das Zeug mit Wasser mischte, und wie ohrenbetäubend es dann knallte.

»Morgen müssen wir genau schauen, wo dieser Raum ist«, sagte er, »und ob sich das Ganze da unten überhaupt zünden lässt. Ich habe noch über hundert Meter Lunte bei mir zuhause, das sollte reichen.«

Bevor wir aufbrachen, ging ich ans Wasser. Der Weg über das Ufer war recht beschwerlich, weil die Sonne inzwischen wie verrückt brannte und die Steine ordentlich aufgeheizt hatte. Ich kam mir vor wie ein Büßer, der zur Sühne über glühende Kohlen geht. Im Wasser ließ es sich aushalten – ein kühler Segen, dessen leichte Strömung die Füße umspülte. Im Sitzen schoss ich flache Kiesel über den Fluss – einer davon machte sogar sieben Aufsetzer, bevor er unterging.

»Bravo«, rief es von hinten. Es war Tiff, die sich in diesem Augenblick ebenfalls recht mühsam über die Steine quälte. »Verdammt, sind die heiß!«, fluchte sie immer wieder.

»Beiß die Zähne zusammen und renn das letzte Stück!«

Das tat sie – und lief so weit, bis ihr das Wasser fast bis zu den Waden stand. »Oh, Mann, es ist, als ob meine Füße gebrannt hätten!«

»Dieses Jahr ist der Mai ein echter Hitzkopf, wenn du mich fragst. Leider wird der Sommer dafür meistens ziemlich dünn.«

»Ach, der Sommer …«, seufzte sie wehmütig, schaute zur Flussmitte und steckte ihre Hände in die Haare. »Wer weiß, wo ich dann bin?«

»Kommst du denn nicht mit in den Süden?«

»Vielleicht … Man weiß ja nie, wie es ausgeht.« Einen Moment später drehte sie sich mit einem Satz um, rief »weiter!« und rannte wie angestochen wieder zurück.

Die Antwort blieb sie mir schuldig, auch wenn ihre Stürmerei einiges vermuten ließ: Tiff würde wieder gehen – wahrscheinlich genauso leise und geheimnisvoll, wie sie aufgetaucht war. Keiner konnte etwas dagegen machen. Auf dem Rückweg entdeckte ich noch die Reste ihrer nassen Fußabdrücke auf den Steinen und sah dabei zu, wie Wind und Sonne alles dafür taten, dass sie so schnell wie möglich verschwanden. Hier draußen sorgten sie für das Vergessen, in der Stadt taten das der Fusel und die Zeit – die beiden Dinge, an denen es niemals mangelte. »Genau so wird es werden!«, dachte ich traurig.

Obwohl wir am nächsten Morgen dank dem abgesagten Badetag ausschlafen konnten, war ich schon früh wach. Die Freitage, an denen Mill klappernd und singend durch die Wohnung tobte, hatten einfach ihre Spuren hinterlassen. Immerhin blieb uns heute das furchtbare Lied der

Leichtmatrosen erspart. Ich sah zur Balkontür, an der sich Mira wie immer ihre Nase plattdrückte. Das Wetter war mies – eine graue Mischung aus Schauern und Windböen.

»Kannst wohl auch nicht mehr richtig schlafen?«, fragte ich. Aufgeschreckt drehte sie sich um, kam schwanzwedelnd angerannt und rollte sich nach einem Sprung auf mein Bett am Fußende zusammen. Einen tiefen Seufzer später döste sie schon wieder.

»Gute Entscheidung, meine Liebe, bei all dem Regen kann man nur schlafen.«

Ich stand dennoch auf. Von den anderen war kein Laut zu hören. Da es aber wohl niemanden gibt, der sich über ein ordentliches Frühstück nicht freut, machte ich ein paar Butterbrote, kochte Kaffee und deckte den Tisch. Er sah richtig ansehnlich aus. »Blumen könnten es noch perfekt machen!«, dachte ich. Im Hinterhof gab es schon eine Menge Mohn, der in traumhaftem Rot auf dem sonst so langweiligen Rasen blühte. Vom Treppenhaus aus sah man, wie der Hauswart gerade eine der beiden Flügelklappen des Aschelochs hochwuchtete. Kaum war sie einen Spalt breit offen, sauste auch schon eine Horde Ratten nach draußen und flüchtete in die Büsche. Sie sahen aus wie ein Schwall schwarzes Wasser, den man auf die Wiese gegossen hatte und der nun langsam zu den Seiten floss. Dem Hausmeister machte das nichts aus – ohne eine Miene zu verziehen schüttete er im Nieselregen stoisch Tonne für Tonne in die Grube. Am Ende war er ganz von einer aufgeblähten Staubwolke eingehüllt und hustete.

Wahrscheinlich hätten die meisten Leute die Ratten für ein schlechtes Zeichen gehalten – gerade wenn so etwas unglaublich Großes wie unser Knall bevorstand. Daran glaubte ich nicht, denn genau wie wir waren auch die Ratten ihr ganzes Leben lang auf der Flucht, mussten sich ständig neue Bleiben suchen und auf der Hut vor Ködern sein. Das einzige, was uns voneinander unterschied: Sie hatten sich über die Zeit damit abgefunden, die Flucht war zu ihrem Wesen geworden. Für die Clique hingegen sollte nach dem Knall Schluss sein mit alldem.

Ich blieb zuversichtlich, pflückte in aller Ruhe ein paar Glaskirschen und danach eine Handvoll Mohnblumen, die unter den Regentropfen ein wenig die Köpfe hängen ließen. So wurde der Frühstückstisch zum schönsten, den wir je hatten.

Nachdem die anderen aufgestanden waren und einen Reigen aus Komplimenten über mich ausgekippt hatten, packten wir unsere Badesachen zusammen und füllten noch schnell Wanne und Eimer mit der wöchentlichen Wasserration. Draußen regnete es immer noch Bindfäden. Für uns war das nicht das schlechteste Wetter, denn so ließen sich die Gesichter im Schatten von tiefgezogenen Mützen verstecken.

»Kaum zu glauben«, schimpfte Mill genervt, als wir über die Straße gingen. »Für den Eintritt könnten wir uns ein großes Abendessen leisten.«

»Sieh es doch einfach als die beste Einlage, die du je gemacht hast«, entgegnete Ty. »Niemals wieder wirst du einen solchen Schlag gegen die Bonzen für so wenig Geld bekommen!«

Als echte Rebellen blieben wir mit etwas Abstand vor dem Bad stehen – so wie sich Rivalen eben gegenübertreten. Von hinten muss es wahnsinnig draufgängerisch ausgesehen haben: vier Schatten nebeneinander – die Riesen Mill und Ty in schwarzen Lederjacken an den Seiten und in der Mitte die beiden flinken Kleinen. Vor uns ragte der dampfende, braun getünchte Gegner des Viertels auf und die Mäuse machten sich nun tatsächlich daran, der Schlange die Zähne zu ziehen. Ich spürte, dass Tiff ziemlich aufgeregt war, und legte meinen Arm um ihre Schultern.

»Danke«, flüsterte sie. Mill verteilte vier Gitanes.

»Wo hast du denn die her?«, fragte Ty überrascht.

»Die habe ich gestern noch bei Feyo gekauft – dachte mir, heute passen sie vielleicht ganz gut. So ist Val wenigstens als bitterer Tabakschleier mit dabei.«

Es kam mir vor wie eine Ewigkeit, seit ich diese Dinger zum letzten Mal gepafft hatte, aber schon nach dem ersten Zug schossen mir die Bilder unseres Küstenausflugs durch den Kopf. »Was für eine wunderbare Zeit«, dachte ich und wurde schwermütig. »Viel zu selten werden die Dinge aus dem Nichts so herrlich groß.«

»On y va!«, rief Mill. Nachdem wir gerade noch ein wenig trübselig gewesen waren, konnten wir uns jetzt ein Grinsen über seinen Spruch nicht verkneifen.

»Wo hast du denn das aufgeschnappt?«

»Ach, mal im Radio gehört.«

»Ein kleiner Franzose ist also unter uns!«, jubelte Ty. »Na dann … geh voran!«

Entschlossen und in großen Schritten marschierten wir die breiten Treppenstufen bis zum Schalter hinauf, der in die polierte Granitfassade eingelassen war. Wortlos, ohne nach oben zu schauen, zog das grimmige alte Männlein unseren Zwanziger durch einen schmalen Schlitz im Fenster. Wenig später bekamen wir dafür vier Karten.

»Danke für nichts!«, fauchte Mill gegen die Scheibe. Davon kam anscheinend nichts dahinter an, denn der Typ wickelte weiter unbeeindruckt an seiner Kartenrolle herum.

Die Eingangshalle war riesig. Ich konnte mich kaum daran erinnern, wie das Ganze aussah, als Mill und ich das letzte Mal hier gewesen waren. Jetzt wirkte alles auf mich wie in einem Bahnhof: hohe, mit braunem Granit verblendete Wände, in der Mitte eine große Freifläche. An den Seiten führten Flure nach hinten. Seltsamerweise gab es außer dort in der gesamten Halle keine Beleuchtung – lediglich durch ein Oberlicht, das von kleinen grünen Glasquadraten eingefasst war, schimmerte der Tag hindurch – viel mehr als ein milchiger Schleier kam davon allerdings nicht drinnen an. Vermutlich warf das Bad den Schweinen immer noch zu wenig Gewinn ab und so versuchten sie, auch am elektrischen Licht zu sparen.

Die wenigen Besucher, die an diesem verregneten Morgen gekommen waren, sah man nur als vorbeieilende Silhouetten. Ihre Stimmen vermischten sich mit dem Schlurfen der Badeschuhe zu einem dumpfen Raunen, das den ganzen Raum ausfüllte. Und im Hintergrund dröhnte zudem noch das Brummen der Turbinen, deren pulsierende Schwingungen sogar unter den Füßen zu spüren waren. Alles in allem ergab sich daraus eine eigenartige, bedrohliche Stimmung, als wäre das Strahlbad tatsächlich die Kröte auf der Wasserquelle, die träge und überheblich vor sich hin schnaufte.

»Hast du das so in Erinnerung?«, fragte ich Mill.

»Irgendwie nicht«, antwortete er und schaute sich weiter misstrauisch um. »Anscheinend soll es nicht den besten Eindruck machen – und das alles für einen Fünfer.«

»Am schlimmsten ist dieser Geruch«, sagte Tiff und rümpfte angewidert ihre Nase, »nach Putzmittel und fauligem Wasser.«

Ty hielt sich schon ein Taschentuch vor sein Gesicht. »Als wäre hier drinnen nur uralte Feuchtigkeit und keine Luft zum Atmen«, sagte er.

Ich zeigte auf die Treppe, die zweiläufig zum Hauptbecken im Obergeschoss führte. »Da müssen wir rauf! Ziehen wir uns am besten vorher schnell um, damit wir nicht weiter auffallen.«

Auf dem Weg zu den Umkleiden musste ich mich ein paarmal an Mill festhalten, weil der Boden von der Nässe unglaublich rutschig war. Dazu kam noch das verrückte Schachbrettmuster aus schwarz-weißen Fliesen – man fühlte sich fast so, als hätte es zum Frühstück eine ganze Flasche Schnaps gegeben.

Zumindest die Garderoben waren normal beleuchtet. Mit dem Handtuch um die Hüften sahen wir am Ende wie alte Herren aus, die sich gerade auf den Weg in die Sauna machen.

»Schaut bloß nicht auf meinen Badeanzug«, rief Tiff, als sie nach draußen kam. »Der ist mir irgendwie ein ganzes Stück zu groß.«

»Anscheinend sind wir kein guter Umgang für dich«, witzelte Mill. »Über das ganze Rauchen und Saufen hast du völlig verpasst, zu essen.«

»Ach Quatsch, ihr wart der beste Umgang, den ich seit langem hatte – gerade weil es bei euch genügend Fusel und Zigaretten gab!«

Am Ende des Aufgangs angekommen, empfing uns das Obergeschoss großspurig mit einem breiten Flur – wenn es hier drin eines gab, dann war es Platz! Linker Hand lag das große Becken, in dem einige Schwimmer zwischen den Korkleinen ihre Bahnen zogen. Das Wasser hatte eine eigenartig hellgrüne Farbe und in den Ecken wogten kleine Gischtberge langsam auf und ab.

»Beinahe wie am Meer«, dachte ich spöttisch. Auf der rechten Seite befanden sich die Duschkabinen, die durch beige Vorhänge voneinander getrennt waren. Der viel zu kurze Stoff ließ einen Spalt, sodass man dahinter immer wieder kleine und große Füße im Seifenschaum herumtreten sah. Trotz des Gestanks war fast jede belegt. Kein Wunder – den Leuten blieb ja nichts anderes übrig. Der Gang war nur spärlich von einer Reihe kleiner Kugellampen beleuchtet, die bis ans Ende führte. Der beharrliche Geiz der Bonzen hatte aber auch etwas Gutes: Es gab weder einen Bademeister noch anderes Personal.

»So wie es scheint, haben wir echt Glück«, flüsterte ich den anderen zu, während wir weitergingen. »Es gibt niemanden, der hier aufpasst.«

»Da vorn ist doch eine Tür, oder?«, fragte Ty.

Im schwachen Licht ließen sich mit Mühe gerade so die Umrisse erahnen. Wir sahen uns noch einmal um und schlappten dann los, so schnell das mit den Badeschuhen ging. Hier hinten war es ziemlich dunkel.

»Hoffen wir das Beste«, sagte Mill und drehte den Knauf. Heute lag »das Beste« endlich auf unserer Seite, denn nach nur einem Klick öffnete sich die Tür. Schon durch den ersten Spalt schlug uns sofort ein Schwall feucht-warmer Luft entgegen.

»Meine Güte, das riecht, als wäre es der direkte Weg in die Hölle!«, flüsterte ich.

Hinter der Tür führte ein Schacht mit Leiter und gelb leuchtender Lichterkette senkrecht nach unten. Ich beugte mich darüber. Viel war nicht zu erkennen, außer dass es bestimmt zwanzig Meter abwärtsging. Von dort kam auch das dumpfe Rütteln der Pumpen.

»Bei der Wärme und dem Krach muss das wohl auf jeden Fall der Weg in diesen Raum sein«, sagte ich.

Mill schob mich zur Seite. Einen Moment später sprang er wie ein Eichhörnchen an die Leiter, hielt sich nur mit den Händen daran fest und drückte seine Füße von außen gegen die Führung. Quietschend rutschte er los.

»Um Gottes Willen, warum nimmst du denn nicht die Stufen?«, rief ich ihm hinterher.

»Ist mir zu langsam!«, verhallte Mills Stimme. Er wurde immer kleiner und nach einer Weile konnte ich tief unten gerade so ein Winken ausmachen.

»Vermute mal, das heißt, wir sollen jetzt nachkommen«, sagte ich.

Mit einem mulmigen Gefühl kletterte ich auf die Leiter. Bei meinem letzten Blick nach oben winkte mir Tiff hinterher. Schritt für Schritt wurde die Luft nun immer heißer und stickiger. In mir kamen schlechte Erinnerungen hoch: Schon als Kind hatte ich es gehasst, unter Wasser getaucht zu werden

– und der Abstieg war ungefähr das Gleiche. Wie eine Hülle aus Watte legte sich die heiße Luft allmählich um meinen Kopf und drückte den Herzschlag in die Ohren. Nach einer gefühlten Ewigkeit hörte ich Mills dumpfe Stimme: »Du bist gleich im Schiffsbauch angekommen – ich kann dir schon unter dein Handtuch schauen.«

»Was für ein Spinner, selbst hier unten«, dachte ich. Wenige Stufen später war es endlich geschafft: ich hatte wieder festen Boden unter den Füßen. Von hier aus führte eine Art Korridor weiter – ziemlich schmal, mehr als zwei Personen hätten wohl kaum nebeneinander hindurchgepasst. Es war beängstigend. Zu allem Überfluss erstickten die Enge und der Beton jeden Hall und jedes kleinste Echo: Egal, ob es Mills Worte, das Rauschen der Turbinen oder meine Schritte waren – alles verklang sofort. Ich hatte einmal davon gehört, dass Leute in schalldichten Räumen mit der Zeit durchdrehen – das hier fühlte sich fast genauso an. Die Luft stand, sie bewegte sich keinen Zentimeter, und machte das Atmen bei dem ohnehin schon widerlichen Gestank nicht gerade leichter.

Als nächstes kam Tiff unten an, danach Ty – auch bei ihm machte Mill wieder seinen dummen Spruch. Im Gegensatz zu mir fühlte dieser sich anscheinend davon herausgefordert und warf Mill von oben sein Handtuch und die Badehose auf den Kopf.

»Na, ist die Aussicht jetzt besser?«, rief er herab. Völlig nackt stieg er dann weiter abwärts, um sich anschließend breitbeinig vor uns hinzustellen. »So, Strahlbad, jetzt bist du dran!«, rief er. Es war ein äußerst komischer Anblick inmitten dieser unwirklichen Einöde.

»Mit dem Ding bekommst du wohl jede Mauer platt?«, lachte ich. Tiff schüttelte nur grinsend den Kopf.

»Wie heißt es doch: Der Glaube versetzt Berge!«, hörte man Mill von vorn rufen.

Nach ein paar weiteren Sprüchen folgten wir einem Bündel dünner Rohre, die am Boden den schmalen Gang entlangliefen.

»Diese Decken und Wände«, staunte Tiff vor sich hin. »Wie in einem Bunker ... Nein, vielleicht eher wie in einer ägyptischen Grabkammer!«

Ty, der mittlerweile wieder seine Badehose trug, blieb zwischen zwei einander gegenüberliegenden Türen stehen. »Links oder rechts?«

Wir zuckten mit den Schultern. Er entschied sich für die linke und klopfte an.

»Was soll das denn?«, lachte Mill. »Glaubst du, da drin ist einer?«

»Man kann ja nie wissen!«

Beinahe gleichzeitig griffen beide übermütig nach der Klinke und rissen die Tür auf.

»Oh, Mann, das ist übel!«, rief Ty.

Drinnen war es stockdunkel, aber wir hatten die Quelle des Gestanks gefunden: süßlich und beißend schoss er heraus und roch so stark nach Moder und Verwesung, als würden direkt vor uns die buntesten Schimmelblüten blühen. Ich hielt die Luft an und tastete auf der Suche nach dem Lichtschalter blind hinter der Tür herum. Schließlich schaltete ein laut krachendes Relais die Lampen an.

Im nächsten Augenblick wurde allen klar, dass wir gerade tatsächlich einen Schatz oder vielleicht sogar den geheimsten Zahn der Schlange gefunden hatten. Der Raum war von einem Wald aus Säulen durchzogen, die wahrscheinlich gegen den Druck von oben stützen sollten – das große Becken musste tatsächlich über uns liegen. Vom Boden bis zur Decke war alles wie in einem riesigen Badezimmer mit schneeweißen Kacheln gefliest.

»Hallo?«, rief Mill langgezogen. Hier hallte sein Gebrüll nun auch wieder zurück. Als keiner darauf antwortete, gingen wir hinein und hielten uns die Handtücher als Atemschutz vor die Gesichter.

»Ziemlich abgefahren, der Scheiß!«, staunte Ty. »Das muss wirklich der Teil des Kellers sein, von dem ich gehört habe!«

Plötzlich rief Tiff von vorn: »Kommt mal schnell her!«

Wir schlitterten über die Fliesen zu ihr und staunten sprachlos: Vor uns tat sich ein rundes Wasserbecken auf, das ebenerdig in den Boden eingelassen war. Es war von vier dicken Pfeilern umgeben und füllte bestimmt ein Viertel des ganzen Raumes aus. Und als wäre das nicht schon merkwürdig genug, drehte im Inneren des Beckens ein gewaltiger Strudel in größter Behäbigkeit vor sich hin. Genau wie oben war auch hier das Wasser hellgrün, jedoch viel zu trüb, als dass man die Tiefe des Ganzen hätte ausmachen können. Immer wieder fiel der Wirbel unter dem Druck des Wassers in sich zusammen. Dann hustete, spuckte und blubberte die Mitte weißen Schaum nach oben. Mir wurde etwas mulmig, weil es wirklich so aussah, als würde das Ding leben. Vor Ekel und Angst lief mir ein Schauer über den Rücken. Immerhin standen wir gerade mal eine Armlänge von diesem Ungetüm entfernt, auf das der glatte Untergrund auch noch abschüssig zulief.

»Was für ein Herz der Finsternis!«, sagte ich und deutete den anderen an, sie sollten lieber einen Schritt zurückgehen. »Seht ihr, mit was für einer Geschwindigkeit das Wasser in die letzte Kurve des Trichters rast?«, rief Ty. »Der Strudel könnte es locker mit einem von uns aufnehmen und ihn mitreißen!«

Ohne zu zögern ging Tiff noch ein Stück nach vorn und hockte sich an den Rand. Im Augenwinkel bemerkte ich, wie die anderen schon etwas nervös wurden.

»Dieser Strudel ist wirklich ein Zeichen«, sagte sie. »Keiner von uns weiß, warum dieses Ding eigentlich hier ist oder wohin all das widerliche Wasser fließt … Trotzdem nimmt er gierig und unersättlich Stunde für Stunde alles in sich auf und bringt es wer weiß wohin. Und da ...«, sie zeigte nach außen. »Seht ihr, wie lange die Oberfläche ganz glatt und ruhig ist? Erst am Ende, kurz bevor es abwärts geht, entstehen ein paar Wellen. Da ist es dann natürlich viel zu spät, um zu begreifen, was geschieht!«

Mill, Ty und ich stimmten ihr schweigend zu und starrten weiter in den hohlen dunklen Schlund, der uns wahrscheinlich am liebsten auf der Stelle verschlungen hätte. Ich stellte mir die Clique in einem Boot vor – und dieser See wäre unsere ganze Geschichte: Welcher Abstand wohl in diesem Moment zwischen uns und dem Abgrund lag? – Womöglich noch ein ganzes Stück, aber in der Ferne hätten wir mit guten Augen bestimmt schon die wenigen Wellen ausmachen können. Zögerlich ging ich auf die andere Seite, sodass der Strudel zwischen mir und den anderen lag, die nun ein ganzes Stück kleiner wirkten. Wie sollte man nur gegen diesen Keller ankommen? Etwas ratlos sah ich mich um. Erst jetzt fiel mir ein rostiger Stahlträger auf, der direkt über dem Becken an der Decke quer durch den Raum führte. In kurzen Bildern schoss mir sogleich eine wilde Idee durch den Kopf.

»Hey Ty, hast du schon einen Plan?« Er schüttelte den Kopf. »Was hältst du davon, wenn wir das Fass da oben dranhängen und es aus der Ferne versenken.«

Allzu mies schien mein Vorschlag nicht gewesen zu sein, denn Ty winkte mich zu sich. »Kein schlechter Einfall«, sagte er. »Nur müssten wir den Strudel mit irgendetwas verstopfen, sonst fließt uns das ganze Karbid davon, noch bevor es zu Gas geworden ist.«

»Holzwolle!«, rief Tiff. »Ich habe mal erlebt, wie bei einem Sommergewitter Massen von Holzwolle und Spänen aus einem Lager auf die Straße gespült wurden. Kurz darauf waren alle Schleusen dicht – ein richtiger Fluss zog dann durch das Viertel.«

»Das klingt großartig! Genau das bräuchte man hier!«

In unserer kleinen Vorstellung war das Ganze natürlich ein Kinderspiel: Karbid, Seile und Zündschnüre hatten wir schon und ein paar Säcke Holzwolle sollten sich bestimmt besorgen lassen. Mir erschien es fast ein wenig zu einfach.

»Du schaust nicht so zufrieden?«, fragte Tiff.

»Na, wundert ihr euch nicht, dass wir so schnell einen Plan und auch die Mittel dafür haben?«

Mill wiegelte ab: »Manche Dinge wirken einfach unüberwindbar, ohne es wirklich zu sein. Das Strahlbad hat uns mit seiner grimmigen Fassade einfach nur verarscht – wie diese Wespen, die eigentlich gar keine sind.«

»Mimikry!«

»Was für ein Ding?«, fragte er verdutzt.

»Das nennt man Mimikry!«, antwortete Tiff voller Stolz noch einmal. Mill nahm sie in den Arm, als wäre sie seine kleine Schwester, und sagte ein wenig höhnisch: »Ach, wenn ich dich nicht hätte – dann würde ich wohl ziemlich dumm sterben!«

»Das Bad gaukelt einem also alles nur vor?«

»Genau wie wir!«, rief ich, »nur dass wir es genau andersherum machen und die Schweine verarschen, indem wir tiefstapeln: Niemals würden sie vermuten, dass ein paar Gammler das Strahlbad in die Luft jagen können.«

»So wie du es mir an dem Abend gesagt hast, als Val abgehauen ist«, sagte Mill, »für die Bonzen sind wir nur Mäuse!«

»Bestimmt kam mir deshalb auch die Sache mit der Holzwolle in den Sinn«, sagte Tiff mit einem breiten Grinsen. »Mäuse lieben Holzwolle!«

Ty streckte seinen Arm in die Mitte: »Abgemacht? In der nächsten Freitagnacht knallt es, und zwar richtig!«

Ohne zu zögern packte jeder seine Hand dazu. Meine lag als letzte obenauf und darunter waren die Pranken der Jungs, die ein perfektes Versteck für Tiffs kleine Finger abgaben. Ich spürte die Hitze, die aus all der Wut und dem Eifer aufstieg. Erst sie machte uns zu echten Draufgängern, die für ihre Sache einstanden. Kurz bevor sich der Handschlag in lautem Brüllen auflöste, gurgelte der Strudel noch einmal auf – als wollte er uns drohen. Schallend, dass uns die Ohren nur so klingelten, übertönten wir sein Blubbern mit einem lauten »Ha!« und rissen die Arme nach oben. Da verstummte der Strudel, als wüsste er, dass seine Tage gezählt waren. Auf dem Weg zum Ausgang winkte ich ihm trotzig zum Abschied zu: »Bis Freitag, du Dreckschleuder!«

Wir schalteten die Lampen aus, stiegen die unsäglich schmale Leiter wieder nach oben und schlichen unauffällig zurück ins Gedränge des Obergeschosses. Jetzt war das Bad richtig gut besucht, sodass man mit knochentrockenen Badesachen in der Masse gar nicht mehr auffiel. Als wir am Becken vorbeikamen, hustete sich ein Typ gerade die Seele aus dem Leib und rotzte ausladend auf den Boden. So widerlich es auch war – man konnte es ihm nicht verübeln. Anscheinend hatte er etwas von dem Zeug verschluckt, das sie einem hier als Wasser andrehten. Ich war froh, dass kein Tröpfchen davon auf mir gelandet war.

Schnell zogen wir uns um und hauten ab. Tiff schlug vor, im Park zu bleiben, weil der Regen sich inzwischen verzogen hatte. In der Hoffnung, die abartige Luft aus meinen Lungen zu bekommen, atmete ich wie ein Blasebalg aus und ein. Das half aber nur wenig – es war, als ob der Gestank in mir klebte.

Tiff pflückte eine Handvoll hellblauer Hyazinthen von der Wiese und hielt sie mir unter die Nase. Was für ein wunderbarer Geruch – ich konnte gar nicht genug davon bekommen, so unbeschreiblich süß war der Duft. Der kleine Strauß in ihrer

Faust erinnerte mich an Less' Kritzelei: »Was haben wir schon in der Hand?« Die Antwort gab ich mir nun selbst: »Jetzt gerade? – Einen ganzen Frühling!«

Wir machten es uns auf der Bank gemütlich, so gut es ging. Von oben schüttelte zwar ab und zu der Wind den letzten Regen aus den Baumkronen, aber das störte nicht weiter – was zählte, war, dass wir heil, unversehrt und so viel schlauer aus dem Bad herausgekommen waren. Mill hatte sich ins Dachgeschoss verzogen, um für alle Kaffee zu kochen. Nach einer Weile kam er gemeinsam mit Mira und vier dampfenden Tassen wieder in den Park gerannt. Es sah aus, als würden sie einen Wettlauf machen, den Mira natürlich mit einigem Vorsprung gewann.

»Ich habe nur versucht, schneller als der Hund die Treppen runterzukommen«, keuchte er mit hochrotem Kopf, »aber das schafft man einfach nicht.«

»Was für eine Überraschung!«, spottete ich über seine Erkenntnis. »Das Schlimmste ist, dass wir für deinen Unsinn mit gutem Kaffee bezahlen mussten!«

Ty blickte in seine Tasse und sagte enttäuscht: »Stimmt, die Hälfte davon haben dann wohl die Stufen abbekommen.«

Tiff, die ihr Kinn auf die angezogenen Knie gestellt hatte, klang etwas versöhnlicher: »Das ist schon in Ordnung – so erschöpft, wie die immer knarren, tut ihnen der Schwarze bestimmt ganz gut.«

Bis zum Nachmittag schlürften wir die Reste, die uns geblieben waren, und grübelten weiter über unser Vorhaben nach. Ty und ich würden morgen in den Süden fahren, die anderen würden die Holzwolle besorgen. Mill machte sich auf den Weg, um das Auto klarzumachen, und kurz darauf parkte er den Schlitten wie ein Dandy direkt vor unserem Haus, indem er am Schluss den Motor aufheulen ließ – der klang allerdings immer noch wie ein alter Wolf.

Als in der Dämmerung langsam die Nässe unter die Jacken kroch und die Kinder von ihren Müttern an langen Armen widerwillig zum Abendessen aus den Pfützen gezogen wurden, gingen wir nach oben. Im Hausflur sah man noch die Kaffeespritzer von dem Wettlauf zwischen Mensch und Hund. Bestimmt dachten die Nachbarn, hier wäre eine Horde wilder Gummistiefel hinabgetrampelt.

Nachdem sich alle mit Broten und trockenen Sachen versorgt hatten, brachen wir ins Rezna auf, wo Fae und Vido schon auf uns warteten. Für einen frühen Freitagabend war es recht ruhig. Mir fehlte das bunte, hektische Treiben, wenn jeder so schnell wie möglich auf die Feiern wollte. Vermutlich blieben die meisten wegen des verregneten Wetters lieber zu Haus. Und der klägliche Rest, der einem auf der Straße entgegenkam, sah mit den Mützen, Mänteln und Kapuzen wie eine astreine Ansammlung von Ganoven aus. Umso ansehnlicher war der Blick durch Reznos Schaufenster, hinter dem sich die zwei Verliebten an unserem Tisch die Hände hielten. Keine Filmschnulze hätte das im Schein der wenigen Lampen besser einfangen können. Wie ein paar lausige Gaffer standen wir zu viert davor und beneideten die beiden um alles, was sie in diesem Moment hatten. »Manchmal sind die Zeiten seltsam«, dachte ich, »dann verlangen sie einem nur das Streben nach Idealen ab.« Für uns hieß das: die Liebe in den Hosentaschen zu lassen, bis die »Geschlagenen« angemessen gerächt waren, nichts anderes.

»Na, kommt schon! Gehen wir rein!«, drängelte Mill von der Seite.

Rezno grüßte vom Tresen aus. Fragend zeigte ich auf die leeren Tische und rief: »Halb acht und man trifft nicht mehr als die üblichen Tresengeister und zwei Verliebte?«

Ohne eine Antwort darauf zu haben zuckte er mit den Schultern. Nachdem wir Vido und Fae begrüßt hatten, nahm ich mir zum allerersten Mal, seitdem wir hierher kamen, die Karte.

»Geht's dir gut?«, fragte Mill und beugte sich zu mir. »Ach, ich wollte nur schauen … brauch heute mal was anderes!«

»Guter Plan!«, stimmte mir Tiff zu und zog die Karte zu sich. »Ich such uns das Richtige aus! Wenn wir heute schon nicht baden, dann sollte wenigstens getrunken werden.« Ein bezauberndes Lächeln huschte über ihren Mund, dabei blitzten die kleinen flachen Zähne fast ein wenig unbeherrscht zwischen den Lippen hervor. Ohne Frage stand der Clique ein haltloser Abend bevor: Die Flaschen würden uns fertigmachen und keiner könnte dem feinen Glitzern widerstehen, wie es geheimnisvoller als alles andere aus dem Regal schimmerte. Ich war fast so aufgeregt, wie vor einer Reise – wenn die Euphorie jeden Gedanken vergoldet, sodass man sich einfach hingeben muss – egal, was daraus wird. Nun legte ich den Beginn des Abends in Tiffs Hände, denn sie wählte den ersten Drink – der nicht zu unterschätzen ist, weil er gleichzeitig auch den Ausgang des Abends bestimmt. Still flogen ihre Augen über die Seiten, die anderen warteten genau wie ich auf eine Antwort.

Kurz darauf rief sie »Manhattan!« und schlug die Karte auf den Tisch.

»Ja, ja, ja!«, grölte Mill und klatschte bei jedem »Ja« in die Hände. »Das ist der richtige Anfang für das Ende eines verrückten Tages! Mach gleich sechs!« Er warf seine Schachtel Gitanes in die Mitte. »Bedient euch, es sind die Letzten – ich bin erst mal blank!«

»Davon sollten wir Rezno nichts sagen«, flüsterte ich, »wir müssen die Manhattan wohl für länger anschreiben lassen.«.

Als hätte er seinen Namen gehört, kam Rezno auch schon an den Tisch. »Habe ich richtig gesehen – ihr hattet tatsächlich die Karte in der Mangel?«

»Sechs Manhattan!«, rief Tiff und lachte nun so breit, dass ihre Augen ganz klein wurden.

»Keine Klaren und kein Bier?«, fragte Rezno und runzelte ungläubig die Stirn, »Na, kommt, Leute, die Kohle dafür habt ihr doch gar nicht!«

Was nun folgte, war ein üppiger Sturm aus Komplimenten, Schmeicheleien und Bitten – der ganze Tisch redete auf ihn ein. Er hatte keine Wahl, als uns den Gefallen zu tun und die Bestellung, wenn auch widerwillig, auf seinen kleinen Block zu schreiben. Ich sah ihm hinterher und dachte: »Nach Feyo ist er der zweite echte Heilige meiner Welt!«

Ty saß inzwischen bei Fae und Vido, um ihnen von unserem Ausflug ins Strahlbad zu berichten. Während er alles wie ein Märchenerzähler bis ins Kleinste beschrieb, wurde auch mir noch einmal klar, wie merkwürdig und irrsinnig das Ganze gewesen war: das widerliche Bad, der Strudel im Keller und zum Schluss eine Parkbank, auf der wir unseren winzigen Plan vollendeten.

Noch bevor ich mir mehr Gedanken darüber machen konnte, brachte Rezno die Drinks. Sie waren umwerfend und hatten genau diese sagenhafte Zwiespältigkeit, für die man einen Manhattan einfach lieben musste: die Süße des billigen Wermuts gemischt mit dem bitteren Zorn von Angostura und Whisky. Zusammen ergab das einen grandiosen Schwamm für all unsere Zweifel und Ängste. Wie ein paar Aufschneider nippten wir an den Drinks.

Als Ty mit der Story fertig war, sah ihn Vido skeptisch an: »Und du glaubst, mit einem Fass Karbid schafft man das?«

»Zumindest kommen wir damit durch die Decke und bringen das Becken zum Einsturz – selbst wenn das Ganze nur zu einem Viertel klappt, der Schaden wird groß genug sein!«

»Es geht nicht darum, perfekt zu sein«, sagte Tiff. »Alles, was wir wollen, ist ein Zeichen – den Knall eben!«

Mill sah argwöhnisch zu den anderen Tischen, die mittlerweile gut besetzt waren, und zischte: »Rückt mal lieber näher zusammen«, als wären wir die größten Verschwörer schlechthin. Nun hatte jeder die anderen im Abstand von höchstens einer Armlänge vorm Gesicht. Von der Hitze der Drinks waren unsere Wangen herrlich rosa beschlagen.

»Und?«, fragte ich Vido und Fae. »Seid ihr dabei?«

Beide nickten widerspruchslos. »Dann ist es fest: Der nächste Freitag ist der letzte – für das Strahlbad und für uns im Norden!«

Wir quetschten die Gläser in unsere kleine Runde und stießen leise an. Ich hatte nur noch Eiswasser übrig und zog den Rest gleich in einem Zug runter.

Mill ging es genauso: »Verdammt, schon leer … Noch eine Runde davon wird man nicht schlauchen dürfen, oder?«

»Wir können Rezno nicht so ausnehmen«, hielt ich dagegen. »Sechs Bier passen auch – und für die bekommen wir sogar das Geld zusammen.«

»Mach sieben!«, knurrte es.

Unbemerkt war Lara an den Tisch gekommen und hatte sich heimlich hinter Mill gestellt. Im Halbdunkel war von ihr nicht mehr als ein Schatten zu erkennen.

»Hey«, rief Mill und stand auf. »Was macht denn meine Lady hier?« Ein wenig unbeholfen versuchte er, ihr einen Kuss zu geben.

»Hatte nichts mehr zu trinken!« Voller Argwohn schaute sie an Mills Schulter vorbei. »Warum habt ihr eigentlich eure Köpfe so dicht beieinander?« Ihrem Blick nach war aber nicht unser enges Zusammensein das Problem, sondern Tiff, die Mill direkt gegenübersaß. Es brauchte allerdings schon ein gutes Stück wilde Eifersucht, um sich daraus eine Romanze zusammenzureimen. »So ein Unsinn!«, dachte ich, »Mill wäre viel zu bequem, um nebenbei etwas Neues anzufangen – erst recht nicht, wenn es für ihn doch gerade so perfekt ungezwungen läuft mit Lara.«

Ich stellte mich zwischen die beiden, umarmte sie und flüsterte in ihre Ohren: »Alles gut, Mill hat keinen Scheiß gebaut – und das wird er auch nicht! Tiff gehört schon zu mir!« Das Letztere hatte ich in diesem Moment einfach aus dem Bauch heraus geflunkert, denn gerade brauchten wir alles andere als irgendein Beziehungstheater. Mill sollte seine Gedanken schließlich bei unserem Plan haben.

Mit meiner Ansage schien Lara fürs erste glücklich zu sein. Allerdings traute ich dem Frieden nicht ganz und ging zur Bar. Dort schnorrte ich den wahrscheinlich letztmöglichen Manhattan von Rezno. Mit einer ausladenden Geste schob ich das Glas vor Lara. »Siehst du, meine Liebe, heute wird alles ein bisschen größer!« Nun waren die Dinge wieder im Lot.

Mit der Zeit schmeckte auch das Bier und es dauerte nur noch zwei, drei Runden, bis der Dusel alle gefällig und breit gemacht hatte. Lara sollte nichts von unserem Vorhaben mitbekommen, denn je weniger davon wussten, desto besser war die Chance, dass es für alle gut ausginge.

Um die Stimmung am Laufen zu halten, ohne auf die Bonzen oder den Süden zu kommen, erzählte ich hintereinander die besten Geschichten von Mills Sauftouren – glücklicherweise gab es davon mehr als genug. Sein Ausflug mit Bunker war dabei nur der Anfang. Tiff hörte die Story zum ersten Mal und lachte sich darüber kaputt.

Mill versuchte natürlich, alles abzustreiten und kam wiederum auf die Idee, die Clique einfach mit Klarem abzufüllen – keine Ahnung, woher er auf einmal das Geld dafür nahm, aber ich vermutete, dass ihm Lara dabei aushalf. Wir kippten alles, was Mill an den Tisch bestellte, und schwitzten die nächsten Stunden so laut und bräsig im eigenen Saft vor uns hin, dass mir das Rezna wie ein riesiger Ofen vorkam. So passte die Feier: die Münder vom Lachen abgewetzt, darüber gläserne Augenpaare, deren Blicke es nur noch mit Mühe über den Tisch schafften, und dazwischen die von weichem Dunst überzogenen Nasenrücken. Die Krönung des Ganzen war der Sturm fuchtelnder Hände, die alles erklären konnten.

Im Hintergrund dudelte eine von Reznos Folkplatten. Obwohl es nicht gerade mein Sound war, versuchte ich, trotz des Geredes nur auf den Song zu hören. So blieben nach einer Weile nur noch die Gitarre und die lautlose Clique übrig – und mit einem Mal wurde jedes Lachen, jedes Blinzeln so unglaublich flüchtig und tragisch, dass beide in einer Art Schwerelosigkeit einfach davonschwebten. Mir war klar, dass heute ein besonderer, wenn nicht gar überhaupt der letzte Abend im Rezna sein würde. Ich dachte an den widerlichen Strudel – an die Frage nach der Entfernung zum Abgrund und ob man am Horizont schon Wellen sah: In ein paar Stunden wäre das Boot nah genug, dass wir den Sog unter einem feuerroten Himmel allmählich spüren könnten. Ich ließ mich nicht beirren, denn jetzt war nicht die Zeit, um innezuhalten. Jetzt gerade waren wir so herrlich dicht, da musste man dran bleiben!

»Mill hat heute alles gegeben, um uns mit Fusel fertig zu machen«, jubelte ich und bekam kaum noch mein Bierglas zu greifen. »Ha, seht ihr … es ist ihm gelungen!«

»Ach was!«, lallte Ty. »Gelungen, gelungen, verschlungen die Lungen …« Der Rest des Satzes gluckerte unverständlich aus ihm heraus.

Tiff wischte ihre Haare nach hinten. »Ich glaube, das sollte heißen: Gelungen ist es ihm erst, wenn wir es bis zur Morgendämmerung schaffen!«, sagte sie mit rauer Stimme und einer Kippe im Mundwinkel, die bei jedem Wort herauszufallen drohte.

Ich stimmte ihr lachend zu. Dank Laras Kohle war »bis zur Morgendämmerung« natürlich kein Problem. Während wir weiter durchzogen, Bier und Klaren tranken, schlief Mill wie gewohnt als erster ein. Lara passte das gar nicht, also stieß sie ihn so heftig in die Seite, dass er beinahe wie ein Sack Kohlen vom Stuhl gerutscht wäre. Kurz bevor er umkippte, fing Ty ihn mit einem beherzten Griff an seiner Schulter auf.

»Was ist denn hier los?«, brüllte Mill mit rot verquollenen Augen. »Geht der Kahn schon unter?« Alle lachten.

»Ach was, wir rauschen hier weiter, während du pennst!«, rief ich.

In fast übermenschlicher Anstrengung versuchte Mill, seinen Schwips zu überspielen und salutierte mit einer Hand am Kopf. Es half nichts: Bis wir losmachten, döste er trotzdem noch vier- oder fünfmal weg und glitt schließlich sogar unter den Tisch ab. Als wäre er Mira, die zum Glück zuhause geblieben war, ließen wir ihn einfach da liegen – im Schnarchen stand er ihr auch in nichts nach.

Als die Luft dann endgültig raus war und es tatsächlich schon dämmerte, kassierte Rezno die Biere und den Fusel ab. Eine richtige Verabschiedung bekam keiner mehr hin, also winkte ich ihm von der Tür aus zu, während gerade der Refrain von »God Knows, We're Always on the Run!« aus der Anlage dröhnte. »Ja, na klar«, dachte ich, »›Gott‹ weiß auch alles!«

Draußen hatte sich Lara Mill schon untergehakt und schleifte ihn in Richtung ihrer Wohnung, wie ein Jäger seine Beute.

»Also, diesen grunzenden Kerl hätte ich mir nicht aufgehalst«, sagte Ty schadenfroh, »zumal er heute Nacht sicher zu nichts mehr zu gebrauchen sein wird.«

Tiff grinste und meinte etwas höhnisch: »Sie wird ihn schon dazu bringen!«

Auf dem Heimweg summte ich den letzten Refrain noch ein paarmal vor mir her – im Suff verdrehten sich allerdings mit jeder Wiederholung die Worte. Am Hauseingang angekommen, sang ich dann tatsächlich: »Das Gute ist: Wir gehen uns nichts an!« – Immerhin stimmte der Reim noch. Ohne es in diesem Moment wirklich zu begreifen, ging ich schlafen.

Erst am nächsten Morgen, als ich mit Ty und einem dreifachen Kater im Auto saß, erinnerte ich mich an Vals Traum, in dem die Pflanzen zu sprechen gelernt hatten und in dem ihr eine Wasserader zuflüsterte: »Das Gute ist: Wir gehen uns nichts an«. »Dann ist sie ertrunken«, murmelte ich vor mich hin und grübelte weiter darüber nach, warum sich beide »nichts angingen« – und vor allem, warum mir genau diese Stelle letzte Nacht eingefallen war. »Val hat bestimmt eine Erklärung dafür«, vermutete ich.

»Was hast du gesagt?«, fragte Ty, der anscheinend nichts von meinem Gemurmel verstanden hatte.

»Nichts, nichts«, wiegelte ich ab und erzählte von unserem Ausflug ans Meer. Er staunte nicht schlecht. »Mit dieser Karre? – Alle Achtung! Habe schon gedacht, wir müssten das Fass vielleicht mit dem Zug nach Hause bringen, weil der Hobel unterwegs schlapp macht.«

Trotz seiner ansonsten wilden Art war Ty ein viel besonnenerer Fahrer als Mill. Mit Mill am Steuer wären wir zwar schon längst angekommen, hätten dafür aber auch hundert Strafzettel und alle Schlaglöcher kassiert. Mir war die gemütliche Tour recht, denn nach dem widerlichen Regenwetter von gestern strahlte heute ein wunderbar blauer Himmel mit kleinen Wolken auf uns herab. Es war herrlich anzuschauen, wie die Stadt immer weiter wurde und der Süden begann.

Damals vom Zug aus hatte ich die Breite der Straßen nur erahnen können – jetzt schätzte ich sie auf locker über zwanzig Meter. Der wenige Verkehr des Samstagvormittags verteilte sich darauf so leicht wie ein Sack Murmeln auf dem Gehweg. Allmählich säumten immer mehr Häuser die Seiten: Flache unverputzte Ziegelbauten, deren Fenster nach vorn größtenteils mit Brettern vernagelt waren. Sie hatten so gar nichts von dem bunten Leben, das wir von den Gleisen aus beobachten konnten.

»Lebt denn hier keiner?«, fragte ich.

»Doch, doch – die wollen nur, dass es nicht gleich so auffällt. Jedes Haus ist bewohnt! Man sieht es erst am Abend, wenn das Licht durch die Bretter scheint.«

Von den wenigen Läden waren ebenfalls alle geschlossen – wahrscheinlich machten die auch erst am Nachmittag auf. Das war ein Leben! Keiner hastete oder musste sich mit Bonzen, Arbeit und Bullen herumärgern.

»Wie gesagt, ich kenne genügend Leute, die eine Bleibe für euch haben«, sagte Ty. »Freust du dich schon auf hier draußen?«

»Was denkst du denn? – Als erstes werde ich jeden Tag baden und mich darüber freuen, dass wir rechtzeitig abgehauen sind! Ach ja, und jeden Abend wird gefeiert!«

»Klingt nach mir, als ich noch jünger war«, sagte er grinsend. »Mittlerweile ist mir aber mein Wald als einzige Gesellschaft am liebsten.«

Nach dem Bahnhof fuhren wir über den gleichen Feldweg zu seiner Bude, über den auch Val und ich im Winter gestapft waren. Die Karre schepperte und wankte wie ein Boot bei Windstärke zwölf. Langsam begann mein Herz zu rasen, denn nun war es nur noch ein kleines Stück, das mich vom Wiedersehen mit Val trennte. Man erkannte schon den Hirsch, der heute aber regungslos an seinem Mast hing, weil der Wind für seinen Tanz fehlte. Mit quietschenden Bremsen hielten wir vor dem Tor und stiegen aus.

»Sollen wir klingeln?«, fragte ich. Ty nickte, ich drückte den Knopf und schon knallte es.

»Na, zumindest hat sie nachgeladen!«

Nachdem ich noch ein paarmal geklingelt hatte und der Hauseingang bereits im Rauch verschwand, schloss Ty auf.

»Dann ist sie wohl nicht da«, sagte ich enttäuscht. »Wird es also keine Aussöhnung geben.«

»Wer weiß, ob sie sich überhaupt darauf eingelassen hätte?«

»Na, immerhin wären wir uns von Angesicht zu Angesicht begegnet … Das ist doch was anderes, als übers Telefon oder nur in der Vorstellung.«

Drinnen roch es nach kaltem Zigarettenrauch und Fett, alle Vorhänge waren zugezogen. Es sah nicht gerade danach aus, als ob hier in den letzten Nächten jemand aufgeschlagen wäre. Die Spüle quoll von Geschirr und leeren Flaschen über. Ich zog eine heraus und musste über das Etikett schmunzeln: »Parfait Amour« – Val ließ es sich gut gehen. Wahrscheinlich hatte sie schon das ganze Viertel verrückt gemacht: als geheimnisvolle Unbekannte von einer Feier zur nächsten fliegend, mit zertanzten Schuhen und den lässigsten Typen im Schlepptau. »Umso besser für die Clique – so kommen wir wenigstens auch gleich in die Nachbarschaft rein«, dachte ich, obwohl es eigentlich keine Kunst sein sollte, im Süden Fuß zu fassen, denn mehr als den Nachtschlaf musste man nicht dafür opfern.

Ty rief mich in den Keller. Er hatte die Seile und die Zündschnüre schon über seine Schulter gehängt. Gemeinsam wuchteten wir nun das Karbidfass, das nur halb so hoch war wie ich, auf der kleinen Treppe nach draußen und rollten es zur Einfahrt. Als dabei etwas von der blauen Lackfarbe abplatzte, sah ich fragend zu Ty.

»Das ist das Gute an dem Zeug«, beruhigte er mich und stieß es weiter mit einem derben Tritt bis zum Tor. »Du kannst es wie wild schütteln – nichts passiert! Erst das Wasser macht daraus die Hölle!«

Als der Zentner in den Kofferraum plumpste, gab das Heck einen schweren Seufzer von sich und senkte sich fast bis auf den Reifen ab – die Rückfahrt sollte interessant werden. In mir wirbelte immer noch die Unzufriedenheit umher, weil ich mich nicht mit Val aussprechen konnte. Ty wollte das Tor gerade verschließen, da rannte ich noch einmal zum Haus zurück.

»Bin gleich wieder da«, rief ich, »ich schreibe Val nur schnell eine Nachricht.«

»Na, wenn du meinst«, rief er mir lachend hinterher. Ich setzte mich auf die Treppe, fummelte das Etikett von einer alten Suppendose ab und schrieb mit Bleistift auf die Rückseite:

»Liebe Val, abhauen gilt nicht! Zumindest nicht für immer – schon gar nicht für dich und mich. Die Clique hat sich für die Tat entschieden! Versuche, es einfach ohne Zorn als gegeben hinzunehmen … vielleicht so wie Regenwolken an deinem Geburtstag: Die sind ebenso unverzeihlich, aber auch nicht zu ändern! Egal, wie du dich entscheidest, wir warten am nächsten Samstagmorgen vor unserem Haus auf dich: grinsend, ein ganzes Stück zufriedener und bereit für die Reise!«

In der Eile fielen mir nur diese wenigen Zeilen ein. Sie sollten weder Entschuldigung noch Rechtfertigung sein, nur ein unverblümter und ehrlicher Handschlag zur Versöhnung. In einer Woche hätte unser Streit ohnehin kein Futter mehr, denn alles wäre vorbei – jeder würde in ein neues Leben gehen; egal, wo.

Am Boden fand ich ein paar gelbe Reißzwecken, die in den Holzbrettern steckten. Zwei genügten, um das zerknitterte Blättchen an die Tür zu heften. Um dem Ganzen dann doch etwas von der Schwermut zu nehmen, schrieb ich zum Abschluss noch »Pavese ist ein Abfahrer!« darunter. Damit sollte ich ihr auf jeden Fall ein Schmunzeln abluchsen – wie auch immer sie den Rest verstand.

Zurück im Auto nickte Ty mir nur fragend zu. »Alles gut!«, antwortete ich und er gab Vollgas.

Der Motor stöhnte müde auf und hatte mächtig zu tun, die Karre auf Touren zu bekommen. Ich bekam richtig Mitleid mit der Maschine, weil er ihr so zusetzte. Wenn die Straße zu schlecht wurde, stellten wir das Radio so laut es ging, weil das Poltern und Krachen der aufsetzenden Stoßdämpfer unerträglich wurde.

Am späten Nachmittag waren wir zurück und trafen Mill und Tiff, die gerade die Säcke mit der Holzwolle in den Keller schafften. Beide erzählten, dass sie ewig gebraucht hatten, um genügend von dem Zeug zu besorgen, weil jede Werkstatt ihren Abfall gleich verbrannte.

»Aber Tiff war ein waschechter Schlaukopf!«, rief Mill und drückte sie freudestrahlend an sich. »Wir sind einfach zum Sperrmüllplatz gegangen und haben nach alten Sofas und Sesseln gesucht – die sind ja mit Holzwolle gepolstert!«

Stolz führten sie uns nach unten und präsentierten ihren Schatz. Als wir unseren Kram dazugestellt hatten, holte Tiff noch Vido und Fae. Zu sechst standen wir im Halbkreis um das Fass, die Seile und Schnüre, Vidos Leiterwagen und sechs Säcke voller Holzwolle, die so prall gestopft waren, dass sich schon Beulen herausdrückten. Es sah aus, als wären diese ganzen Dinge Geschenke auf einem Geburtstagstisch.

»Das sollte so passen!«, sagte Ty zufrieden. »Ich komme mir schon wie ein richtiger Partisan vor!«

Er hatte Recht, denn das schwache Licht einer einzigen Glühlampe, vermischt mit dem Geruch von Kohle und feuchten Ziegelwänden, ließ es wie eine Verschwörung aussehen – wo sonst, wenn nicht hier würden solche geheimen Treffen stattfinden? Der ganze Aufwand für eine Nummer, in der unsere Chancen im Ganzen gesehen nicht größer als ein Stecknadelkopf waren – aber trotzdem hielt jeder hier unten den Plan für das einzig Wahre, das die Clique jemals auf die Reihe bekommen hatte.

Tiff sah mich an. »Genau wie du gesagt hast: ›Die Tat ist das einzige Mittel zu Widerstand und Umbruch, alles andere ist eine Lüge‹.«

Bis Donnerstag hatten wir alles für unseren Auszug gepackt – leichtes Gepäck; gerade so viel, dass es in ein paar Taschen und Koffer passte. Alles, was überflüssig erschien, wurde verschenkt. Die Nachbarn wunderten sich natürlich über die Eile, in der wir alles loswerden wollten – dann erzählte ich ihnen immer die gleiche Flunkerei von einer Weltreise und der Suche nach Abenteuern. Ein bisschen war es ja auch so – keine Ahnung, ob sie mir das glaubten.

Den Schatz des Viertels, unsere Badewanne, vermachten wir Less. Die konnte ihr Glück kaum fassen und versprach, niemals darüber zu sprechen, woher sie sie bekommen hatte. Ich versuchte, jedes Gefühl von Wehmut zu verdrängen – und das gelang mir erstaunlicherweise recht gut.

Am Abend saß ich alleine am offenen Küchenfenster und blies gemächlich den Rauch einer Zigarette nach draußen. Ty und Tiff hatten sich schon schlafen gelegt, die Nacht kam in großen Schritten. Ein Rest Sonnenuntergang schenkte jedem Schornstein zum Abschied noch einen riesigen Schatten, bevor er verschwand. Allmählich ging auch dem Himmel die Farbe aus und nur die blassen Pastelltöne der Dämmerung blieben übrig. Es lag eine eigenartige, fast vollkommene Stille über dem Viertel. Irgendwann legte Mill eine Platte von Coltrane auf und schickte mit »Naima« ein gewaltig seufzendes Saxophon durch den Flur. Erst in diesem Moment begriff ich, dass es wirklich der letzte richtige Abend war. Nun holte mich doch etwas Wehmut ein und ich dachte traurig zurück an all die schönen Morgen mit Kaffee, Jazz und den besten Freunden, die ich je hatte; daran, wie ich Tiff unter einer Laterne zum ersten Mal begegnet war, an ihren Vater und an unser Manifest.

Ich ging zu Mill, der gerade seine letzten Platten zusammenräumte, und fragte: »Du spielst Coltrane?«

»Ja«, antwortete er leise – so leise, dass man sich schon fast Sorgen um ihn machen musste. »Ich spiele ihn für alles und jeden, den wir morgen zurücklassen.«

Dafür passte der Song mehr als gut – ein schwerer Schleifer, den man eigentlich erst nach vier Uhr in der Nacht, bei Regen oder in der Hoffnung auf eine wilde Knutscherei auflegte.

»Hier oben ist doch mehr passiert als gedacht«, stimmte ich ihm zu. Gemeinsam schwelgten wir in Erinnerungen, ließen die Zeiten noch einmal aufleben und überlegten, was uns am meisten fehlen würde:

»Das Dachgeschoss, das über die vielen Jahre so gut durchgehalten hat.«

»Vergiss nicht Feyo – du weißt, er ist ein echter Heiliger und für Mira wird das Leben ohne Wurstzipfel echt schwer werden.«

»Der Dampf und das Brüllen«

»Die Badetage«

»Dein irres Tanzen auf dem Tisch, wenn du die Drinks alle hattest!«

Wir wünschten uns so sehr, dass der Knall nur Gutes nach sich ziehen und jeder Bonze endlich begreifen würden: An diesem Viertel verbrennt man sich die Finger, wenn man zu gierig wird. Bis in die Nacht tranken wir jeglichen Rest, den wir finden konnten, und spielten Chets großartiges Album »Chet« ohne Pause hintereinander ab.

Irgendwann stand eine völlig verschlafene Tiff in der Tür und fragte ein wenig genervt: »Wie kann man sich vor einem so wichtigen Tag noch die Köpfe wegsaufen?«

Wir verkniffen uns eine Antwort und lachten im völligen Dusel die ganze Zeit nur über ihre zerzausten Haare.

»Ach, macht doch, was ihr wollt«, sagte sie nüchtern und schlurfte zurück.

Gegen zwei ging ich ins Bett und fühlte, wie sich mein besorgtes Hasenherz lieber eine endlose Nacht wünschte, die uns das ganze Theater ersparen würde. Es half nichts – so viel schneller als gedacht war er da: der Freitagmorgen. Wir hatten beschlossen das letzte Baden für uns allein zu machen, um nicht unnötig für Aufsehen zu sorgen. Schon eine Stunde bevor Mill für gewöhnlich durch die Wohnung polterte, wurde ich wach. Auch Mira spürte, dass die Dinge nun etwas anders liefen – heute waren ihr selbst die Krähen egal. Heimlich war sie in der Nacht an mein Fußende geschlichen und dämmerte dort noch immer vor sich hin.

Als Mill ab um sieben sein Lied schmetterte, war es das erste Mal, dass mir die Abenteuer der Leichtmatrosen gefielen – ich summte im Refrain sogar mit.

»Liebe Freunde, das war's!«, rief Mill am Schluss, »diesen Gassenhauer werde ich nie wieder bringen!«

Eine Stunde später waren alle aufgestanden und tranken auf dem blanken Küchenfußboden Kaffee – sämtliche Möbel außer dem Ofen und der Spüle hatten wir verschenkt. Dem Morgen fehlte die Leichtigkeit, jedem stieg die Aufregung zu Kopf: Tiff und Mill bekamen sich sogar ein paarmal wegen unserer kleinen Abschiedsfeier von gestern Abend in die Haare und Ty, der eigentlich über den Dingen stand, kaute fahrig an seinen Fingernägeln herum und rauchte eine nach der anderen.

»Liebe Leute«, rief ich genervt und klang dabei so streng wie ein Lehrer, der seine Schüler aufmischte. »Ihr geht jetzt in den Keller und schaut, ob wir wirklich alles zusammen haben. Ich hau mich in der Zwischenzeit in die Wanne!«

Es brauchte ein Machtwort, sonst wären sie sich in der nächsten halben Stunde noch an den Hals gesprungen. Ohne ein Murren trabte die Bande tatsächlich die Treppe hinunter.

»Na endlich!«, seufzte ich zufrieden. »Den Kindergarten hätten wir geschaukelt!« Genüsslich ließ ich mich langsam in das heiße Wasser rutschen. Die Wanne war ein Traum – was gab es besseres als zum letzten Mal der Erste zu sein und nichts außer der Hitze, dem Dampf und dem Knacken des Ofens um sich zu haben. Gerade dieses kleine Geräusch, nicht lauter als das Ticken einer Uhr, durchdrang alles. Anscheinend zählte auch das heiße Metall schon die Stunden.

Nach einer Weile waren die anderen zurück und hatten Vido und Fae dabei. Vom Flur aus waberten die Stimmen in meine Ohren, vom Wasser bis zur Unkenntlichkeit gedämpft – ich verstand kein Wort. Der Badeofen gab weiter Vollgas, als würde er bis morgen früh durchmachen wollen. Langsam machte mir die Hitze zu schaffen. Ein See aus Tropfen stand auf meiner Stirn – es war schwer zu sagen, ob sie vom Schwitzen kamen oder vom Wasserdampf.

Als ich aus der Wanne stieg, strich ich über ihren Rand und flüsterte: »Dank dir!« An vielen Stellen war die Emaille in kleinen und großen Ovalen abgeplatzt. »Wir haben dir über die Jahre ziemlich zugesetzt, was?« Alles hinterließ Spuren – unsere waren rostige Flecken und leere Flaschen.

Draußen ging es hoch her, denn Vido hatte Bier mitgebracht, das er in zwei Wassereimern kühlte. Während die anderen immer noch im Schneidersitz um den Aschenbecher saßen, lagen Mill und Tiff auf dem Rücken und pafften ihren Rauch in die Luft – genauso unbeschwert wie die Kaffeekanne auf dem Herd. Ich nahm mir eine Flasche und hockte mich zu ihnen, mit nichts außer dem Handtuch um meine Hüften.

»Halt bloß deine Beine zusammen«, brüllte Mill, »sonst sehen Tiff und ich deinen ganzen Stolz.« Alle lachten.

»Ach, Mill – als ob du dieses Unding nicht schon gesehen hättest!«

»Dieses Unding!«, prustete Tiff und begann so heftig darüber zu lachen, dass ihr die Kippe aus dem Mund fiel.

Mill hob sie auf. »Keine Angst, so schlimm sieht er unten rum gar nicht aus!«

Ich schaute etwas verlegen auf den Boden und zupfte an meinem Flaschenetikett herum. Plötzlich wurde mir einiges klar: »Kein Wunder, dass wir uns wie Kinder benehmen«, rief ich, »Vido hat uns Starkbier angedreht!«

Er grinste schadenfroh in sich hinein und zuckte mit den Schultern. »Ich wusste ja nicht, dass ihr darauf so abgeht!«

»Von der Brühe bekommt man bestimmt einen ziemlichen Kopf! Hoffentlich schaffen wir es trotzdem ins Strahlbad!«

Vido winkte ab: »Das passt schon – je mehr, desto besser! Nach zwei Flaschen wird man vom Zweifler zum Draufgänger; so machst du dir garantiert keine Gedanken mehr, wenn du ein Fass voller Karbid durch die Nacht rollst!«

»Stimmt!«, dachte ich, zog den letzten Rest runter und nahm mir noch eins aus dem Eimer. Es schmeckte viel zu bitter, machte uns aber zu lässigen Kämpfern. Es lief besser als gedacht: Gegen neun Uhr abends war die Clique richtig aufgedreht, hastete durch die leere Wohnung und wollte jetzt endlich all ihren Zorn loswerden – bis Mitternacht mussten wir allerdings noch aushalten. Mill schlug vor, eine Runde zu drehen, um etwas abzukühlen – ein guter Vorschlag, denn so könnten wir bei Feyo gleich noch Schnaps kaufen.

Draußen war es wunderbar mild. Ein leichter Wind blies altes Laub über das Pflaster, Amseln sangen ein letztes Mal um die Wette und Spätbusse donnerten wie irre über rote Ampeln, weil sie ihre Tour so schnell wie möglich hinter sich bringen wollten. Das Starkbier hatte uns mutig gemacht – wie eine Gang stolzierten wir über den Gehweg und stellten dabei großspurig die Ellenbogen nach außen. Vido und Fae hatten sich schon auf den Heimweg gemacht. Das war in Ordnung, denn so müssten nicht alle in den Knast wandern, falls uns die Bullen erwischten. Wenn alles gut ginge, würden wir die beiden spätestens nächste Woche im Süden wiedertreffen. Mill lief mit großen Schritten und einer seltsamen Entschlossenheit voran – wir hatten Mühe, ihm hinterherzukommen. Als Feyos Laden zu sehen war, wartete Mill dieses Mal nicht davor, sondern ging noch vor uns hinein. Ich bekam Angst, dass er sich in seiner Hitze wegen dieser unsäglichen Geschichte von damals noch einmal mit Feyo in die Haare bekommen würde, und rannte los. Mit Schwung stürzte ich in die Tür und konnte meinen Augen kaum trauen: Beide standen in der Mitte des Ladens und umarmten sich!

»Du bist einer der besten!«, hörte man Mill immer wieder sagen. Am allerletzten Abend machte er reinen Tisch.

Ich klopfte ihnen auf die Schultern und flüsterte Mill zu: »Wann, wenn nicht heute!«

Feyo wusste schon von unserer Reise. »Das macht ihr richtig so – besser wird es hier kaum werden!«

»Na ja, man kann nie wissen«, entgegnete ich. »Manchmal braucht es Taten, aber falls du doch nicht Recht behältst, schulde ich dir eine Flasche Schnaider.«

»Ach, lass doch diesen Mist stecken!«, rief er angewidert, »das trinken doch nur Bonzen. Ich habe was Besseres für euch!« Er ging nach hinten, während Tiff und Ty hereinkamen. Kurz darauf wackelte Feyo mit einer großen Pappkiste wieder nach vorn und stellte sie vor uns ab.

»Hier, falls ihr im Süden nur Bohnen und Wasser bekommt!«

Verlegen trauten wir uns gar nicht, hineinzusehen. Feyo zog Mira an ihrem Halsband zu sich, drückte ihre Nase an die Kiste und rief: »Na, mach schon, meine Hübsche!«

Das ließ sie sich nicht zweimal sagen. Wie eine Verrückte kratzte und kaute sie so lange daran herum, bis ihr Kopf hineinpasste. Im nächsten Augenblick sprang sie mit einem Wurstzipfel im Maul zur Seite und blieb schwanzwedelnd, aber auch etwas verwirrt in der Ecke stehen.

Feyo lachte. »Ja, heute brauchst du überhaupt nichts dafür zu machen – das ist mein Abschiedsgeschenk für dich!«

Vorsichtig bog ich die Laschen auseinander und schaute ungläubig zu den anderen, die strahlten wie an Weihnachten.

»Feyo, du bist unglaublich!«, rief Tiff und kniete sich neben mich. Nacheinander holten wir alles heraus: Brot, einige Biere, zwei Flaschen von dem viel zu teuren Massenez, belgisches Karamell und jede Menge Wurstzipfel. In einer großen Umarmung bedankten wir uns.

Mill drehte gleich den Verschluss von der Schnapsflasche und reichte sie einmal herum. Jeder nahm einen großen Schluck, sogar Feyo. »Er hat Recht«, dachte ich, als mir der nach Birnen und Blumen schmeckende Fusel im Mund brannte, »das Zeug ist viel besser als jeder Schnaider!«

Wir blieben noch eine Weile, tranken die Flasche leer und waren am Ende zu einer wirklich feurigen Ladung geworden, die gefährlich nahe davor war, bei irgendeiner Kleinigkeit in die Luft zu gehen. Ab jetzt musste man uns alles zutrauen.

Um halb zwölf war es dann so weit, Tiff zeigte auf die Uhr über der Theke: »Es geht los!«

»Halt die Ohren steif und lass dir von den Bonzen nicht ans Bein pinkeln!«, rief Mill im Gehen zu Feyo. »Wenn sie kommen, nimm ihnen alles!«

»Genau«, brüllte Ty hinterher, »nimm ihnen das allerletzte Hemd und die Manschettenknöpfe gleich mit!«

Allein und etwas verlassen stand Feyo beim Abschied vor seinem Tresen, umgeben von seinen Habseligkeiten, und schaute so lange hinter uns her, bis die Tür mit einem hellen Klingeln zufiel. Ich glaube, dieser Abschied war einer der schwersten: Auf den guten Feyo war immer Verlass gewesen – unendlich oft hatten wir und alle anderen bei ihm geschlaucht, ohne betteln zu müssen. Egal, wie schlimm es kam, er war der treueste und beste Geist, den ein Viertel sich wünschen konnte.

Auf dem Heimweg kamen dann nach und nach die Biere, der Schnaps und die ganze Aufregung in meinem Kopf an. Auch die anderen hatten glasige Augen, blickten fahrig in die Nacht hinein und torkelten von einem Hauseingang zum nächsten.

Unter einer flackernden Laterne blieben wir stehen. Ich weiß nicht, wer damit anfing, aber auf einmal taten alle so, als ob das Blinken der Lampe ein Blitzlicht wäre und es ein Fotograf auf uns abgesehen hätte. Mill schnitt Grimassen, Ty schnappte sich Mira und hielt sie wie einen Schal um seine Schultern, während Tiff dem Gehweg in wilden Posen einheizte: ein Ausfallschritt hier, ein ausgestreckter Finger da, die Arme als alles überragender Kreisel nach oben geschlungen. Ich stellte mich hinter sie und setzte mein lockerstes Grinsen auf, was mir bei dem Rausch nicht schwerfiel. Wären es nicht nur die Nacht und eine kaputte Laterne gewesen, die unserem Theater gegenüberstanden, sondern echte Reporter auf einem roten Teppich – wir hätten so gut auf den Bildern ausgesehen, vollkommen hemmungslos! Selbst so ewige Stutzer wie Tab Hunter oder Ricky Nelson würden dagegen abstinken.

Für mich fühlten sich diese wenigen Minuten wie das endlos verhallende Lachen des letzten Abends an: eine plötzliche Ausgelassenheit, für die es eigentlich gar keinen Platz gab und die wahrscheinlich gerade aus diesem Grund so wunderbar war. Doch mit der Zeit kroch die Ungewissheit der nächsten Stunden zurück in die Köpfe, und schon an der Haustür sagte keiner mehr ein Wort.

Wir wuchteten alles vom Keller auf die Straße, dann ging es los: Tiff und Mira schlichen als erste voran und standen an der Kreuzung Schmiere, Mill zog den Leiterwagen, während Ty und ich gemeinsam das Fass hinterherrollten. »Ich schiebe tatsächlich einen Zentner Karbid zum Strahlbad, um es damit in die Luft zu sprengen«, dachte ich und begriff erst

in diesem Moment den Wahnsinn. »Kein Zurück, nur die Tat!
Kein Zurück, nur die Tat!«, murmelte ich immer wieder, um
mir Mut zu machen. Jetzt wäre ein gewaltiger Schluck aus der
zweiten Flasche Massenez das Beste gewesen!

Wir kamen nur langsam voran, weil das Fass auf dem
Pflaster ordentlich Krach machte – ein widerliches Knirschen,
als wäre einem Sand zwischen die Zähne gekommen.

»Verdammt, ist das laut!«, zischte ich Ty zu, »damit weckt
man ja Tote auf!«

Er blieb stehen und zog seine Jacke aus. »Komm, mach mit,
wir ziehen die darüber!«

Mit reichlich Mühe ließ sie sich über das Fass stülpen –
und es funktionierte: Zwar holpernd, aber so leise wie auf
Katzenpfoten bekamen wir das Ding zum Strahlbad.

Da standen wir uns nun wieder gegenüber, als Mäuse und
Schlange. Herrisch sah der fahle Klotz mit den fensterlosen
Granitfronten auf uns herab. Von drinnen hörte man leise das
Brummen der Pumpen, die behäbig und unerschütterlich das
Dreckwasser durch die Rohre wälzten. Es hörte sich wie ein
langgezogenes Knurren an.

Hastig schafften wir alles unter den Vorbau – hier war es
dunkel genug, um nicht entdeckt zu werden. Schon nach diesen
paar Stufen fehlte mir die Luft. Dem Keuchen nach zu urtei-
len, ging es den anderen ganz ähnlich – wahrscheinlich mochte
gerade keiner an die riesige Treppe in der Eingangshalle denken.

Neben der verschlossenen Tür warteten nun alle darauf,
dass Ty sein Versprechen einlöste, das Schloss innerhalb eines
Wimpernschlags zu knacken. Er holte eine schmale, sehr
dünne Metallplatte aus der Hosentasche und begann damit,
zwischen Schloss und Rahmen auf und ab zu fahren; ein Ohr
an die Tür gepresst. Es dauerte eine ganze Weile – ohne Erfolg.
Irgendwann stand er ohne ein Wort zu sagen auf, ging einen
Schritt zurück und trat dann mit irrsinnigem Schwung gegen

das Schloss. Wir konnten uns gerade noch wegducken, als die Tür krachend nach innen flog.

»Bist du verrückt?«, fauchte Tiff ihn an und zog sich dabei einige Holzsplitter aus den Haaren.

»Tut mir leid«, antwortete er, »das Mistding wollte es einfach nicht anders.«

Ich stand auf und beobachtete die Straße – alles schlief. »Glück gehabt«, dachte ich, »der Knall war garantiert bis zur Kreuzung zu hören.«

Mill blieb locker und klopfte Ty auf die Schulter. »Mensch, du hättest uns schon mal vorwarnen können, was für einen Wuchtfuß du da mit dir rumträgst.« Aus der Nähe sah die Tür wie nach einem Blitzschlag aus – das Schloss war völlig verbogen. »Alle Achtung, das ist tausendmal besser als dein kleines Metallkärtchen!«

Niemand traute sich so recht als erster hinein – kein Wunder, denn alle wussten, was uns nun erwartete. Es war stockfinster, roch widerlich und das dumpfe Dröhnen hörte sich in dieser Dunkelheit noch bedrückender an als am Tag. Mill kramte eine Taschenlampe aus dem Leiterwagen. Ihr schwaches Licht flitzte über die Wände und brachte das Schachbrettmuster des Bodens zum Vorschein, erhellte aber nie mehr als eine Handbreit. »Na dann«, sagte er und setzte einen Fuß über die Schwelle. »On y va!«

Als alle drin waren, schloss Tiff die Tür. Nun blieb uns außer dem mickrigen Batterielicht nur das völlige Dunkel. Das war aber noch gar nicht das Schlimmste: Jeder Schritt, jedes Kratzen von Miras Krallen und jedes Knarren bauschte sich in der Stille über die vielen Echos der Wände zu einem richtigen Hall auf. Nach einer Weile klang es sogar so, als wären außer uns noch andere Leute hier drin – und das, obwohl wir kein einziges Wort sprachen. Manchmal glaubte ich, dass jemand direkt neben mir liefe.

»Hier ist doch noch einer!«, rief Tiff ängstlich.

»Glaub mir, das sind nur Schwingungen und ein bisschen Luftzittern«, versuchte ich meine Gänsehaut zu überspielen, und begann, »How Much Is that Doggy in the Window?« zu summen. Mill stieg mit ein. Diese kleine Melodie schaffte es tatsächlich, die Geister ein Stück zurückzuschlagen.

Wir gingen weiter – hintereinander, in einer Reihe, blind und unsicher wie ein Siedlertrail, der sich mit größter Mühe gegen alle Widrigkeiten nach Westen kämpft und dem in tiefen Nächten nichts anderes bleibt als ein Song und sein Glaube, um nicht vor Angst durchzudrehen. Dann endlich spiegelten sich die polierten Stufen des großen Aufgangs im Licht.

Ty und ich brauchten eine Ewigkeit, bis wir das Fass nach oben geschafft hatten. Keuchend und schwitzend machten wir eine kleine Pause. Mill leuchtete ein paarmal in Richtung Becken. Ohne jede Regung stand das Wasser vor sich hin, nicht einmal die Korkleinen wagten ein Auf und Ab.

»Im Gegensatz zu ihm jagen wir dem Bad anscheinend gar keine Angst ein«, sagte ich, »seht euch nur an, wie ruhig es ist!«

»Soll es sich doch in Sicherheit wiegen«, spottete Mill, »in ein paar Stunden wird die Welt ein wenig anders aussehen!«

Er fuchtelte mit dem Lichtkegel wieder über das Becken und jetzt schien es, als ob ein dünner Nebelschleier auf der Oberfläche läge. »Vielleicht wird der Bude ja nun doch etwas bange«, dachte ich. Dem Geruch nach hätte es gut sein können – der war jetzt noch unerträglicher als bei unserem letzten Besuch. Wahrscheinlich liefen die Pumpen in der Nacht nur im Sparbetrieb und die Brühe begann schon zu schimmeln.

Wir gingen weiter und kamen allmählich der Tür zum Abgang näher. Sie war ein echter Hoffnungsschimmer, denn rings um den Rahmen schien gelbes Licht hindurch. Zum Glück funktionierte wenigstens die Beleuchtung dahinter – auf einen Abstieg im Dunkeln war garantiert keiner scharf.

Das glühende Rechteck erinnerte mich an die Zeitportale, wie sie in den billigen Zukunftsromanen beschrieben werden. Dort weiß meistens niemand, wo sie hinführen – hier aber schon!

Wie beim ersten Mal ergab sich die Tür mit nur einem Klick. Scheppernd knallte sie der Überdruck gegen die Wand und schoss uns als feuchtheißer Sturm entgegen. Wie sprangen zur Seite.

»Wenn alles abgezogen ist, lassen wir zuerst das Fass ab!«, rief Ty.

Wie eine Reihe Untoter warteten wir am langen Rand der Leuchtspur, die als gelber Teppich in den Gang fiel und den Gesichtern alle Züge nahm, die sie menschlich aussehen ließen. Mira schien der ganze Mulm nichts auszumachen: Störrisch blieb sie inmitten des Zugs stehen, blickte unerschrocken hinein und wedelte mit dem Schwanz.

Als die größte Hitze verflogen war, beugte sich Tiff zu ihr hinab. »Du bist die einzig wahre Draufgängerin der Clique, was?«

»Mach ihr bloß keine Hoffnungen«, sagte ich. »Sie soll schön hier oben warten und Schmiere stehen – das Karbid und die Werkzeuge sind die einzigen, die hier abgelassen werden.«

Einen Moment später baumelte das Fass, mit einem echten Fassschlag verzurrt, langsam nach unten. Ty hatte das Seil einmal um die oberste Sprosse und um seine und meine Hüften gewickelt. Bei diesem Gewicht konnte man nur Stück für Stück nachgeben. Obwohl Mill am Abgang stand und alles mit einer Hand auf Kurs hielt, pendelte das Ding immer wieder gegen die Steigleiter – das klang fast wie die Glocken der Stadtkirche. Hätte ich mitgezählt, wäre dabei vielleicht sogar die richtige Uhrzeit herausgekommen.

Als das Seil nach einer Weile die Spannung verlor, wussten wir, dass es am Boden war. Ty warf zuerst das Ende des

Seils, dann die Säcke mit den restlichen Gerätschaften und der Holzwolle hinterher. Fast lautlos sausten sie nach unten, nur das Aufschlagen des Werkzeugs war zu hören.

»Bereit für ein zweitesmal Hölle?«, fragte er anschließend in die Runde und stellte dabei lässig einen Fuß auf die Leiter.

»Ich würde sagen ›ein zweitesmal Bauch‹ trifft es besser«, antwortete ich.

»Gut, dann ist es eben ein Höllenbauch ... Wir sehen uns unten!«

Tiff folgte ihm ohne ein Wort, die ungeduldig zappelnde Mira wurde an der Tür festgebunden. Mill bat mich, als nächster zu gehen, und ich tat ihm den Gefallen – nach ein paar Stufen wurde auch klar, warum: Der alte Hecht wollte wieder vor allen eine Show abziehen und sich nach unten rutschen lassen – von mir aus sollte er seinen Spaß haben!

Während des Abstiegs sah ich direkt in die Lichterkette, die nur eine Handbreit entfernt war. In den Lampen konnte man sogar den Glühdraht erkennen: Von unseren Schritten aufgeschreckt, zitterte er wie eine Spinne im Netz hin und her. Ich dachte an das Leuchten in der Galerie und versuchte, mich an eines der aufgehängten Bilder oder an Vals Begrüßung zu erinnern – unmöglich! Alles, was mir einfiel, war der Augenblick, als wir Tiff entdeckten: in ihrem Filzmantel mit zerzausten Haaren, viel zu schnell und viel zu jung diese Sonne umkreisend. Damals hatte sich nichts und niemand vor diesem Licht verstecken können, das außer dem eigenen Schatten und der puren Welt nichts übrig ließ. Jetzt war es genau andersherum: Wie in trübem Wasser musste ich mich beeilen, um die anderen überhaupt unter mir erkennen zu können. Ty war schon zu weit abgestiegen und Tiffs braune Haare verschmolzen mit der Dunkelheit. Das einzige, was gerade noch hervorblitzte, waren ihre kleinen blassen Hände, die immer wieder Sprosse um Sprosse losließen.

Ich spürte, dass der Keller näher kam, denn die Luft wurde immer heißer und machte das Atmen schwer. Wie eine endlose glühende Kette zogen die Lichter an mir vorbei. Es war ein seltsames Gefühl, nach der letzten Sprosse wieder auf festem Boden zu stehen, weil die Beine innerlich noch weiterwollten.

»Oh, Mann«, stöhnte ich und wischte mir über die Stirn. »Was für eine elende Hitze!« Ty und Tiff räumten schon die letzten Säcke nach hinten. »Lasst mal lieber einen hier liegen«, sagte ich. »Mill wird sicher wieder an der Leiter nach unten rutschen – falls das schiefgeht, bricht er sich wenigstens nicht den Hals!«

Ich behielt Recht: Nur einen Moment später hörte man ihn schon – mit quietschenden Schuhen und einem wilden Schrei, der wie das Pfeifen einer fallenden Bombe klang. Noch bevor wir begriffen, was passierte, plumpste er völlig ungebremst mit einem so unglaublichen Tempo auf den Sack, dass der auseinanderplatzte und die ganze Holzwolle durch die Luft geschleudert wurde. Für einen Augenblick sah man, wie ihn der Schwung förmlich auf die Hälfte zusammenstauchte. Während sich der Staub langsam verteilte, sanken die Späne wie Schneeflocken zu Boden.

»Alles gut?«, rief ich besorgt.

»Alles bestens!«, antwortete er hastig und klatschte in die Hände. »Da muss ich wohl geträumt haben.«

Ty schob die Holzwolle mit seinem Fuß zu einem kleinen Haufen zusammen. »Da bist du jetzt wahrscheinlich ein paar Zentimeter kleiner, so wie es dich da zusammengedrückt hat.«

»Kein Problem, ich häng mich einfach beim Raufsteigen wieder aus.«

Wie Nebel stand der Staub nun in den Gängen und an unseren Körpern brach sich das wenige Licht zu richtigen Strahlen. Obwohl hier wirklich der widerlichste Platz der Welt war, fühlte ich mich trotzdem sicher: Was sollte mir schon mit diesen drei wunderbaren Menschen passieren? Die Clique hatte alle Waffen und Pläne, für jetzt und später!

»Haben wir dich!«, brüllte Ty, als er die Tür aufriss.

Wieder antwortete das Relais mit einem gewaltigen Knall. Im Hellen erschien mir der Raum fast ein wenig kleiner als in meiner Erinnerung. Gemeinsam rollten wir das Fass bis zum Rand des Beckens und stellten es auf. Entschlossen sah ich in den Strudel: Das Wasser war jetzt dunkler, fast braun, lief aber trotz der gedrosselten Pumpen mit dem gleichen gewaltigen stillen Sog auf die Mitte zu. Es fehlte nur das Spucken und Blubbern – sein letztes Flehen an uns, doch umzukehren, ihn in Ruhe zu lassen und klein beizugeben.

Ty und Mill wickelten gerade die Seile auseinander, als ich Tiff dabei beobachtete, wie sie sich weinend an einen der Pfeiler lehnte und langsam in die Hocke sank. Ich ging zu ihr.

»Was für eine Reise!«, flüsterte sie und starrte dabei auf das Becken. »Was für eine Reise hinter mir, hinter uns liegt – und nun … ist alles gesammelt in diesem ›Ding‹!«

Die letzten Worte sagte sie mit einem solchen Ekel und Zorn, dass mir ein Schauer über den Rücken lief – nicht vor Schreck, sondern aus Stolz darüber, wie weit wir gekommen waren, und dass wir es nun zu Ende brachten.

»Du warst der Schlüssel!«, sagte ich. »Du warst genau der Tropfen, der gefehlt hat. Ohne dich säßen wir immer noch in unserer Küche, würden Träume verspielen und dummes Zeug reden – unwissend und unglücklich, nur um irgendwann in diesem Viertel zu verrecken.«

Tiff sah mich an – die Augen schmal, ein wenig rot und müde; überzogen mit Tränen, von denen ich nicht wusste, ob sie vor Freude oder aus Traurigkeit kamen. »Und Val?«, fragte sie nüchtern. »Für ihr Gehen war ich auch der Schlüssel?«

Ich hockte mich neben sie. »Das ist wohl eher meine Schuld … Aber wir machen das hier ebenso für sie!«

»Auch über ihren Kopf hinweg?«

»Natürlich! Es gibt Dinge, die unausweichlich sind, die geschehen oder getan werden müssen – Val weiß das … Und sie weiß auch von heute. Ich hoffe einfach darauf, sie morgen früh wiederzusehen.« Ein unbeirrter, geradeaus gerichteter Blick sollte diesem Satz die Zuversicht geben, die ich selbst fast nicht mehr hatte.

Tiff lehnte sich an mich. Da saßen wir nun und schauten auf den Strudel; hörten, wie die anderen über den wahren Moment redeten, der uns gleich bevorstünde, und hofften eigentlich nur darauf, alles zu einem guten Ende zu bringen. Über uns schlief ein Meer, das mit seinem Gewicht dem ganzen Bad den Garaus machen konnte.

»Seid ihr bereit?«, rief Ty von der anderen Seite.

Mill wollte ihm nun das lose Ende des Seils über den Stahlträger zuwerfen. Wie ein Lasso schwang er es ausladend eine Weile hin und her, bis der Knoten nur noch eine Armlänge weit von der Decke entfernt war – dann ließ er los. Ziemlich knapp flog es vorbei und klatschte ins Wasser. Der Strudel gab sich alle Mühe, das Ende so rasch wie möglich hinunterzuschlucken, aber Mill war schneller. Wie eine Schlange kroch das Seil über den Boden und hinterließ eine triefend braune Spur. Mill probierte es noch ein paarmal ohne Erfolg. Dann versuchte ich mein Glück – schaffte es allerdings auch nur, den Träger zu treffen.

»Verdammtes Teil!«, fluchte Ty. »Was machen wir jetzt?«

Ich sah zu Tiff, die immer noch etwas gedankenverloren am Rand saß. »Hey Tiff, hast du eine Idee?«

Sie nickte mit einer seltsamen Leichtigkeit, als wüsste sie eine Antwort auf alles, und kam zu uns. Lächelnd griff sie nach dem tropfenden Ende und zog anschließend eine von Vidos Zwillen unter ihrem Pullover hervor. Stumm legte sie den Knoten in den Fänger, kniff ein Auge zu und spannte den Gummi. So wie die Kreide damals durch unseren Hinterhof gezischt war, so sauste nun auch das Seil ohne eine Berührung leicht wie ein Vogel zwischen Träger und Decke hindurch. Sprachlos stand Ty nur da und sah zu, wie der Knoten auf die Fliesen fiel.

»Ha, du bist ein echtes Ass!«, jubelte er in einem Luftsprung. »Wieso hast du nicht gleich gesagt, dass du die Schleuder dabei hast?«

Sie zuckte mit den Schultern: »Ich wollte mich nicht aufspielen. Außerdem sah es ja am Anfang auch so aus, als ob ihr es alleine schafft.«

»Aus dir werde ich echt nicht schlau«, rief Mill lachend, »aber vielleicht muss ich das ja auch gar nicht!«

Wir öffneten das Fass. Das Zeug sah aus wie schmutziger Schnee in Brocken, roch allerdings viel schlimmer. Mill ging zu Ty auf die gegenüberliegende Seite des Strudels. Jetzt sah man wieder, welchen Biss die beiden in ihren Armen hatten: Nach nur einem Zug am Seil hob sich das Fass vom Boden und begann sanft über dem Becken hin und her zu pendeln. Ich wurde etwas ängstlich, weil ich auf keinen Fall dabei sein wollte, wenn das Karbid ins Wasser fiel.

»Schafft ihr noch ein Stück, Jungs?«, fragte ich.

Sie zogen mit aller Kraft, bis das Fass endlich hoch genug hing. Dann wurde das Seil einmal um den Pfeiler gewickelt, bis zum Ausgang gespannt und dort verknotet. Das Ganze sah recht abenteuerlich aus. Keiner von uns wollte länger als nötig mit dieser Zeitbombe in einem Raum sein – also begannen wir hastig, die Holzwolle in den Strudel zu schütten. Nach einer Weile trieb ein hellbrauner Teppich auf der Oberfläche – in etwa wie die Schaumkronen, die sich unter den Auslassrohren der Fabriken am Fluss sammelten. Nach und nach saugte sich die Wolle voll Wasser und sank etwas ab – und über allem baumelte das Fass, unter dessen Gewicht das Seil nur so ächzte. Ich drückte die Daumen, das es durchhielt.

Als der Strudel die ersten Klumpen eingesaugt hatte, wurde der Wassertrichter immer kleiner, bis er völlig verschwand. Nun sprudelten auch wieder eine Menge Luftblasen auf, die sich in Inseln sammelten und nacheinander zerplatzten. Immer wieder stieg etwas von der schweren Holzwolle auf und drehte sich im Kreis. Wir starrten gebannt auf das Becken.

»Wie schmeckt dir das?«, brüllte Mill. »Versuch doch mal, die Scheiße zu fressen!« Er war völlig außer sich, sprang hitzig am Rand herum und schrie immer wieder auf den Strudel ein. Wäre der Strudel ein Kerl im Rezna gewesen, Mill hätte auf jeden Fall eine Schlägerei mit ihm angefangen. In diesem Augenblick entlud sich eine ganze Menge in ihm.

Ich sah auf den Boden – das Wasser begann nun endlich, in winzigen Schritten zu steigen! »Geschafft! Es funktioniert!«, rief ich. Alle jubelten.

Im nächsten Moment konnten wir unseren Augen kaum trauen, als Mill sich breitbeinig an den Rand stellte und grölend ins Wasser pisste.

»Das ist dein Ding, was?«, rief Ty ihm grinsend zu. »Klar, bester Protest der kleinen Leute. Außerdem … ich muss mal!«

Langsam aber sicher ging der Strudel vor die Hunde – am Ende schaffte er nicht einmal mehr eine Drehung, lediglich ein leichtes Flirren zitterte über die Oberfläche. Als das Wasser immer näher kam, rannten wir zum Ausgang. Von hier aus sah es wirklich unheimlich aus, wie sich die Brühe unaufhaltsam wie ein Lebewesen immer weiter im Raum verteilte.

Ty fummelte hastig den Anfang der Zündschnur durch das Schlüsselloch und drückte mir die Rolle in die Hand. »Hier, das reicht bis zur Straße. Macht euch jetzt auf schnellstem Weg nach oben und gebt mir ein Zeichen, wenn ihr da seid!«

Er war derjenige, der das Seil durchschneiden und als Einziger sehen würde, wie sich Karbid und Wasser zu einem tosenden Sturm vereinigten – der Drache, der alles in Schutt und Asche legte, wenn man ihm Feuer gab, und auf dessen Rücken die Mäuse aus der Stadt segelten.

Schon während des Aufstiegs hörte ich Mira, wie sie voller Freude in den Schacht bellte. Mit wilden Sprüngen begrüßte sie uns, als wären wir eine Ewigkeit lang fort gewesen.

Mill klopfte ein paarmal mit seinem Schlüssel gegen die Steigleiter, kurz darauf folgten einige leise Schläge von Ty als Antwort. Nun hieß es warten. Zu dritt beugten wir uns über den Abgrund und blickten in die Tiefe. Von der heißen Luft brannten uns bald die Augen. Manchmal sah es so aus, als ob am Ende des Schachtes die Umrisse von Ty herumflackerten – aber wahrscheinlich waren das nichts weiter als Einbildungen. Plötzlich stieg ein eigenartiger Geruch nach oben – schlimmer und stechender, als es ohnehin schon roch.

»Es ist so weit«, flüsterte Mill, »das Gas kommt!«

Einen Moment später folgte tatsächlich Ty, der in unglaublichem Tempo Sprosse um Sprosse nahm und dabei nicht einmal nach oben schaute. Genauso schnell stieg nun auch immer mehr Gas auf. Mill streckte ihm seine Hand entgegen und zog unseren Helden in einem kräftigen Satz heraus – nach einem beherzten Sprung hatte er wieder festen Boden unter den Füßen.

Noch bevor jemand etwas zu dem bunten Tuch vor seinem Mund sagen konnte, zeigte Ty in wilden Gesten nach vorn. Wir liefen los und folgten dem kleinen Lichtkegel der Taschenlampe. Währenddessen spulte sich neben mir leise zischelnd die Zündschnur von der Rolle.

Erst am Haupteingang gab Ty mit erhobener Lampe das Zeichen, anzuhalten. »Alles nach Plan!«, keuchte er und leuchtete in sein Gesicht. »Das war ein schöner Puff da unten – am Ende sah es wie in einem riesigen Schaumbad aus. Ich musste wahnsinnig schnell die Tür verrammeln, weil dieses Zeug ja leichter ist als Luft und sich überall hindurchdrückt.«

Ohne das Tuch glänzte sein verschwitztes Gesicht vor Aufregung im Licht – wunderbar verziert mit einem Grinsen, weil wir den ersten von zwei großen Schritten geschafft hatten. Wir schlichen nach draußen und verschlossen die Tür, so gut es ging. Während Ty die Schnur noch um eine der Säulen wickelte, warteten wir auf dem Vorplatz.

Von hier aus sah man hinter den Dächern schon das blaugrüne Aufziehen der Dämmerung. Egal, wie wichtig das Dunkel der Nacht für uns jetzt noch war – der Tag ließ sich davon nicht aufhalten. Ich war erschöpft und traurig – so wie am Ende des Sommers, wenn man sich gerade an die langen Abende, an Antares im flachen Süden und an den billigen Wein in Literflaschen gewöhnt hat. Der Morgen kam und er stand für das Ende dessen, was die Clique in den letzten Monaten im Kleinsten zusammenhielt: Das Strahlbad, die Bonzen und der Unmut über die kleingemachten Leben. All das hatte Tiff und Ty erst zu uns geführt. In ein paar Stunden würde die Reise in den Süden nun alles wegwischen und außer ein paar kleinen Fußabdrücken würde nichts übrig bleiben. Keiner wusste, was danach käme.

Ich dachte an den Tag zurück, als wir so herrlich schwerelos auf unseren Rändern zum Fluss gefahren waren: die Jungs vornweg und Tiff auf meinem Gepäckträger, mit ausgestreckten Armen den Fahrtwind zerschneidend. Der aufziehende Sommer gab damals alles und schüttete die Leichtigkeit in großen Wellen über uns aus – so lange, bis Tiff mir am Ufer von ihren Zweifeln, uns in den Süden zu folgen, erzählte. »Man weiß ja nie, wie es ausgeht«, hatte sie gesagt – und ich hatte diese Antwort auf meine Frage verdrängt. Aber genau wie das Gas, das einen einholt, wenn man nicht schnell genug ist, kam in mir nun die Angst hoch, sie niemals wiederzusehen.

An der Kreuzung blieben wir stehen und warteten auf was auch immer, denn niemand wusste so recht, wie es weitergehen sollte: In unseren Köpfen endete der Plan genau hier – wahrscheinlich deshalb, weil es ohnehin keiner für möglich gehalten hatte, überhaupt so weit zu kommen.

»Und nun?«, fragte ich.

Ty antwortete als einziger: »Ich denke, in einer Viertelstunde hat sich das verdammte Zeug völlig aufgelöst, und dann – On y va! – zünden wir!«

Mill schmunzelte kurz über seinen eigenen Spruch, trat dabei aber fahrig auf der Stelle herum. Ich gab ihm eine Selbstgedrehte und schlug vor, uns auf den Bordstein vor unserem Haus zu setzen. Von dort aus hatte man den perfekten Blick auf das, was auch immer mit dem Strahlbad passieren würde – womöglich war sich nicht einmal Ty sicher, ob der Plan gelänge.

Auf dem Granit war es ordentlich kalt, also schob ich meine Hände unter den Hintern, behielt die Kippe im Mundwinkel und rauchte wie ein echter Kerl, ohne abzusetzen. Aus dem Park hörte man schon die ersten Vögel. Tiff hockte sich neben mich, schaute mit dem unbeirrbaren Blick eines Raubtiers geradeaus und ließ anscheinend alles an sich vorbeiziehen.

Also fragte ich sie so laut, dass es auch die anderen hörten: »Und, wie geht es aus? Wirst du mit uns in den Süden kommen?«

Als sie nur verlegen und wortlos auf den Boden starrte, knuffte Mill in ihre Seite. »Ach, komm!«, versuchte er sie zu überzeugen, als säße einer seiner Saufkumpane neben ihm. »Da steigt das heiße Leben, da musst du dabei sein …«

»Ich habe getan, was ich tun musste!«, unterbrach sie ihn, ohne dabei den Blick zu heben. Ihrer Stimme fehlte jedes Gefühl, als wären sich Kummer und Gleichmut uneinig darüber, wer von beiden der stärkere war. »Ihr habt euren Weg, der hoffentlich ein guter werden wird, gewählt – aber für mich …«

Ich gab auch ihr eine Selbstgedrehte. Schon nach dem ersten Zug war ein Viertel davon abgebrannt. Die endlose Rauchfahne verwirbelte sich über der windstillen Straße zu einer kleinen Wolke, die im Licht der Laterne einfach vor uns stehen blieb.

»In diesem Leben werde ich nie wieder gut schlafen – das ist alles, was ich weiß!«, sagte sie nüchtern und machte den nächsten Zug. Diesmal behielt sie den Rauch eine Ewigkeit unter der gewölbten Brust, und was davon übrig blieb, sauste anschließend wie ein Schuss in die Wolke, die noch immer vor uns stand – das Innere platzte in die Seiten und außer einem Nebelschleier blieb nichts übrig.

»Volltreffer!«, rief Ty und nahm diesem Moment damit den Trübsinn. »Genau das war das Zeichen! Vergessen wir nicht, warum wir hier sind!«

Er steckte das Ende der Lunte zwischen seine Lippen und zündete zwei Streichhölzer an. Nach einem letzten Blick, der vor Aufregung nur so glitzerte, hielt er beides aneinander: Wie bei einem Zaubertrick puffte eine gelbe Stichflamme auf und das Feuer raste los. Nun gab es kein Zurück!

Wir legten die Arme um unsere Schultern und sahen dem winzigen Funkenball hinterher, der in seiner Hitze wie ein Wiesel über das Pflaster und durch die Sträucher huschte. Nachdem er um die Ecke gerast war, blieb nur noch der aufsteigende Qualm des Schwarzpulvers zurück.

Keiner sagte etwas. Unter meinem Arm spürte ich Tiffs Herz, das ihr bis zum Hals schlug. Auch mir ging es nicht anders: Ungeduldig ballte ich die verschwitzten Handflächen zu Fäusten und spannte jeden Muskel an, um ruhig zu bleiben. Am liebsten hätte ich so lange die Luft angehalten, bis alles vorbei wäre.

Wie versteinert starrten alle auf das Strahlbad. In völliger Gleichgültigkeit stand es in der Ruhe vor dem Sturm einfach nur da, ließ Dampf in feinen Säulen aus den Rohren steigen und trotzte der Morgendämmerung. Wir machten es genauso und blieben ganz still, denn niemand wollte etwas von diesem Moment verpassen.

Ein leichter Morgenwind zog auf. Ich leckte über meinen Mund und spürte die kühlen Schlenker der Luft auf den feuchten Lippen. Mit geschlossenen Augen dachte ich an Val: »Du bist auch dabei, ob du willst oder nicht!« – Dagegen konnte sie nichts ausrichten! Gerade als ich, aus welchem Grund auch immer, an ihren wunderbaren Eintopf denken musste, gab es einen dumpfen Knall. Er war viel leiser, als ich ihn mir vorgestellt hatte und klang eher wie ferner Donner oder wie ein Paukenschlag – allerdings spürte man ihn unter den Füßen.

Das sollte es also gewesen sein? – Von außen merkte man dem Strahlbad gar nichts an. Ich bezweifelte, ob die Explosion überhaupt etwas gebracht hatte, aber dann drückte sich Mira ängstlich an mich, so wie sie es auch bei Gewitter machte. Alle sahen zu Ty.

»War das schon alles?«, fragte Tiff enttäuscht und nahm mir damit die Frage ab.

Er blieb gelassen und schaute weiter angestrengt, die Augen zusammengekniffen, nach vorn. »Das kommt noch!«

Auch wir versuchten, irgendetwas zu erkennen, das nach Wasser, Feuer oder Rauch aussah. Ich kam mir dabei vor wie im Kino, wenn Val uns mal wieder zu einem Kunstfilm überredet hatte, in dem eine Einstellung fünf Minuten dauerte und rein gar nichts passierte. Diese eigenartige Stille wollte so gar nicht zu dem passen, was wir erwartet hatten – der Samstagmorgen machte einfach so weiter wie immer, schickte etwas Wind in die Baumkronen und ließ kleine Nebelschwaden aufziehen. In dieser Seligkeit wurde unsere Aufregung nun fast belanglos. Trotzdem wollte sich keiner mit dem Scheitern des Plans abfinden und so warfen alle weiterhin die bösesten Blicke auf das Strahlbad.

Plötzlich klirrte ein Fenster. Ty fuhr auf: »Ich hab es euch doch gesagt: Da kommt noch was!« Gleich darauf sprangen noch mehr Scheiben – es mussten sechs oder sieben Kellerfenster gewesen sein.

»Jetzt schaut euch das an!«, rief Ty lachend. Wir stellten uns auf die Zehenspitzen. »Wie ein Meer, das durch den Park kriecht! Das ist die Welle, an der sich alles bricht!«

Nun sah ich es auch: ein Schwall schwarzen, stinkenden Wassers kam auf uns zu und schwappte leise vom Fußweg auf die Straße. Bald schon stand es einen Fingerbreit über dem Pflaster. Am Ende funktionierte der Übermut genau so, wie es die Clique in den wildesten Fuselnächten geplant hatte: Das Schwimmbecken war nach unten eingebrochen, hatte sich dort mit dem grünen Abwasser des Strudels vermischt und den Keller überflutet. Unaufhaltsam floss die Brühe nun Liter für Liter von hinten nach – wie ein Schwein am Haken blutete das Strahlbad langsam aus.

Es war ein fantastisches Gefühl, weil wir in diesem Augenblick wirklich etwas in unseren Händen hielten: »Die Mäuse haben das Strahlbad platt gemacht!« – Das würden die Schlagzeilen von heute sein, und in dieser Wucht klangen sie wirklich unglaublich!

»Kommt, Kinder, kommt her!«, rief Mill uns mit offenen Armen zusammen.

Im Kreis schaute ich in die müdesten, aber auch zufriedensten Gesichter, die ich je gesehen hatte. Die schmalen Augen riefen nach Ruhe, sehnten sich nach einem kühlen Bett und Nächten, die niemals enden sollten. In einem aber entdeckte ich das vielleicht größte Glück: Für eine Sekunde blitzte das ewig vermisste Glitzern in Tiffs Augen auf – nicht größer als die Staubkörner, die in der Sonne meines Zimmers herumwirbelten, und viel zu kurz, um es zu begreifen. Aber ganz egal, ob mir meine Einbildung einen Streich spielte oder ich rührselig geworden war – Tiff brauchte kein Universum, um ihren Frieden zu machen: Zum Schluss genügte diese flüchtige Winzigkeit – wie lange dieser Frieden auch immer halten mochte.

Wir umarmten uns in völliger Stille und drückten die heißen geschwollenen Wangen so fest aneinander, als ob sie eins werden sollten.

»Für Tiffs Vater!«, flüsterte Mill. Alle nickten.

»Es ist gut ausgegangen! Danke für alles!«, sagte Tiff und wischte sich mit ihrem Ärmel die Tränen weg.

Auf dem Bordstein sitzend stellten wir die Schuhe ins Wasser, das jetzt noch tiefer stand als die Sohlen hoch waren. Mittlerweile war es glasklar: »Die Kröte ist weggespült«, dachte ich zufrieden. Anscheinend gab es unter all dem widerlichen Bodensatz doch noch einen reinen Geist – zu schade, dass man ihn nur mit Gewalt nach draußen bekam.

Zwischen all den Gedanken um Abschiede, Glück und Ungewissheit war Mira die Einzige, die dem Ganzen etwas Kindlichkeit zurückgab, als sie voller Freude durch das Wasser sprang und nach den Spritzern schnappte. Keiner konnte sich ein Schmunzeln verkneifen.

Je heller es wurde, desto stiller wurde die Clique: Irgendwann saßen wir einfach nur da, ließen die Selbstgedrehten ungeraucht verglimmen und vergaßen die Zeit. Den Triumph zu begreifen, schaffte ohnehin keiner.

Es muss gegen sechs gewesen sein, als die ersten Passanten auftauchten. Ungläubig standen sie am Rand und staunten über den kleinen See, der inzwischen bis zur nächsten Kreuzung geflossen war. Wir schliefen mit offenen Augen – keiner hatte bemerkt, dass unsere Schuhe inzwischen bis zur Hälfte im Wasser standen und die Nässe schon an den

Hosenbeinen heraufkroch. »Verdammt, ich bin fast durchgeweicht!«, rief Mill irgendwann.

Alle wurden wach, fluchten vor sich hin und krempelten die Säume bis weit über die Knöchel auf.

Die ersten goldroten Sonnenstrahlen fielen auf den Sims des Strahlbads. Auch sie schienen das Ende des Molochs mit ihrem irren Leuchten besiegeln zu wollen und ließen den Rand aufglühen, dass es wie Feuer aussah. Der Fassade blieb nichts anderes übrig, als sich vor dem wolkenlosen Himmel zu ergeben.

Auf einmal rief es hinter uns: »Nehmt bloß die Füße aus dem Wasser, sonst reißt es euch noch davon!«

Die einzige, die einen Moment so wunderbar vorlaut sprengen konnte, war Val – und als ich mich umdrehte, stand sie tatsächlich hinter uns. Noch bevor ich es wirklich begriff, fielen mir zwei gelbe Reißzwecken ins Auge, von denen jeweils eine in jedem ihrer Ohrläppchen steckte. Genauso hatten sich die Mädchen in der Schule ihre ersten Ohrringe gebastelt. Diese beiden erkannte ich sofort wieder: Es waren dieselben, mit denen ich meine Nachricht an Tys Tür geheftet hatte. Val machte sich einen Spaß daraus und trug sie als Zeichen ihres Triumphs, nicht vor heute zurückgekommen zu sein. Mir genügte ihr Lächeln, das über allem strahlte: etwas verhaltener, als ich es vorausgesehen hatte, aber dafür unglaublich verschmitzt und uneinsichtig genug, um nicht klein beigeben zu müssen. Was sollte man einer so fabelhaften Geste schon entgegensetzen? Egal, wie spröde Val auch war – sich mit schonungsloser Aufrichtigkeit als wahre Freundin zu offenbaren, hatte sie einfach drauf!

Als ich ihr meine Hand zur Versöhnung ausstreckte, spuckte sie zuerst in ihre und schlug danach ein. Damit waren alle Schulden zwischen uns beglichen! Inzwischen fegte ein kräftiger Wind in zitternden Wellen über das Wasser in Richtung

Süden. Es schien, als wolle er wirklich alle Zweifel an unserer neuen Welt zerstreuen. Gemeinsam mit ihm heulten nun auch die ersten Sirenen durch das Viertel. Noch bevor sie lauter wurden als das Rauschen der Überlandzüge, fassten wir uns ein Herz und rannten los.

Zeitfracht Medien GmbH
Ferdinand-Jühlke-Straße 7
99095 Erfurt, Deutschland
produktsicherheit@kolibri360.de